UM MISTÉRIO DA

RAINHA DO
CRIME

Publicado originalmente em 1945

AGATHA CHRISTIE

UM BRINDE DE CIANURETO

· TRADUÇÃO DE ·
Natalia Borges Polesso

Rio de Janeiro, 2024

Título original: Sparkling Cyanide
Copyright © 1945 Agatha Christie Limited. All rights reserved.
Copyright de tradução © 2021 Harper Collins Brasil

THE AC MONOGRAM and AGATHA CHRISTIE are registered trademarks of Agatha Christie Limited in the UK and/or elsewhere. All rights reserved.

Todos os direitos desta publicação são reservados à Casa dos Livros Editora LTDA. Nenhuma parte desta obra pode ser apropriada e estocada em sistema de banco de dados ou processo similar, em qualquer forma ou ameio, seja eletrônico, de fotocópia, gravação etc., sem a permissão do detentor do copyright.

Diretora editorial: *Raquel Cozer*
Gerente editorial: *Alice Mello*
Editor: *Victor Almeida*
Copidesque: *Gregory Neres*
Revisão: *Anna Beatriz Seilhe*
Design gráfico de capa e miolo: *Túlio Cerquize*
Crédito de imagens: *Alex James Bramwell/Shutterstock*
Diagramação: *Abreu's System*

Dados Internacionais de Catalogação na Publicação (CIP)
(Câmara Brasileira do Livro, SP, Brasil)

Christie, Agatha, 1890-1976
  Um brinde de cianureto / Agatha Christie; tradução de Natalia Borges Polesso. – Rio de Janeiro: HarperCollins Brasil, 2021.

  Tradução de: Sparkling cyanide
  ISBN 978-65-5511-199-6

  1. Ficção policial e de mistério (Literatura inglesa) I. Título.

21-72530   CDD: 823.0872

Cibele Maria Dias – Bibliotecária – CRB-8/9427

Os pontos de vista desta obra são de responsabilidade de seu autor, não refletindo necessariamente a posição da HarperCollins Brasil, da HarperCollins Publishers ou de sua equipe editorial.

HarperCollins Brasil é uma marca licenciada à Casa dos Livros Editora LTDA.
Todos os direitos reservados à Casa dos Livros Editora LTDA.
Rua da Quitanda, 86, sala 601A — Centro
Rio de Janeiro, RJ — CEP 20091-005
Tel.: (21) 3175-1030
www.harpercollins.com.br

Sumário

PARTE I: Rosemary

Capítulo 1 – Iris Marle	9
Capítulo 2 – Ruth Lessing	38
Capítulo 3 – Anthony Browne	48
Capítulo 4 – Stephen Farraday	53
Capítulo 5 – Alexandra Farraday	73
Capítulo 6 – George Barton	79

PARTE II: Dia de Finados

Capítulo 1	85
Capítulo 2	91
Capítulo 3	99
Capítulo 4	106
Capítulo 5	119
Capítulo 6	127

PARTE III: Iris

Capítulo 1	135
Capítulo 2	143
Capítulo 3	147
Capítulo 4	157
Capítulo 5	170
Capítulo 6	179
Capítulo 7	191
Capítulo 8	198
Capítulo 9	202
Capítulo 10	207
Capítulo 11	214
Capítulo 12	222
Capítulo 13	231
Capítulo 14	237

PARTE I

Rosemary

"O que posso fazer para afastar a lembrança dos meus olhos?"

Seis pessoas estavam pensando em Rosemary Barton, que tinha morrido há quase um ano...

Capítulo 1

Iris Marle

Iris Marle estava pensando em sua irmã, Rosemary.

Por quase um ano ela tinha tentado com afinco parar de pensar na irmã. Não queria se lembrar.

Foi tão doloroso. Horrível demais!

O rosto azul, os dedos apertados em virtude da convulsão...

O contraste entre o ocorrido, e a alegre e amável Rosemary dos dias anteriores... Bem, talvez não exatamente *alegre*. Ela tinha pegado uma gripe. Estava deprimida, exausta... Tudo aquilo tinha vindo à tona no inquérito. A própria Iris havia chamado atenção para isso. Contava, não? Para o suicídio de Rosemary?

Quando o inquérito terminou, Iris tentou com afinco tirar tudo aquilo da cabeça. O que tinha de bom para se lembrar? Era melhor se esquecer de tudo! Esquecer todo aquele assunto horrível.

Mas agora, ela percebeu, tinha que se lembrar. Ela tinha que pensar no passado... Lembrar com cuidado de todo e qualquer incidente aparentemente sem importância...

Aquela conversa extraordinária com George na noite passada precisava ser lembrada.

Foi tão inesperado, tão apavorante. Espere... Foi *mesmo* inesperada? Tinha dado algum sinal antes? A crescente desatenção de George, suas ações irresponsáveis, sua... *estranheza*. Sim, era a única palavra para aquilo! Tudo levando àquele momento na noite passada quando ele a chamou para o escritório e tirou as cartas da gaveta da escrivaninha.

E agora não podia evitar. Ela tinha que pensar sobre Rosemary — tinha que *lembrar*.

Rosemary, sua irmã...

Com um choque, Iris percebeu de repente que era a primeira vez em sua vida que ela teve que pensar em Rosemary. Pensar nela como uma *pessoa*.

Ela sempre tinha aceitado Rosemary sem pensar nela. Você não pensa na sua mãe, no seu pai ou na sua tia. Eles apenas existem, inquestionavelmente, naquelas relações.

Você não pensa neles como *pessoas*. Nem se pergunta *como* eles eram.

Como teria sido com Rosemary?

Isso pode ser muito importante agora. Muito pode depender disso. Iris direciona sua mente de volta ao passado. Rosemary e ela quando eram crianças...

Rosemary era a mais velha, tinha seis anos a mais.

Vislumbres do passado voltavam. Breves lampejos, cenas curtas. Ela mesma como uma criança pequena, comendo pão e leite, e Rosemary, toda importante de trancinhas, "fazendo a lição" à mesa.

A praia no verão. Iris tinha inveja de Rosemary porque ela era uma "menina grande" e podia nadar!

Rosemary indo para o colégio interno — e voltando para casa nas férias. Depois, ela mesma ainda na escola, e Rosemary já tendo "acabado" o ano letivo em Paris. A aluna de escola Rosemary; desajeitada, pura perna e braço. Voltando de Paris com uma estranha e assustadora nova elegância, voz macia, graciosa, com um balanço ondulado no corpo, com o cabelo ruivo dourado, da cor de uma castanha, e os olhos azuis escuros contornados de preto. Uma criatura perturbadoramente bonita, adulta, em um mundo diferente!

Dali em diante, elas se viram muito pouco, e a diferença de seis anos ficou mais ampla.

Iris ainda estava na escola, e Rosemary no melhor momento de uma "estação". Mesmo quando Iris voltou para casa, a diferença de idade permaneceu. Rosemary ficava até tarde na cama, participava de almoços em *buffets* com outras debutantes, frequentava bailes na maioria das noites da semana. Iris ficava na sala de aula com *mademoiselle*, saía para caminhadas no parque, jantava às nove da noite e ia para a cama às dez. A interação entre as irmãs era limitada a breves trocas, tais como:

— Olá, Iris. Pode chamar um táxi para mim? Vou chegar terrivelmente atrasada.

Ou

— Eu não gosto daquele vestido novo, Rosemary. Não combina com você. É uma confusão.

Depois veio o noivado de Rosemary com George Barton. Animação, compras, uma infinidade de pacotes, vestidos das madrinhas.

O casamento. Ir até o altar atrás de Rosemary, ouvindo cochichos:

— Que noiva *linda*...

Por que Rosemary se casou com George? Até naquela época, Iris ficou apenas levemente surpresa. Havia tantos rapazes interessantes ligando para Rosemary, levando-a para sair. Por que escolher George Barton, quinze anos mais velho do que ela, gentil, agradável, mas sem graça?

George estava bem de vida, mas não tinha dinheiro. Rosemary tinha o próprio dinheiro, um monte.

O dinheiro do tio Paul...

Iris vasculhou cuidadosamente a memória, buscando diferenciar entre o que ela sabia agora e o que ela descobrira na época. Por exemplo, tio Paul.

Ela sempre soube que ele não era um tio de verdade. Sem que nunca tivessem lhe dito. Paul Bennett tinha sido apaixonado pela mãe delas, mas ela preferiu outro homem, um homem mais pobre. Paul Bennett aceitou sua derrota com um espírito romântico. Ele permaneceu amigo da família, adotou uma atitude de devoção romântica platônica. Tornou-se o tio Paul, virou padrinho da primeira filha, Rosemary. Quando ele morreu, descobriu-se que ele havia deixado toda sua fortuna para sua pequena afilhada — naquela ocasião, uma criança de treze anos.

Rosemary, além de sua beleza, tinha herança. E ela se casou com o bom e sem graça George Barton.

Por quê? Iris ficou pensando na época. Ela pensava agora. Iris não acreditava que Rosemary estivesse apaixonada por ele. Mas parecia muito feliz com ele e gostava dele — sim, de fato gostava dele. Iris teve boas oportunidades para saber, pois um ano depois do casamento, sua mãe, a bela e delicada Viola Marle, morreu, e Iris, uma garota de dezessete anos, foi morar com Rosemary Barton e seu marido.

Uma garota de dezessete anos. Iris ponderou sobre a figura de si mesma. Como ela teria sido? O que ela tinha sentido, pensado, visto?

Ela chegou à conclusão de que a jovem Iris Marle teve um desenvolvimento lento — descuidado, conformado a aceitar as coisas como elas eram. Ela se ressentia, por exemplo, pelo fato de sua mãe prematuramente estar absorta em Rosemary? No geral, ela pensava que não. Ela tinha aceitado, sem hesitação, que a irmã mais velha era tida como "a importante". Rosemary estava "fora" — naturalmente sua mãe estava ocupada, tanto quanto sua saúde permitia, com a filha mais velha. Aquilo era natural. Sua vez chegaria um dia. De certo modo, Viola Marle sempre havia sido uma mãe distante, preocupada principalmente com a própria saúde, relegando suas filhas a enfermeiras, governantas, escolas, mas invariavelmente as cativando naqueles breves momentos quando se aproximava delas. Hector Marle morreu quando Iris tinha apenas cinco anos. Lembrou-se subitamente de que ele bebia mais do que o recomendável.

Iris Marle, a garota de dezessete anos de idade, havia aceitado a vida como ela era: tinha se enlutado pela mãe adequadamente, usado roupas pretas, ido viver com a irmã e o cunhado na casa deles em Elvaston Square.

Às vezes, era um tanto chato viver naquela casa. Oficialmente, Iris não podia sair até o ano seguinte. Então, naquela ocasião, ela tinha lições de francês e alemão três vezes por semana, e também frequentava aulas de ciências domésticas. Havia vezes em que ela não tinha muito o que fazer e ninguém com quem conversar. George era bom, geralmente fraterno e afetuoso. Sua atitude nunca variava. Ele era o mesmo agora.

E Rosemary? Iris havia visto muito pouco de Rosemary, que tinha estado fora por um bom tempo. Costureiras, coquetéis, festas, partidas de *bridge*...

O que sabia *de fato* sobre Rosemary quando chegou a essa conclusão? De seus gostos, suas esperanças, seus medos? Apavorante, de verdade, é o quão pouco você pode saber das pessoas após viver na mesma casa que elas! Existiu pouca ou nenhuma intimidade entre as irmãs.

Mas ela tinha que pensar agora. Ela tinha que lembrar. Pode ser importante.

Sem dúvidas, Rosemary *parecia* bastante feliz...

Até aquele dia, uma semana antes do acontecido.

Iris nunca se esqueceria daquele dia. Conseguia rever tudo: cada detalhe, cada palavra. A mesa lustrosa de mogno, a cadeira empurrada para trás, a escrita apressada...

Iris fechou os olhos e deixou a cena voltar...

Sua própria entrada na sala de estar de Rosemary, sua parada repentina.

Aquilo a tinha alarmado tanto! Rosemary, sentada na escrivaninha, com a cabeça deitada sobre os próprios braços esticados, chorando com um soluçar de profundo abandono. Ela nunca tinha visto a irmã chorar antes, e aquele choro amargo e violento a assustou.

De fato, Rosemary tivera uma gripe das ruins. Fazia apenas dois dias que tinha se levantado, e todos sabiam que aquela gripe *realmente* nos deixava deprimidos. Ainda assim...

Iris havia gritado, ecoando sua voz de criança, notadamente alarmada:

— Oh, Rosemary, o que foi?

Rosemary se sentou, tirou os cabelos pretos de seu rosto desfigurado pelo choro. Ela lutou para retomar o controle de si. E respondeu rapidamente:

— Não é nada ... Não olhe para mim desse jeito!

Ela se levantou e, passando pela irmã, saiu correndo do cômodo.

Confusa e chateada, Iris se enfiou no quarto. Seus olhos, atraídos para a escrivaninha, avistaram o próprio nome na caligrafia da irmã. Rosemary havia escrito algo para ela naquele momento?

Ela se aproximou, olhou para a folha azulada do papel de carta com a grande e característica caligrafia esparramada, mais esparramada do que o de costume em razão da pressa e agitação por trás da mão que segurava a caneta.

Querida Iris,
Não há nenhuma razão para eu fazer um testamento porque o meu dinheiro vai de qualquer maneira para você, mas eu gostaria que algumas das minhas coisas fossem dadas a certas pessoas.
Para o George, as joias que ele me dá, e o pequeno porta-joias esmaltado que compramos juntos quando éramos noivos.
Para Gloria King, meu estojo de prata para guardar cigarros.
Para Maisie, meu cavalo de porcelana chinesa que ela sempre admir

O texto parava ali, com um desvairado risco de caneta como se Rosemary tivesse riscado e cedido ao choro descontrolado.

Iris estava em pé como se tivesse virado pedra.

O que isso significava? Rosemary não iria *morrer*, iria? Ela havia ficado muito doente, com gripe, mas estava bem agora. E, de todo modo, as pessoas não morriam dessa doença. Bem, às vezes elas morriam. Mas Rosemary estava viva. Ela estava muito bem agora, apenas fraca e desgastada.

Os olhos de Iris passearam novamente sobre as palavras e, dessa vez, uma frase chamou atenção com um efeito surpreendente:

...o meu dinheiro vai de qualquer maneira para você...

Foi a primeira insinuação que ela teve dos termos do testamento de Paul Bennett. Ela sabia desde criança que Rosemary era rica, enquanto ela mesma era comparativamente pobre. Mas, até aquele momento, ela nunca tinha questionado o que aconteceria àquele dinheiro com a morte de Rosemary.

Se tivessem perguntado, Iris teria suposto que o dinheiro iria para George, marido de Rosemary, acrescentado o fato de parecer absurdo que Rosemary pudesse morrer antes de George!

Mas ali estava, como preto no branco, com a mão da própria Rosemary. Na morte de Rosemary, o dinheiro iria para ela, Iris. Entretanto, aquilo era legal? Um marido ou uma mulher ficam com qualquer herança, não uma *irmã*. A menos, é claro, que fosse um pedido de Paul Bennett. Isso tornava as coisas um pouco menos injustas...

Injustas? Ela ficou alarmada quando a palavra surgiu em seus pensamentos. Ela achava injusto Rosemary ganhar *todo* o dinheiro do tio Paul? Sim, *era* injusto. Rosemary e ela eram irmãs. Elas eram as duas filhas de sua mãe. Por que o tio Paul deveria dar tudo a Rosemary?

Rosemary sempre tinha tudo!

Festas, vestidos, jovens apaixonados por ela e um marido adorável.

A única coisa desagradável que tinha acontecido à Rosemary foi ter pegado uma gripe! E mesmo *isso* não durou mais do que uma semana!

Iris hesitou, em pé ao lado da escrivaninha. Aquela folha de papel — Rosemary queria deixá-la ali por cima para que os empregados a vissem?

Depois de um minuto de hesitação, pegou a folha, dobrou-a em duas partes e a enfiou dentro de uma das gavetas da escrivaninha.

Foi encontrada lá depois de uma festa de aniversário fatal, e como uma prova adicional, caso uma prova fosse necessária, Rosemary havia ficado em um estado de espírito depressivo e infeliz depois de sua doença, e possivelmente tinha pensado em suicídio desde então.

Depressão pós-gripe. Este foi o motivo divulgado no inquérito, o motivo que a evidência de Iris ajudou a estabelecer. Um motivo inadequado, talvez, mas o único disponível e consequentemente aceito. Foi um período bem ruim de gripe naquele ano.

Nem Iris nem George Barton poderiam ter sugerido qualquer outro motivo — *naquela ocasião.*

Agora, pensando retroativamente até o incidente no sótão, Iris ficou imaginando se estava cega. A coisa toda deveria estar acontecendo debaixo de seu nariz! E ela não havia visto nem notado nada!

Sua mente deu um salto rápido por sobre a tragédia da festa de aniversário. Não tem por que pensar *naquilo*! Estava acabado. Guarde o horror daquilo, o inquérito, o rosto contorcido de George e os olhos injetados de sangue. Direto para o incidente do baú no sótão.

Aquilo tinha sido cerca de seis meses depois da morte de Rosemary.

Iris continuou vivendo na casa em Elvaston Square. Depois do funeral, o advogado da família Marle, um senhor velho e cortês com uma cabeça brilhosa e careca e olhos inesperadamente astutos, teve uma conversa com Iris. Ele explicou com admirável clareza que, com o testamento de Paul Bennett, Rosemary tinha herdado sua propriedade como fundo, para passar, em caso de morte, a qualquer filho que viesse a ter. Se Rosemary morresse sem filhos, a propriedade iria para Iris, sem discussão. Era uma imensa fortuna que pertenceria a ela quando completasse 21 anos ou se casasse.

Enquanto isso, a primeira coisa a se acertar era seu lugar de residência. Mr. George Barton se mostrou ansioso para que ela continuasse morando com ele e sugeriu que a tia de Iris, Mrs. Drake, que estava em dificuldades financeiras, lidando com as reivindicações de um filho (a ovelha negra da família Marle), deveria morar com eles e acompanhar Iris nos eventos da sociedade. Iris aprovou esse plano?

Iris estava bastante disposta, grata por não ter que fazer outros planos. Tia Lucilla era como uma ovelha amigável e simpática com pouca vontade própria.

Então a questão foi resolvida. George Barton estava comovidamente satisfeito por ter a irmã de sua esposa com ele e a tratou de maneira afetuosa, como uma irmã mais nova. Mrs. Drake, se não era uma companhia estimulante, mostrava-se subserviente aos desejos de Iris. A família se acomodou amigavelmente.

Foi cerca de seis meses depois que Iris fez sua descoberta no sótão.

Os sótãos das casas de Elvaston Square eram usados como despensas para guardar artigos, miudezas e alguns baús e malas.

Iris foi até o sótão um dia depois da caça malsucedida de um pulôver que adorava. George tinha implorado para que ela não usasse preto por Rosemary. Rosemary sempre havia sido contra essa ideia, argumentou. Iris sabia que isso era verdade, então concordou e continuou usando roupas comuns, mesmo com a desaprovação de Lucilla Drake, que era antiquada e gostava do que ela chamava de "decências". A própria Mrs. Drake ainda usava crepe por conta de um marido falecido há mais de vinte anos!

Iris sabia que várias roupas que ela não queria mais foram guardadas em um baú no andar de cima. Ela começou a caça de seu pulôver por lá e encontrou alguns pertences esquecidos: um casaco cinza e uma saia, uma pilha de meias-calças, seu conjunto de esquiar e um ou dois trajes de banho.

Foi então que ela cruzou com um velho vestido de festa que tinha pertencido a Rosemary e o qual tinha, de um modo ou de outro, escapado de ser dado com o resto de seus pertences. Era um troço meio masculino de seda com bolinhas e grandes bolsos.

Iris o sacudiu, notando que estava em perfeitas condições. Depois o dobrou com cuidado e sentiu algo em um dos bolsos. Ela enfiou a mão e retirou dali um pedaço de papel amassado. Era a letra de Rosemary. Iris o desamassou e leu.

Leopard querido, você não está dizendo a verdade... Não pode ser. Você não pode... Nós nos amamos! Temos que ficar juntos! Você deve saber tanto quanto eu! Eu não consigo dizer adeus e continuar friamente com nossas vidas. Você sabe que é impossível, querido. Você e eu devemos ficar juntos, para todo o sempre. Eu não sou uma mulher convencional. Eu não me importo com o que as pessoas dizem. O amor é mais importante do que qualquer coisa. Vamos fugir juntos e sermos felizes. Vou fazer você feliz. Você me disse uma vez que a vida sem mim era só poeira e cinzas. E agora você escreve calmamente que é melhor que tudo isso acabe, que é só justo para mim? Justo para mim? Mas eu não posso viver sem você! Sinto muito pelo George — que sempre foi tão doce comigo —, mas ele vai entender. Ele quer me dar a minha liberdade. Não é certo vivermos juntos se não nos amamos mais. Deus nos fez um para o outro, querido. Sei disso. Nós vamos ser maravilhosamente felizes, mas precisamos ser corajosos. Eu mesma devo contar ao George — quero ser sincera sobre a coisa toda —, mas só depois do meu aniversário.

Sei que estou fazendo o que é certo, Leopard querido. E não consigo viver sem você. Não consigo, não consigo, NÃO CONSIGO. Quão estúpido é da minha parte escrever tudo isso? Duas linhas teriam servido. Apenas "eu amo você, nunca vou deixar você partir". Oh, querido...

A carta terminava ali.

Iris ficou imóvel, olhando para ela.

Como alguém podia saber tão pouco da própria irmã!

Então Rosemary tivera um amante. Havia escrito cartas de amor apaixonadas para ele... Tinha planejado fugir com ele? O que aconteceu? Afinal de contas, Rosemary nunca enviou a carta. Que carta ela enviou? O que finalmente havia sido decidido entre Rosemary e esse homem desconhecido?

(Leopard! Que fantasias extraordinárias as pessoas tinham quando estavam apaixonadas. Tão bobas. *Leopard*, de fato!)

Quem era esse homem? Ele amava Rosemary tanto quanto ela o amava? Sem dúvidas que amava. Rosemary era tão incrivelmente adorável. Ainda assim, de acordo com a carta, ele tinha sugerido "acabar com tudo". Isso sugeria o quê? Precaução? Ele evidentemente tinha dito que o término seria pelo bem de Rosemary. Que era justo para ela. Sim, mas os homens não dizem esse tipo de coisa para se safar? Isso não queria dizer que o homem, quem quer que fosse, estava cansado de tudo? Talvez tivesse sido para ele uma mera distração. Talvez ele nunca tenha se importado de verdade. De algum modo, Iris ficou com a impressão de que o homem desconhecido estava determinado a finalmente terminar com Rosemary...

Enquanto isso, ela achava o contrário. Rosemary não mediria esforços para ficar com ele. Ela estava determinada, tão...

Iris estremeceu.

E ela, Iris, não sabia de nada daquilo! Nem mesmo suspeitava! Tinha certeza de que Rosemary estava feliz e contente e que George e ela estavam satisfeitos um com o outro.

Cega! Ela devia estar cega para não saber uma coisa daquelas sobre a própria irmã.

Mas quem era o homem?

Ela reportou sua mente ao passado, pensando, lembrando. Existiram tantos homens que admiravam Rosemary, que a levavam para sair. Não houve um em especial. Mas deve ter havido — o grupo era mera camuflagem para aquele, o único que importava. Iris franziu a testa, perplexa, organizando suas lembranças cuidadosamente.

Dois nomes se destacaram. Sim, de fato deve ser um ou outro. Stephen Farraday? Deve ser Stephen Farraday. O que Rosemary poderia ter visto nele? Um jovem duro e pomposo — e nem tão jovem assim. As pessoas diziam que ele era brilhante. Um político em ascensão, um subsecretário profetizado num futuro próximo e todo o peso da influente conexão Kidderminster por trás dele. Um possível futuro primeiro-ministro! Era isso que tinha dado a ele glamour aos olhos de Rosemary? Ela não poderia se importar tão desesperadamente com aquele homem, uma criatura tão fria e fechada. Mas diziam que a própria esposa era apaixonada por ele, que tinha sido contra todos os desejos de sua poderosa família ao se casar com ele — um mero ninguém com ambições políticas! Se uma mulher se sentia assim por ele, outra mulher também o poderia. Sim, *deve* ser Stephen Farraday.

Porque, se não for Stephen Farraday, só poderia ser Anthony Browne.

E Iris não queria que fosse Anthony Browne.

Verdade, ele tinha sido um completo escravo de Rosemary, sempre à disposição, com sua cara obscura expressando um tipo de humor desesperado. Sua devoção era aberta demais, livremente declarada.

Estranha a maneira como ele tinha desaparecido após a morte de Rosemary. Ela não havia visto Browne desde então.

Ainda assim, tal fato não soava tão estranho. Afinal, ele era um homem que viajava muito. Ele tinha mencionado algo sobre Argentina, Canadá, Uganda e Estados Unidos. Iris tinha a impressão de que era americano ou canadense, embora quase não tivesse sotaque. Não, não era estranho que não o tivessem visto desde então.

Rosemary é que era sua amiga. Não havia razão para ele continuar indo ver o restante da família. Ele foi amigo de Rosemary, mas não amante. Aquilo doeria — aquilo doeria terrivelmente...

Ela olhou para a carta em sua mão e a amassou. Ela a jogaria fora, a queimaria...

Foi um instinto que a impediu.

Um dia poderá ser importante mostrar essa carta...

Ela a desamassou, levou-a consigo e a trancafiou em sua caixinha de joias.

Pode ser importante, um dia, mostrar por que Rosemary tirou a própria vida.

"E a próxima coisa, por favor?"

A frase ridícula veio sem ser convidada na mente de Iris e torceu seus lábios em um sorriso irônico. A pergunta simplória do atendente da loja pareceu representar seu próprio e cuidadoso processo mental.

Não era aquilo mesmo que ela estava tentando fazer em sua pesquisa do passado? Ela tinha lidado com a descoberta surpreendente no sótão. Agora precisava passar para "a próxima coisa, por favor!" Qual era a próxima coisa?

Certamente, era o comportamento cada vez mais estranho de George. Já estava acontecendo fazia tempo. Pequenas coisas que a intrigavam se tornavam evidentes agora à luz do surpreendente encontro da noite passada. Ações e observações desconexas tomaram adequadamente seus lugares no curso dos eventos.

E houve uma reaparição de Anthony Browne. Sim, talvez aquilo devesse ser a próxima coisa a emergir na sequência, já que seguia o fato de ter encontrado a carta em apenas uma semana.

Iris podia lembrar de suas sensações...

Rosemary tinha morrido em novembro. No mês de maio do ano seguinte, sob a asa de Lucilla Drake, Iris tinha começado sua vida social. Ela tinha frequentado almoços, chás e bailes sem, no entanto, aproveitá-los muito. Ela se sentia apática e insatisfeita. Foi em um desses bailes sem graça, mais para o fim de junho, que ela ouviu uma voz atrás dela:

— *É a Iris Marle, não é?*

Ela se virou, corando, para dar de cara com o rosto bronzeado e perplexo de Anthony — ou, Tony, seu apelido.

— Eu não espero que você se lembre de mim, mas... — disse ele.

Ela o interrompeu:

— Oh, mas eu me lembro bem de você. É claro que me lembro!

— Esplêndido. Eu tive receio de que tivesse me esquecido. Faz tanto tempo que nos vimos.

— Eu sei. Desde que Rosemary deu uma festa de anive...

Ela parou. As palavras tinham vindo aos seus lábios alegres, sem pensar. Agora a cor tinha sumido de suas bochechas, deixando-as brancas e drenadas de sangue. Seus lábios tremeram. Seus olhos de repente se arregalaram de consternação.

Anthony Browne disse rapidamente:

— Eu sinto muitíssimo. Sou um bruto por tê-la feito lembrar.

Iris engoliu. E disse:

— Tudo bem.

(Desde a noite da festa de aniversário de Rosemary. Desde a noite do suicídio de Rosemary. Ela não pensava naquilo. Ela não *pensaria* naquilo!)

Anthony Browne repetiu:

— Sinto muitíssimo. Por favor, me perdoe. Gostaria de dançar?

Ela aceitou. Embora já engajada na dança que estava apenas começando, ela flutuava pela pista de dança nos braços dele. Ela viu seu parceiro, um jovem imaturo e corado, cujo colarinho parecia ser grande demais para ele, olhando de volta para ela. O tipo de parceiro, pensou ela com desdém, que as debutantes têm de aturar. Não como este homem... amigo de Rosemary.

Uma pontada aguda a atravessou. *Amigo de Rosemary.* Aquela carta. Tinha sido escrita para este homem com quem ela estava dançando? Algo naquela graça felina com a qual ele dançava relegou substância ao apelido "Leopard". Será que ele e Rosemary...

Ela disse de repente:

— Onde esteve todo esse tempo?

Ele a segurou um pouco longe de seu corpo, olhando para baixo na direção do rosto dela. Não estava sorrindo, sua voz tinha uma frieza.

— Estive viajando, a negócios.

— Entendo — continuou ela descontroladamente: — Por que voltou?

Ele sorriu. E disse suavemente:

— Talvez para vê-la, Iris Marle.

E de repente, trazendo-a um pouco mais para perto, ele executou um longo deslizar pelo meio dos dançarinos, um milagre em termos de tempo e direção.

Desde então, Anthony tinha se tornado parte de sua vida. Ela o via ao menos uma vez por semana.

Ela o encontrava no parque, em vários bailes, ele estava ao lado dela no jantar.

O único lugar que ele nunca ia era a casa em Elvaston Square. Levou algum tempo até ela notar; tão habilmente ele conseguia se evadir ou recusar convites para lá. Quando ela percebeu, começou a imaginar o motivo. Era por causa dele e de Rosemary...

Então, para sua surpresa, George, o tranquilo, o que não interferia, perguntou para ela sobre Anthony.

— Quem é esse camarada, Anthony Browne, com quem você anda por aí? O que sabe sobre ele?

Ela o encarou.

— Saber sobre ele? Ora, ele era um amigo de Rosemary!

O rosto de George se torceu. Ele piscava. Com uma voz pesada e enfadonha, disse:

— Sim, óbvio, ele era.

Iris choramingou de remorso.

— Sinto muito. Eu não devia tê-lo feito se lembrar.

George Barton balançou a cabeça.

— Não, não, não a quero esquecida. Isso nunca. Afinal de contas, é isso o que Rosemary significa: lembrança. — Ele olhou bem para ela. — Eu não quero que se esqueça da sua irmã, Iris.

Ela segurou a respiração.

— Nunca irei me esquecer.

George continuou:

— Mas, sobre esse jovem camarada, Anthony Browne. Rosemary devia gostar dele, mas não acredito que ela sabia tanto sobre ele. Sabe, tem que ser cuidadosa, Iris. Você é uma jovem muito rica.

Um tipo de raiva ardente a tomou por completo.

— Tony... Anthony tem muito dinheiro. Ora, ele fica no Claridge quando está em Londres.

George Barton sorriu um pouco. E murmurou:

— Eminentemente respeitável, bem como dispendioso. Dá no mesmo, minha querida, ninguém parece saber muito sobre esse camarada.

— Ele é americano.

— Talvez. Se for, é estranho que não seja mais patrocinado por sua embaixada. Ele não vem muito a essa casa, não é?

— Não. E posso ver o motivo, se você é tão horrível com ele!

George balançou a cabeça.

— Parece que eu disse uma bobagem. Oh, bem. Só quis dar um aviso oportuno. Vou ter uma conversa com Lucilla.

— Lucilla! — disse Iris com escárnio.

George indago, ansioso:

— Está tudo bem? Quero dizer, a Lucilla cuida para que tenha todo o tipo de tempo que deve ter para as coisas? Festas, todos esses tipos de coisas?

— Sim, de fato, ela trabalha muito...

— Porque, se não, você só tem que dizer, criança. Podemos arranjar outra pessoa. Alguém mais jovem e mais atualizada. Eu quero que aproveite as coisas.

— Eu aproveito, George. Oh, George, eu aproveito.

Ele disse com certa profundidade:

— Então está tudo bem. Eu mesmo não ajudo muito nessas aparições, nunca fui muito de ir. Mas veja se você tem tudo o que quer. Não há necessidade de poupar despesas.

Assim era o George: gentil, estranho, desajeitado.

Verdadeiro com suas promessas, ou ameaças, ele "trocou uma palavrinha" com Mrs. Drake sobre o assunto Anthony Browne, mas, como quis o Destino, o momento não foi propício para que George conseguisse a atenção integral de Lucilla.

Ela tinha acabado de receber um telegrama daquele filho imprestável que era o menino dos olhos dela e que sabia, muito bem, como apertar as cordas do coração materno para seu próprio benefício financeiro.

Pode me mandar 200 libras. Desesperado. Vida ou morte. Victor.

— Victor é tão honroso. Ele sabe o quão dificultosa é a minha situação e ele nunca recorreria a mim, exceto como último recurso. Ele nunca faz isso. Tenho tanto medo de que ele acabe se matando um dia.

— Ou que alguém o mate — disse George Barton insensivelmente.

— Você não o conhece. Eu sou a mãe dele e sei como é o meu filho. Nunca me perdoaria se não o ajudasse. Eu poderia dar um jeito vendendo aquelas ações.

George suspirou.

— Olha aqui, Lucilla. Vou conseguir informações completas via telegrama de um dos meus correspondentes. Vamos descobrir em que tipo de confusão Victor está metido. Mas o meu conselho é deixá-lo em banho-maria. Ele nunca fará o bem até que você o faça.

— Você é tão duro, George. O pobre menino sempre foi azarado...

George reprimia suas opiniões àquela altura. Nunca era bom discutir com mulheres.

Ele apenas disse:

— Vou pôr a Ruth a par do assunto imediatamente. Teremos notícias amanhã.

Lucilla ficou levemente tranquila. As 200 libras foram reduzidas para 50 no final, mas Lucilla insistiu firmemente em mandar aquela quantia.

George providenciou a quantia, embora tenha fingido para Lucilla que estava vendendo ações. Iris em muito admirou George por sua generosidade e disse isso a ele.

Sua resposta foi simples:

— Sempre há uma ovelha negra na família. Sempre alguém que tem que ser cuidado. Um ou outro vai ter que pagar as contas do Victor até ele morrer.

— Mas não precisa ser você. Ele não é *sua* família.

— A família de Rosemary é a *minha* família.

— Você é um querido, George. Mas *eu* não poderia fazer isso? Você está sempre me dizendo que sou rica.

Ele sorriu para ela.

— Você não pode fazer nada até completar 21 anos, jovenzinha. E, se você for sábia, não vai fazer depois. Mas vou dar uma dica: quando um companheiro manda uma mensagem dizendo que vai acabar com a vida a menos que consiga

200 libras em troca, você descobre que 20 libras servem... eu aposto que 10 libras dariam! Você não consegue impedir uma mãe de pagar, mas pode reduzir a quantia. Lembre-se disso. É claro, Victor Drake nunca faria uma coisa contra ele mesmo! Essa gente que ameaça suicídio nunca o comete.

Nunca? Iris pensou em Rosemary. Depois mandou o pensamento para longe. George não estava pensando em Rosemary. Ele estava pensando em um jovem inescrupuloso e plausível, em Buenos Aires.

O lucro, do ponto de vista de Iris, era que as preocupações maternais de Lucilla a mantinham longe de prestar mais atenção na amizade de Iris e Anthony Browne.

Então, vamos "para a próxima coisa, por favor". A mudança do George! Iris não poderia postergar mais. Quando aquilo tinha começado? Qual era a causa?

Mesmo agora, Iris não poderia alcançar definitivamente o momento quando começou. Desde a morte de Rosemary, George esteve distraído, tinha tido suas crises de desatenção e reflexão. Ele parecia mais velho, mais pesado. Tudo isso era bastante natural. Mas quando, exatamente, sua distração tinha se tornado mais do que natural?

Foi, pensou ela, depois do embate sobre Anthony Browne, que ela notou pela primeira vez ele a encarando de um jeito confuso e perplexo. Depois ele criou um novo hábito de chegar cedo em casa vindo do trabalho e se fechar no escritório. Parecia não fazer nada lá. Ela entrou uma vez e o encontrou sentado em sua mesa, olhando fixamente para a frente. Quando a viu entrar, ele a olhou com olhos mansos e opacos. George se comportava como um homem que tinha sofrido um choque, mas, quanto ao questionamento sobre qual era o problema, respondeu brevemente:

— Nada.

Enquanto os dias se passavam, ele andava para cima e para baixo com a aparência desgastada de um homem que definitivamente tinha uma preocupação na cabeça.

Ninguém prestou muita atenção. Nem Iris. Preocupações sempre eram convenientemente "negócios".

Então, em intervalos estranhos, e sem qualquer razão aparente, ele começava a fazer perguntas. Foi aí que ela começou a definir seu jeito como de fato "esquisito".

— Olha aqui, Iris, Rosemary alguma vez falou muito com você?

Iris o encarou.

— Ora, é claro, George. Ao menos... Bem, sobre o quê?

— Oh, sobre ela, amigos e amigas, como as coisas estavam indo. Se ela estava feliz ou infeliz. Esse tipo de coisa.

Ela pensou que poderia ver o que se passava na cabeça dele. Ele deve ter pego alguma pista do infeliz caso de Rosemary.

— Ela nunca falava muito — comentou. — Quero dizer, ela estava sempre ocupada, fazendo coisas.

— E você era apenas uma criança. Sim, eu sei. Dá no mesmo, achei que ela pudesse ter dito algo.

Ele olhava para Iris inquisitivamente, meio como um cão esperançoso.

Ela não queria que George se machucasse. E, de todo modo, Rosemary nunca *tinha* dito nada. Ela balançou a cabeça.

George suspirou.

— Oh, bem, não importa — disse, de um modo profundo.

Outro dia, ele perguntou repentinamente quem tinham sido as melhores amigas de Rosemary.

Iris refletiu.

— Gloria King. Mrs. Atwell, Maisie Atwell. Jean Raymond.

— Quão íntimas elas eram?

— Bem, não sei exatamente.

— Quero dizer, você acha que ela pode ter confidenciado algo a uma delas?

— Não sei mesmo... Não acho que seja muito provável... Que tipo de confidência?

Imediatamente, ela desejou não ter feito aquela última pergunta, mas a resposta de George a surpreendeu:

— Rosemary alguma vez disse que tinha medo de alguém?

— Medo?

Iris o encarou.

— O que estou tentando entender é: Rosemary tinha algum inimigo?

— Entre outras mulheres?

— Não, não, não esse tipo de coisa. Inimigos reais. Não havia ninguém de quem você soubesse, que... que possa ter sido um inimigo para ela?

O olhar franco de Iris pareceu chateá-lo. Ele enrubesceu e gaguejou:

— Parece besteira, eu sei. Melodramático, mas só estou pensando.

Cerca de um ou dois dias depois daquilo, ele começou a perguntar sobre os Farraday.

— Com que frequência Rosemary via os Farraday?

Iris não tinha certeza.

— Não sei, George.

— Ela alguma vez falou deles?

— Não, acho que não.

— Eles eram mesmo amigos íntimos?

— Rosemary tinha bastante interesse em política.

— Sim. Depois que ela conheceu os Farraday na Suíça. Nunca se importou nem um tantinho com política antes disso.

— Não. Acho que foi Stephen Farraday que fez ela se interessar no assunto. Ele costumava entregar a ela panfletos e coisas.

— O que Sandra Farraday achava disso? — indagou ele.

— Disso o quê?

— De seu marido entregando panfletos à Rosemary.

— Eu não sei — respondeu Iris, desconfortável.

— Ela é uma mulher muito reservada. Parece fria como gelo. Mas dizem que é louca por Farraday. O tipo de mulher que pode ficar ressentida por ele ter uma amizade com outra mulher.

— Talvez.

— Como Rosemary e a mulher do Farraday se davam?

— Não acho que eram amigas... comentou Iris. — Rosemary ria de Sandra. Dizia que ela era uma daquelas mulheres empalhadas da política, como um cavalinho de balanço. Ela é meio como um cavalo, sabe? Rosemary costumava dizer que "se alguém a furasse, sairia serragem dela".

George grunhiu.

— Ainda anda vendo muito Anthony Browne?

— O suficiente. — A voz de Iris estava fria, mas George não repetiu seus avisos.

Em vez disso, ele pareceu interessado.

— Viaja muito por aí, não é? Deve ter tido uma vida interessante. Ele fala sobre isso com você?

— Não muito. Ele viajou muito, é claro.

— Negócios, suponho.

— Sim.

— Que negócios?

— Não sei.

— Algo a ver com firmas de armamento, não é?

— Ele nunca fala.

— Bem, não precisa dizer que perguntei. Só estou pensando. Ele esteve muito por aqui no outono passado com Dewsbury, que é o diretor da United Arms Ltda. Rosemary via muito Anthony Browne, não é?

— Sim.

— Mas ela não o conhecia há muito tempo... Ele era como um conhecido? Costumava levá-la aos bailes, não é?

— Sim.

— Fiquei um pouco surpreso que ela o quisesse em sua festa de aniversário. Não sabia que ela o conhecia tão bem assim.

— Ele dança muito bem... — comentou Iris, baixinho.

— Sim, sim, é claro...

Sem querer, Iris deixou uma imagem daquela noite rodopiar em sua cabeça.

A mesa redonda em Luxembourg, o sombreado das luzes, as flores. A banda do baile com seu ritmo insistente. As sete pessoas em torno da mesa, ela própria, Anthony Browne, Rosemary, Stephen Farraday, Ruth Lessing, George e, à direita de George, a mulher de Stephen Farraday, lady Alexandra Farraday, com seu cabelo claro e liso, aquelas narinas levemente arqueadas e sua voz clara e arrogante. Tinha sido uma festa alegre, ou não?

E, no meio disso, Rosemary. *Não, não, melhor não pensar naquilo.* Melhor somente se lembrar dela sentada ao lado de Tony. Aquela foi a primeira vez que ela o tinha encontrado. Antes daquilo, ele havia sido somente um nome, uma sombra no saguão, um acompanhante atrás de Rosemary descendo a escada da frente da casa para dentro de um táxi que a esperava.

Tony...

Ela começou a voltar a si. George estava repetindo a pergunta.

— Engraçado que tenha desaparecido logo depois. Para onde ele foi, você sabe?

— Oh, para o Ceilão, acho, ou para a Índia — respondeu, vaga.

— Nem mencionou isso naquela noite.

— Por que deveria? — indagou Iris de forma abrupta. — E temos que falar sobre... aquela noite?

Seu rosto ficou todo vermelho.

— Não, não, é claro que não. Desculpe, é coisa velha. A propósito, chame Browne para jantar uma noite dessas. Eu gostaria de encontrá-lo de novo.

Iris ficou encantada. George estava cedendo. O convite foi adequadamente feito e aceito, mas no último minuto Anthony teve que ir para o Norte a negócios e não pôde vir.

Um dia, no final de julho, George alarmou Lucilla e Iris anunciando que tinha comprado uma casa no campo.

— Comprou uma *casa*? — Iris estava incrédula. — Mas pensei que íamos alugar aquela casa em Goring por dois meses.

· UM BRINDE DE CIANURETO ·

31

— Melhor ter um lugar próprio, né? Podemos ir nos fins de semana durante o ano todo.

— Onde é? Perto do rio?

— Não exatamente. Na verdade, não mesmo. É Sussex. Marlingham. Little Priors, como se chama. Doze acres, uma pequena casa georgiana.

— Quer dizer que comprou sem nem ver?

— Meio que na sorte. Acabou de entrar no mercado. Arrematei.

— Suponho que necessite de muitos reparos e nova decoração — comentou Mrs. Drake.

— Ah, isso é certo. Ruth já providenciou tudo — respondeu George, de um jeito despreocupado.

Elas ouviram a menção a Ruth Lessing, a secretária muito capaz de George, num silêncio respeitoso. Ruth era uma instituição — praticamente alguém da família. Uma boa aparência, do tipo severa. Era a essência da eficiência combinada com o tato...

Era comum ouvir Rosemary dizer: "Vamos deixar que Ruth veja. Ela é maravilhosa. Ah, deixa para Ruth."

Toda dificuldade poderia sempre ser amaciada pelos dedos capazes de Miss Lessing. Sorridente, agradável e distante, ela contornava todos os obstáculos. Ela administrava o escritório de George, e suspeitava-se que administrasse George também. Ele era devotado a ela e confiava de todas as maneiras em seu julgamento. Ela parecia não ter desejos nem necessidades próprios.

Todavia, nesta ocasião, Lucilla Drake ficou incomodada.

— Meu querido George, sei que Ruth é capaz. Bem, quero dizer, ela gosta de organizar até o esquema de cores da sua saleta! No entanto, Iris deveria ter sido consultada. Não digo nada sobre mim. *Eu* não conto. Mas é chato para Iris.

George parecia ter uma crise de consciência.

— Eu queria que fosse uma surpresa!

Lucilla teve que sorrir.

— Que menino você é, George.

— Eu não me importo com a combinação de cores — comentou Iris. — Tenho certeza de que Ruth deixou tudo perfeito. Ela é tão inteligente. O que faremos lá? Tem uma quadra de tênis, suponho.

— Sim, e um campo de golfe a seis milhas, e é só a catorze milhas do mar. E tem mais: vamos ter vizinhos! É sempre sábio ir a um lugar no mundo onde se conhece alguém, eu acho.

— Que vizinhos? — perguntou Iris de repente.

George não olhou em seus olhos.

— Os Farraday, eles moram a uma milha e meia de distância, do outro lado do parque.

Iris o encarou. Em um minuto, ela chegou à conclusão de que tudo naquele plano elaborado — a compra e a equipagem de uma casa de campo — tinha sido executado com um único objetivo: aproximar George de Stephen e Sandra Farraday. Vizinhos próximos no campo, com propriedades contíguas, as duas famílias estariam propensas a ter relações de intimidade. Ou isso ou uma deliberada frieza!

Mas por quê? Por que essa insistência com os Farraday? Por que esse método caro para atingir um objetivo incompreensível?

Será que George suspeitava que Rosemary e Stephen Farraday tivessem algo mais do que amizade? Era uma estranha manifestação de ciúme *post-mortem*? Aquele era um pensamento exagerado demais para ser posto em palavras!

Mas o que *afinal* George queria dos Farraday? Qual era o objetivo de todas as perguntas estranhas que ele fazia continuamente a Iris? Havia algo de muito estranho com George ultimamente.

O olhar aturdido que ele tinha à noite! Lucilla atribuiu isso a um ou muitos copos de vinho do Porto.

Não, havia algo de estranho. Ele parecia estar sofrendo de uma mistura de excitação intercalada com grandes lapsos de completa apatia.

Eles passaram a maior parte daquele agosto no campo em Little Priors. Casa horrível! Iris estremeceu. Ela odiou. Uma casa graciosa e bem construída, harmoniosamente mobiliada e decorada (Ruth Lessing nunca falhava!). E, curiosamente, apavorantemente *vazia*. Eles não moravam lá. Eles a *ocupavam*, como soldados em uma guerra ocupavam algum posto de vigília.

O que fazia ela horrível era o revestimento de uma morada de verão ordinária. Pessoas que desciam para lá nos fins de semana, partidas de tênis, jantares informais com os Farraday. Sandra Farraday foi encantadora com eles — os modos perfeitos dos vizinhos que já são amigos. Ela mostrou a eles o condado, aconselhou George e Iris sobre cavalos, se dirigia respeitosamente à Lucilla como uma mulher mais velha.

E, por trás da máscara de sua face pálida e sorridente, ninguém poderia saber o que ela estava pensando. Uma mulher como uma esfinge.

Viam Stephen bem menos. Ele era muito ocupado, com frequência estava ausente nos negócios políticos. Para Iris, parecia certo que ele evitava com afinco encontrar o grupo de Little Priors.

Então, agosto e setembro passaram, e foi decidido que em outubro eles deveriam voltar à casa de Londres.

Iris suspirou de alívio. Talvez, uma vez que estivessem de volta, George retornaria ao seu normal.

E então, na última noite, ela foi acordada por uma batida leve à porta do quarto. Acendeu a luz e olhou a hora. Uma hora. Ela tinha ido para cama às dez e meia e parecia que já era muito mais tarde.

Ela vestiu um chambre e foi até a porta. De algum modo, aquilo pareceu mais natural do que só gritar "Entre".

George estava parado do lado de fora. Ainda não tinha ido para a cama e estava com as mesmas roupas da noite. Sua respiração estava irregular e seu rosto tinha uma curiosa cor azulada.

— Venha até o escritório, Iris — pediu. — Tenho que falar com você. Tenho que falar com alguém.

Pensando, ainda tonta de sono, ela obedeceu.

Dentro do escritório, ele fechou a porta e levou Iris até a cadeira oposta a dele na escrivaninha. Ele empurrou para ela uma caixa de cigarros, ao mesmo tempo pegando um e acendendo, depois de uma ou duas tentativas, com a mão trêmula.

— Você está com algum problema, George?

Agora, ela de fato estava alarmada. Ele parecia horrível.

George falou entre arfadas, como um homem que estivesse correndo:

— Não posso continuar sozinho. Eu não consigo continuar por mais tempo. Você tem que me dizer o que pensa, se é verdade, se é *possível*...

— Mas do que você está falando, George?

— Você deve ter notado algo, visto algo. Deve ter havido algo que ela *disse*. Deve ter havido uma *razão*...

Ela o encarou.

Ele passou a mão na testa.

— Você não entende do que estou falando. Percebo isso. Não fique apavorada, garotinha. Você tem que me ajudar. Tem que se lembrar de todas as malditas coisas que conseguir. Agora, agora, sei que pareço um pouco incoerente, mas você vai entender em um minuto, quando eu lhe mostrar as cartas.

Ele destrancou uma das gavetas da lateral da escrivaninha e retirou duas folhas.

Elas eram de um azul pálido e inócuo, e continham palavras impressas, em letras pequenas e caprichadas.

— Leia isso — disse George.

Iris olhou para o papel. O que dizia era bem claro e sem rodeios:

VOCÊ ACHA QUE SUA ESPOSA COMETEU SUICÍDIO.
ELA NÃO COMETEU. ELA FOI MORTA.

A segunda dizia:

SUA ESPOSA ROSEMARY NÃO SE MATOU.
ELA FOI ASSASSINADA.

Enquanto Iris encarava as palavras, George continuou:

— Elas chegaram há três meses. Primeiro pensei que fossem uma piada cruel. Depois comecei a pensar. Por que Rosemary se mataria?

— Depressão pós-gripe — respondeu Iris com uma voz mecânica.

— Sim, mas, quando você pensa nisso, é meio pífio, não? Quero dizer, muitas pessoas têm gripe e se sentem meio deprimidas depois... ou o quê?

— Ela poderia... estar infeliz? — sugeriu Iris, com esforço.

— Sim, suponho que sim. — George considerou o ponto com muita calma. — Mesmo assim, não vejo Rosemary pondo um fim em sua vida por estar infeliz. Ela poderia ameaçar, mas não acho que faria isso quando chegasse a hora.

— Mas ela *deve* ter feito, George! Que outra explicação poderia haver? Ora, eles até acharam a coisa na bolsa dela.

— Eu sei. Tudo se encaixa. Mas, desde que essas cartas chegaram... — Ele bateu nas cartas anônimas com os dedos. — Fiquei revolvendo as coisas na minha cabeça. E, quanto mais penso sobre isso, mais tenho certeza de que tem algo. É por isso que fiz a você todas aquelas perguntas, sobre Rosemary ter inimigos. Sobre qualquer coisa que ela tenha dito que soasse como se ela estivesse com medo de alguém. Quem a matou deve ter tido uma *razão*...

— Mas, George, você está louco...

— Às vezes, acho que estou. Outras vezes, sei que estou no caminho certo. Mas tenho que *saber*. Tenho que descobrir. Você tem que me ajudar, Iris. Tem que *pensar*. Tem que se lembrar. É isso! *Lembre*-se. Volte naquela noite de novo e de novo. Porque você entende, não é, que, se ela foi morta, deve ter sido alguém que estava à mesa naquela noite? Você entende isso, não é?

Sim, ela tinha entendido. Não havia como deixar de lado a lembrança daquela cena por mais tempo. Ela deve se lembrar de tudo. A música, o rufar dos tambores, as luzes baixas, o show e as luzes se acendendo novamente e Rosemary esparramada por cima da mesa, com o rosto azul e convulsionado.

Iris estremeceu. Estava apavorada, horrivelmente apavorada...

Ela deve pensar, voltar, lembrar-se.

Rosemary.

Não haveria esquecimento.

Capítulo 2

Ruth Lessing

Ruth Lessing, durante um momento de tranquilidade em seu dia ocupado, lembrava-se da esposa de seu empregador, Rosemary Barton.

Ela não gostava nada de Rosemary Barton. Nunca soube o quanto até aquela manhã de novembro, quando conversou com Victor Drake pela primeira vez.

Aquela conversa com Victor fora o começo de tudo, foi o que colocou o trem em movimento. Antes daquilo, as coisas que ela havia sentido e pensado eram tão distantes do seu fluxo de consciência que ela mesma desconhecia.

Ela era devotada a George Barton. Sempre fora. Quando chegou a ele pela primeira vez, uma mulher articulada, competente e jovem, de 23 anos, ela tinha visto que ele precisava de alguém que tomasse conta dele. Ela tomou conta dele. Poupava o tempo, o dinheiro e as preocupações dele. Escolhia os amigos para ele e o direcionava a *hobbies* adequados. Ela o impediu de realizar aventuras comerciais imprudentes e o encorajou a correr riscos judiciosos em algumas ocasiões. Em sua longa relação de companheirismo, George nunca suspeitou que ela fosse outra coisa que não subserviente, atenta e inteiramente devota a ele. Ele tinha um prazer distinto em sua aparência, a cabeça asseada, brilhante e escura, as elegantes camisas feitas sob medida e impecáveis, as pequenas pérolas em suas orelhas de bom formato, o rosto pálido discretamente maquiado e o leve tom rosado de seu batom.

Ruth, ele sentia, era a certa.

Ele gostava do jeito impessoal e desinteressado dela, sua completa ausência de sentimentos ou familiaridade. Em consequência, conversavam muito sobre assuntos particulares. Ela o ouvia e sempre dava um conselho útil.

Ela não tinha nada a ver, no entanto, com seu casamento. Não gostava disso. Todavia, aceitou e foi uma ajuda inestimável nos preparativos do casamento, aliviando Mrs. Marle de muito trabalho.

Por um tempo depois do casamento, Ruth manteve termos um pouco menos confidenciais com seu empregador. Ela se limitava estritamente aos negócios do escritório. George deixou muita responsabilidade nas mãos dela.

Todavia, sua eficiência era tanta que Rosemary logo descobriu que Miss Lessing era uma ajuda de valor inestimável de muitos modos. Miss Lessing era sempre agradável e educada.

George, Rosemary e Iris, todos a chamavam de Ruth e com frequência ela vinha a Elvaston Square para almoçar. Ela estava com 29 anos e exatamente igual a quando ela tinha 23.

Sem que qualquer palavra mais íntima passasse entre eles, ela sempre estava ciente das menores reações emocionais de George. Ela soube quando a primeira exaltação de sua vida de casado passou para um conteúdo de êxtase, percebeu quando esse conteúdo deu lugar a outra coisa que não era tão fácil de definir. Certa desatenção ao detalhe demonstrada por ele nessa época foi corrigida por sua premeditação.

No entanto, por mais distraído que George pudesse ser, Ruth Lessing nunca parecia estar ciente disso. Ele lhe era sempre grato.

Foi em uma manhã de novembro que ele contou a ela sobre Victor Drake.

— Eu quero que faça um trabalho um tanto desagradável para mim, Ruth...

Ela o olhou, inquisitiva. Não é necessário dizer que ela o faria. Isso se compreendia.

— Toda família tem uma ovelha negra — comentou George. Ela concordou compreensivamente.

— É um primo da minha esposa, um completo mau caráter, receio. Ele meio que arruinou a própria mãe, uma alma tola e sentimental que vendeu a maior parte das poucas ações que tinha. Ele começou falsificando cheques em Oxford, e abafaram o caso. Desde então, ele é enviado por aí pelo mundo, nunca fazendo nada de bom em lugar algum.

Ruth ouvia sem muito interesse. Ela tinha familiaridade com o tipo. Eles cultivavam laranjas, começavam fazendas com galinhas, iam trabalhar como pastores em estâncias australianas, conseguiam empregos em companhias que congelavam carne na Nova Zelândia. Nunca faziam nada de bom, nunca ficavam por muito tempo em um lugar e invariavelmente acabavam com todo o dinheiro que se investia neles. Eles nunca a tinham interessado muito. Ela preferia o sucesso.

— Ele agora apareceu em Londres e sei que anda incomodando a minha esposa. Ela não o vê desde que estava na escola, mas ele é um verdadeiro canalha e tem escrito para ela para pedir dinheiro, e não vou aturar isso. Marquei um encontro com ele hoje ao meio-dia no hotel em que ele está. Quero que lide com isso para mim. O fato é que não quero entrar em contato com o homem. Eu nunca o encontrei, e nem quero, e também não quero que Rosemary o encontre. Eu acho que a coisa toda pode ser mantida como um negócio se for arranjada por um terceiro.

— Sim, isso sempre é um bom plano. Qual é o acordo?

— Cem libras em dinheiro e uma passagem para Buenos Aires. O dinheiro será entregue desde que ele esteja embarcado.

Ruth sorriu.

— Certo. Você quer ter certeza de que ele realmente partiu!

— Vejo que entende.

— Sim.

Ele hesitou.

— Tem certeza de que não se importa em fazer isso?

— É claro que não. — Ela se divertia um pouco. — Posso lhe assegurar de que sou capaz de lidar com o problema.

— Você é capaz de qualquer coisa.

— E quanto à reserva da passagem? Qual é o nome dele, a propósito?

— Victor Drake. A passagem está aqui. Eu liguei para a companhia a vapor ontem. É o *San Cristobal*, sai de Tilbury amanhã.

Ruth pegou a passagem, deu uma olhada para se certificar de que estava tudo certo e a colocou em sua bolsa.

— Está combinado. Eu vejo isso. Ao meio-dia. Qual o endereço?

— O Rupert, passando pela Russel Square.

Ela anotou.

— Ruth, minha querida, não sei o que eu faria sem você. — Ele pôs a mão em seu ombro afavelmente; era a primeira vez que fazia tal coisa. — Você é o meu braço direito.

Ela corou, satisfeita.

— Eu nunca consigo falar muito, sempre tomo tudo o que você faz como se fosse meu de direito, mas não é bem assim. Você não sabe o quanto dependo de você para *tudo*. Você é a mulher mais bondosa, querida, mais prestativa do mundo!

Ruth disse, rindo para esconder seu prazer e embaraço:

— Você vai me deixar mimada falando essas coisas.

— Oh, mas são verdadeiras. Você é parte da firma, Ruth. A vida sem você seria impensável.

Ela saiu sentindo um brilho quente nas palavras dele. O brilho ainda estava com ela quando chegou ao Rupert Hotel para sua missão.

Ruth não sentiu qualquer embaraço no que a esperava. Ela era bem confiante em seus poderes para lidar com qualquer situação. Histórias de azar e pessoas nunca a atraíam. Ela estava preparada para lidar com Victor Drake como com tudo o que lida em um dia de trabalho.

Ele era bem como ela o tinha imaginado, embora definitivamente mais atraente. Ela não errou ao estimar seu caráter. Não havia muito de bom em Victor Drake. Tão frio e calculista quanto uma personalidade podia ser, bem mascarado por trás de uma malícia conveniente. O que ela não tinha permitido foi seu poder de ler a alma das outras pessoas e a facilidade com a qual ele podia brincar com as emoções. Talvez ela tivesse subestimado a própria resistência ao charme dele.

Ele a cumprimentou com um ar de deleitosa surpresa.

— A emissária do George? Mas que maravilhosa surpresa!

Em tons secos e monótonos, ela explicou os termos de George. Victor concordou com eles da maneira mais amigável possível.

— Cem libras? Nada mal mesmo. Pobre velho George. Eu teria aceitado 60, mas não diga isso a ele! Condições: "Não preocupe sua amada prima Rosemary"; "Não contamine a inocente prima Iris"; "Não envergonhe o admirável primo George". Aceito tudo! Quem vem me ver partir no *San Cristobal?* Você, minha querida Lessing?

Ele enrugou seu nariz, seus olhos escuros piscaram compadecidamente. Ele tinha uma cara magra e bronzeada e havia uma possibilidade de que ele pudesse ser um toureiro — concepção romântica! Ele era atraente para as mulheres e sabia disso!

— Você está com o Barton há algum tempo, não está, Miss Lessing?

— Seis anos.

— E ele não saberia o que fazer sem você. Sim, eu sei de tudo. E sei sobre você, Miss Lessing.

— Como assim? — perguntou Ruth abruptamente.

Victor sorriu.

— Rosemary me contou.

— Rosemary? Mas...

— Tudo bem. Não vou mais incomodar a Rosemary. Ela já foi muito boa comigo, bastante solidária. Consegui tirar 100 libras dela, na verdade.

— Você...

Ruth parou e Victor riu. Sua risada era contagiante. Ela se percebeu rindo também.

— Você é terrível, Mr. Drake.

— Sou um parasita bem-sucedido. Técnicas refinadas. Minha mãe, por exemplo, sempre vai me ajudar se eu mandar um telegrama sugerindo um possível suicídio.

— Você deveria ter vergonha de si mesmo.

— Eu mesmo me desaprovo, profundamente. Sou uma pessoa ruim, Miss Lessing. Eu gostaria que *você* soubesse o quão ruim.

— Por quê? — Ela era curiosa.

— Eu não sei. Você é diferente. Não consegui usar a técnica usual em você. Esses seus olhos claros... você não cairia. Não. Ser "mais vítima de culpa, do que mesmo culpado" não daria certo com você. Você não tem pena.

O rosto dela se endureceu.

— Eu desprezo a pena.

— A despeito do seu nome? Ruth *é* o seu nome, não é? Picante. Ruth, a rude.

— Não tenho qualquer simpatia pela fraqueza!

— Quem disse que fui fraco? Não, não, é aí que você se engana, minha querida. Perverso, talvez. Mas há uma coisa que pode ser dita de mim.

Os lábios dela se contraíram um pouco. A desculpa inevitável.

— Sim?

— Eu aproveito a vida. Sim, eu aproveito muito a vida. Já vi muitas coisas na vida, Ruth. Fiz quase de tudo. Já fui ator, vendedor, garçom, já fiz biscates, já fui carregador de malas e fiz efeitos especiais num circo! Já naveguei diante do mastro em um navio a vapor. Fui candidato a presidente em uma república da América do Sul. Já estive na prisão! Há apenas duas coisas que nunca fiz: ter um dia de trabalho honesto ou me sustentar.

Ele olhou para ela rindo. Ela sentia que estava revoltada. Mas a força de Victor Drake era a força do diabo. Ele poderia fazer com que o mal parecesse divertido. Ele agora estava olhando para ela com aquele jeito estranho e penetrante.

— Não precisa fazer essa cara de arrogante, Ruth! Você não tem tanta moral quanto pensa que tem! Sucesso é o seu fetiche. Você é o tipo de garota que termina se casando com o chefe. É isso o que você devia ter feito com o George. Ele não devia ter se casado com aquela anta da Rosemary. Devia ter casado com *você*. Ele teria feito algo muito melhor a si mesmo se tivesse o feito.

— Eu acho que você está me insultando.

— Rosemary é uma tola e coitada, sempre foi. Bela como o paraíso e estúpida como um coelho. Ela é do tipo por quem os homens se apaixonam, mas com quem nunca permanecem. Já você, você é diferente. Meu Deus, se um homem se apaixonasse por você... ele nunca se cansaria.

Ele tinha alcançado um ponto vulnerável. Ela disse com repentina e crua sinceridade:

— Se! Mas ele não se apaixonaria por mim!

— Você quer dizer que o George não se apaixonou? Não se engane, Ruth. Se algo acontecesse com Rosemary, George se casaria com você tão rápido como um tiro.

(Sim, foi isso. Esse foi o começo de tudo.)

Ele continuou, observando-a:

— Mas você sabe disso tanto quanto eu.

(A mão de George nas suas, a voz afável, calorosa... Sim, certamente era verdade... Ele devotado a ela, dependente dela...)

— Você tem que ter mais confiança em si mesma, minha querida menina — disse Victor gentilmente. — Você poderia dobrar o George e tê-lo na mão. Rosemary é só uma tolinha.

"É verdade", pensou Ruth. "Se não fosse por Rosemary, eu poderia fazer o George me pedir em casamento. Eu faria bem a ele. Eu cuidaria bem dele."

Ela sentiu uma repentina raiva cega, um ressentimento apaixonado. Victor Drake a estava observando com um punhado de diversão. Ele gostava de pôr ideias onde elas já estavam...

Sim, foi assim que começou — aquele encontro casual com o homem que iria para o outro lado do globo no dia seguinte. A Ruth que voltou ao escritório não era a mesma Ruth que tinha saído, embora ninguém pudesse notar nada de diferente em seus modos ou sua aparência.

Logo depois de ela chegar de volta ao escritório, Rosemary Barton ligou.

— Mr. Barton acabou de sair para o almoço. Posso fazer alguma coisa?

— Oh, Ruth, você faria? Aquele enfadonho do Coronel Race acaba de mandar um telegrama para dizer que não vai voltar a tempo para a minha festa. Pergunte ao George quem ele gostaria de convidar no lugar dele. Nós temos mesmo que convidar outro homem. Há quatro mulheres, Iris vem de brinde e Sandra Farraday e... Quem é mesmo a outra? Eu não consigo me lembrar.

— Sou a quarta, eu acho. Você muito gentilmente me convidou.

— É claro. Eu tinha me esquecido de você!

A risada de Rosemary veio leve e tilintante. Ela não pode ver o rubor repentino e a mandíbula endurecida de Ruth Lessing.

Convidada para a festa de Rosemary como um favor, uma concessão a George! "Sim, vamos convidar sua Ruth Lessing. Afinal de contas, ela ficará contente de ser convidada, e ela é muitíssimo útil. Ela também parece ser bem apresentável."

Naquele momento, Ruth Lessing soube que odiava Rosemary Barton.

Odiada por ser rica, bela, despreocupada e descerebrada. Nada de uma rotina de trabalho duro num escritório para

Rosemary — tudo lhe era dado numa bandeja de ouro. Casos amorosos, um marido babão, necessidade zero de trabalho ou planos para o futuro...

Beleza odiosa, condescendente, presunçosa e frívola...

— Eu queria que você estivesse morta — disse Ruth Lessing em voz baixa para o telefone silencioso.

Suas palavras a alarmaram. Não eram coisa dela. Ela nunca tinha se apaixonado, nunca tinha sido veemente, nunca tinha sido nada além de tranquila, controlada e eficiente.

— O que está acontecendo comigo? perguntou a si mesma.

Ela odiou Rosemary Barton naquela tarde. Ela ainda odiava Rosemary Barton naquele dia, um ano mais tarde.

Um dia, talvez, ela conseguiria esquecer Rosemary Barton. Mas ainda não.

Ela transportou com afinco sua mente ao passado, àqueles dias de novembro.

Sentada, olhando para o telefone, sentindo o ódio se insurgir em seu coração...

Passando a mensagem de Rosemary para George com sua voz agradável e controlada. Sugerindo que ela mesma não deveria ir para que o número ficasse par. George rapidamente ignorou *aquilo*!

Chegou na manhã seguinte e contou sobre a partida do *San Cristobal*. O alívio e a gratidão de George.

— Então, ele partiu no navio e tudo certo?

— Sim. Eu entreguei a ele o dinheiro um pouco antes da prancha de embarque ser levantada. — Ela hesitou e disse: — Ele acenou enquanto o barco se afastava do cais e gritou "Beijos e abraços ao George, e diga que farei um brinde à saúde dele esta noite".

— Insolência! — gritou George. Ele perguntou com curiosidade: — O que achou dele, Ruth?

Ela propositalmente deixou a voz monótona e respondeu:

— Bem o esperado. Um fraco.

E George não viu nada, não notou nada! Ela quis gritar: "Por que me enviou para encontrá-lo? Não sabia o que ele poderia ter feito comigo? Não percebe que sou uma pessoa diferente desde ontem? Não consegue ver que sou *perigosa*? Que não há o que eu não possa fazer?"

Em vez disso, respondeu com sua voz profissional:

— Sobre aquela carta de São Paulo...

Ela era a secretária competente e eficiente...

Mais cinco dias.

Aniversário de Rosemary.

Um dia tranquilo no escritório, uma ida ao cabeleireiro , a prova de um novo vestido preto, um toque de maquiagem habilmente aplicada. Um rosto que não era bem o seu, olhando para ela no espelho. Um rosto pálido, determinado e amargo.

Era verdade o que Victor Drake tinha dito. Para ela não havia pena.

Mais tarde, quando encarava o rosto azulado e convulsionado de Rosemary Barton do outro lado da mesa, ela não sentiu pena.

Agora, onze meses depois, pensando em Rosemary Barton, ela de repente sentiu medo...

Capítulo 3

Anthony Browne

Anthony Browne franzia a testa, olhando meio de longe, enquanto pensava em Rosemary Barton.

Ele tinha sido um maldito idiota por ter se envolvido com ela. Entretanto, um homem pode ser perdoado por isso! Ela era agradável aos olhos. Aquela noite no Dorchester, ele não conseguia olhar para mais nada. Mais bela que uma *huri* — e provavelmente tão inteligente quanto!

Ainda assim, ele se apaixonou perdidamente por ela. Gastou muita energia tentando encontrar alguém que o apresentasse a ela. O que era um tanto imperdoável, na verdade, ao se considerar que ele tinha que estar ali estritamente para negócios. Afinal de contas, ele não era um vagabundo que estava passando seus dias no Claridge por prazer.

Mas Rosemary Barton era encantadora o bastante em toda a consciência para desculpar qualquer lapso momentâneo do dever laboral. Tudo bem agora fazer algo besta e depois se perguntar por que ele tinha sido tão tolo. Felizmente, não havia nada do que se arrepender. Quase que no mesmo instante que falou com ela, o encanto havia levemente desaparecido. As coisas voltaram às proporções normais. Aquilo não era amor — nem mesmo era paixão. Era diversão.

Bem, ele se divertiu. E Rosemary também. Ela dançava como um anjo e, onde quer que ele a levasse, os homens se viravam para olhar. Aquilo era agradável para um homem.

Desde que você esperasse que ela não falasse algo. Ele agradecia às estrelas por não ser casado com ela. Ao se acostumar com toda aquela perfeição de rosto e corpo, onde se estaria? Ela não conseguia nem escutar de modo inteligente. O tipo de garota que esperava que você dissesse a ela todas as manhãs na mesa do café da manhã que a amava apaixonadamente!

Oh, é de todo modo excelente pensar essas coisas agora.

Ele tinha se apaixonado, não tinha?

Ia com ela a bailes. Telefonava, levava-a para sair, dançava com ela, beijava-a no táxi. Esteve no perfeito caminho de virar um bobalhão por causa dela, até aquele dia alarmante e inacreditável.

Ele podia se lembrar agora mesmo como ela estava, a mecha de cabelo castanho avermelhado que tinha caído sobre uma orelha, os cílios baixos e o brilho dos olhos azuis escuros através deles. O beicinho formado pelos lábios macios e vermelhos.

— Anthony Browne. É um bom nome!

— Eminentemente bem estabelecido e respeitável. Havia um camareiro de Henrique VIII que se chamava Anthony Browne.

— Um antepassado?

— Não aposte nisso. — Ele ergueu as sobrancelhas. — Eu sou do lado colonial.

— Não é italiano?

— Eu? — Ele riu. — Por causa de minha pele bronzeada? Minha mãe é espanhola.

— Isso explica.

— Explica o quê?

— Um bocado, Mr. Anthony Browne.

— Você gosta do meu nome.

— Eu já disse. É um bom nome. — E completou, tão rápida como um raio que cai do céu: — Melhor do que Tony Morelli.

Por um momento, ele quase não pôde acreditar em seus ouvidos! Era incrível! Impossível!

Ele a pegou pelo braço. E, na aspereza de seu gesto, ela se desvencilhou.

— Você está me machucando!

— Onde ouviu esse nome?

A voz dele era rude, ameaçadora.

Ela riu, deleitada com o efeito que produziu. O formidável tolinho!

— Quem contou a você? — insistiu ele.

— Alguém o reconheceu.

— Quem foi? Isso é sério, Rosemary. Eu tenho que saber.

Ela olhou de soslaio para ele.

— Um primo meu sem reputação, Victor Drake.

— Nunca conheci ninguém com esse nome.

— Eu imagino que ele não estivesse usando esse nome quando o conheceu. Preservando os sentimentos familiares.

— Entendo. Foi... na prisão?

— Sim. Eu estava passando um sermão em Victor, dizendo que ele era uma desgraça para todos nós. Ele não se importou, é claro. Depois sorriu e disse: "Você mesma não é tão seletiva assim, querida. Vi você na outra noite, dançando com um ex-presidiário, um dos seus melhores amigos, na verdade. Atende pelo nome de Anthony Browne, mas na cadeia ele era Tony Morelli."

— Preciso repetir meu encontro com esse meu amigo da juventude — sussurrou Anthony. — Nós que temos laços antigos de prisão precisamos ficar unidos.

Rosemary balançou a cabeça.

— Tarde demais. Ele já embarcou para a América do Sul. Partiu ontem.

— Entendo. — Anthony respirou fundo. — Então, você é a única pessoa que sabe meu segredo de condenado?

Ela assentiu.

— Não vou entregar você para ninguém.

— Melhor não. — Sua voz ficou severa. — Olha aqui, Rosemary, isso é perigoso. Você não quer sua adorável face dilacerada, quer? Há pessoas que não dão bola para pequenas coisas como arruinar a cara de garotas bonitas. Não acontece somente em livros e filmes. Acontece na vida real também.

— Você está me ameaçando, Tony?

— Avisando.

Ela aceitaria o aviso? Ela percebeu que ele estava falando *mortalmente* sério? Tolinha. Nenhum senso racional naquela adorável cabeça oca. Não dava para confiar nela sobre permanecer calada. Mesmo assim, ele precisaria tentar ser mais claro.

— Esqueça que você um dia ouviu o nome Tony Morelli, entendeu?

— Mas eu não me importo nem um pouquinho, Tony. Eu sou bastante mente aberta. É uma emoção para mim conhecer um criminoso. Não precisa ficar com vergonha.

A completa idiotinha. Ele olhou para ela friamente. Naquele momento, perguntou-se como um dia pode ter imaginado que se importava.

— Esqueça Tony Morelli disse soturnamente. — Estou falando sério. Nunca mencione esse nome de novo.

Ele tinha que fugir. Aquela era a única coisa a se fazer. Não dava para confiar no silêncio daquela garota. Ela falava quando sentia vontade de falar.

Ela estava sorrindo para ele, um sorriso encantador, mas aquilo não o tocou.

— Não fique tão brabo. Leve-me ao baile do Jarrow na semana que vem.

— Não devo estar aqui. Vou viajar.

— Não antes da minha festa de aniversário. Não me desaponte. Estou contando com você. Agora, não diga não. Fiquei doente com aquela gripe horrível e ainda estou me sentindo terrivelmente fraca. Não posso ser contrariada. Você tem que vir.

Ele deveria ter ficado firme. Deveria ter dispensado tudo e ter ido imediatamente.

Em vez disso, por uma porta aberta, viu Iris descendo a escada. Iris, muito direita e esguia, com um rosto pálido, cabelos pretos e olhos acinzentados. Iris com muito menos beleza do que Rosemary e com todas as características que Rosemary deveria ter.

Naquele momento, ele se odiou por ter sido uma vítima, mesmo que em um grau muito pequeno, do charme fácil de Rosemary. Ele se sentiu como Romeu se sentiu se lembrando de Rosalina quando conheceu Julieta.

Anthony Browne mudou de ideia.

No clarão de um segundo, ele se comprometeu com um curso de ações totalmente diferente.

Capítulo 4

Stephen Farraday

Stephen Farraday estava pensando em Rosemary pensando nela com aquele assombro incrédulo que a sua imagem sempre trazia a ele. Geralmente, ele bania de sua mente todos os pensamentos referentes a ela tão logo surgiam, mas havia vezes quando, persistentes na morte como ela havia sido na vida, ela se recusava, portanto, a ser arbitrariamente dispensada.

Sua primeira reação era sempre a mesma: um ligeiro e irresponsável arrepio enquanto se lembrava da cena no restaurante. Ao menos, ele não precisava pensar *naquilo* novamente. Seus pensamentos se voltaram para muito antes, para Rosemary viva, Rosemary sorrindo, respirando, olhando em seus olhos...

Que tolo, que incrível tolo ele tinha sido!

E o assombro o tomava, puro e desnorteante assombro. Como tudo aconteceu? Ele não conseguia entender. Era como se a vida dele estivesse dividida em duas partes: uma, a parte maior, uma progressão ordenada, sã e bem equilibrada, e a outra, uma breve loucura fora do comum. As duas partes não combinavam.

Pois, com toda a sua habilidade e seu intelecto sagaz, Stephen não tinha a percepção interna para ver que, na verdade, elas combinavam muito bem.

Às vezes, ele olhava para a sua vida, avaliando suas experiências friamente e sem emoções indevidas, mas com certo orgulho pedante. Desde a tenra idade, esteve determinado a obter sucesso na vida e, apesar das dificuldades e certas desvantagens iniciais, *teve* sucesso.

Ele sempre teve certa simplicidade tanto em crença quanto em atitude. Acreditava na Vontade. O que um homem desejava, ele poderia fazer!

O pequeno Stephen Farraday cultivou resolutamente sua vontade. Ele poderia procurar pouca ajuda na vida, exceto aquela que conseguia por seus próprios esforços. Um pequeno garoto pálido de sete anos, com uma boa testa e queixo determinado, ele se erguia cada vez mais. Seus pais não lhe serviriam de nada. Sua mãe tinha se casado com alguém abaixo de sua classe social — e se arrependia. Seu pai, um pequeno construtor, sagaz, esperto e pão-duro, foi desprezado pela esposa e também pelo filho... Por sua mãe, sem objetivo e dada a extraordinárias variações de humor, Stephen sentia apenas uma incompreensão enigmática até o dia em que a encontrou atirada sobre o canto de uma mesa com um frasco vazio de água-de-colônia caído ao seu lado. Ele nunca tinha pensado na bebida como uma explicação para o humor da mãe. Ela nunca bebia cerveja ou destilados, e ele nunca havia percebido que sua paixão por água-de-colônia tinha outra origem do que sua vaga explicação sobre dores de cabeça.

Ele percebeu naquele momento que tinha pouca afeição por seus pais. Suspeitava astutamente que eles também não tinham muita afeição por ele. Ele era pequeno para a idade, quieto, com uma tendência a gaguejar. "Pamonha", seu pai o chamava. Uma criança bem-comportada, pouco incomodava em casa. Seu pai preferia que fosse um tipo mais violento.

— *Eu* estava sempre fazendo alguma travessura quando tinha a idade dele.

Às vezes, olhando para Stephen, ele se sentia inquieto pela própria inferioridade social em relação à esposa. Stephen puxou à família da mãe.

Silenciosamente, com crescente determinação, Stephen mapeou a própria vida. Ele seria bem-sucedido. Como um primeiro teste de vontade, ele estava determinado a dominar sua gagueira. Praticava falar lentamente, com pouca hesitação entre as palavras. E, com o tempo, seus esforços foram coroados com o sucesso. Ele não gaguejava mais. Na escola, ele se aplicava nas lições. Ele tinha a intenção de ter uma educação. Educação levava a lugares. Logo, seus professores ficaram interessados, encorajaram-no. Ele ganhou uma bolsa. Seus pais foram contatados pelas autoridades educacionais — o menino era uma promessa. Mr. Farraday, ganhando um bom dinheiro por conta de uma série de casas malfeitas, foi persuadido a investir dinheiro na educação de seu filho.

Aos 22 anos, Stephen voltou de Oxford com um bom diploma, uma reputação de orador bom e espirituoso, e jeito para escrever artigos. Ele também tinha feito alguns amigos úteis. Política era o que o atraía. Ele havia aprendido a superar sua natural timidez e a cultivar maneiras sociais admiráveis — modesto, simpático e com aquele toque brilhante que levava as pessoas a dizer:

— Aquele jovem vai longe.

Embora fosse um liberal por predileção, Stephen se deu conta de que naquele momento, ao menos, o Partido Liberal estava morto. Ele se filiou ao Partido Trabalhista. Seu nome logo se tornou conhecido como o de um jovem "promissor". Mas o Partido Trabalhista não o satisfazia. Ele achou o partido menos aberto a novas ideias, mais inflexível pela tradição do que seu grande e poderoso rival. Os Conservadores, por outro lado, estavam de olho em algum jovem talento promissor.

E aprovaram Stephen Farraday ele era bem o tipo que queriam. Ele concorreu contra um eleitorado trabalhista bastante sólido e o venceu por uma votação apertada. Foi com um sentimento de triunfo que Stephen tomou assento na Câmara dos Comuns. Sua carreira havia começado, e aquela era a carreira certa que ele tinha escolhido. Nela, ele poderia colocar toda sua habilidade, toda sua ambição. Ele sentiu em si a capacidade de governar, e de governar bem. Ele tinha talento para lidar com pessoas, para saber quando lisonjear e quando se opor. Um dia, ele jurou, estaria no Gabinete.

Todavia, uma vez que a animação de estar de fato na Câmara dos Comuns diminuiu, ele experimentou uma rápida desilusão. A eleição acirradamente disputada havia o colocado em notoriedade, e agora ele estava de volta à velha rotina, uma mera e insignificante unidade dos recrutas de base, subserviente aos chicotes do partido e mantida em seu lugar. Nesse ponto, não foi fácil sair da obscuridade. A juventude era vista com suspeita. Precisava-se de algo acima da capacidade. Uma necessária influência.

Havia certos interesses. Certas famílias. Você tinha que ser patrocinado.

Ele considerou se casar. Até então tinha pensado muito pouco sobre o assunto. Tinha uma imagem vaga, no fundo de sua mente, de uma criatura bonita que poderia ficar em seu patamar, compartilhando a vida e suas ambições; que daria a ele filhos e em quem ele poderia despejar seus pensamentos e suas perplexidades. Uma mulher que se sentia como ele e que estaria ávida por seu sucesso e orgulhosa dele quando ele o conquistasse.

Então, um dia ele foi a uma grande recepção em Kidderminster House. A conexão de Kidderminster era a mais poderosa da Inglaterra. Eles eram, e sempre foram, uma grande família política. Lorde Kidderminster, com seu pequeno porte imperial, sua altura, uma figura distinta: era conhecido de longe em todo lugar. A larga cara de cavalinho de balanço de lady Kidderminster era familiar nos palanques públicos e nos comitês em todo o país. Eles tinham cinco filhas, três delas eram lindas, e um filho ainda em Eton.

Os Kidderminster faziam questão de encorajar prováveis jovens membros do partido. Daí o convite para Farraday.

56

Ele não conhecia muitas pessoas lá e ficou sozinho perto de uma janela por cerca de vinte minutos depois de sua chegada. A multidão na área da mesa de chá estava diminuindo e passando para as outras salas quando Stephen notou uma garota alta, vestida de preto, sozinha perto da mesa, parecendo, por um momento, ligeiramente perdida.

Stephen Farraday era bom fisionomista. Ele tinha pego no trem naquela mesma manhã uma revista *Home Gossip*, descartada por uma viajante, e dado uma olhada com um toque de divertimento. Havia uma reprodução meio manchada de lady Alexandra Hayle, a terceira filha do conde de Kidderminster, e abaixo um pequeno extrato fofoqueiro sobre ela — "... sempre foi de uma disposição tímida e retraída [...] devotada aos animais [...] lady Alexandra fez um curso de ciências domésticas, já que lady Kidderminster acredita que suas filhas devem ter um conhecimento meticuloso de todos os assuntos domésticos".

Lá estava lady Alexandra Hayle e, com a percepção infalível de uma pessoa tímida, Stephen sabia que ela também era tímida. A mais sem graça das cinco filhas, Alexandra sempre havia sofrido com um sentimento de inferioridade. Mesmo tendo a mesma educação e os mesmos cuidados de suas irmãs, ela nunca conseguiu conquistar o mesmo *savoir faire*, o que consideravelmente incomodava sua mãe. Sandra precisava fazer um esforço — era absurdo aparentar ser tão estranha, tão sem determinação.

Stephen não tinha conhecimento disso, mas sabia que a garota estava infeliz e pouco à vontade. E, de repente, um surto de convicção se apossou dele. Essa era sua chance! *"Vai, seu bobo, vai! É agora ou nunca!"*

Ele cruzou a sala até o longo *buffet*. Em pé ao lado da garota, pegou um sanduíche. Depois, virando-se nervosamente e com esforço (não era fingimento, ele *estava* nervoso!), ele disse:

— Se importa se eu falar com você? Eu não conheço muitas pessoas aqui e posso ver que você também não. Não me despreze. Na verdade, sou terrivelmente ti-ti-tímido, você não?

A garota corou, sua boca se abriu. Mas ele havia adivinhado, ela não poderia dizer. Difícil demais encontrar as palavras para falar "Eu sou a filha dos donos da casa". Em vez disso, ela admitiu em voz baixa:

— De fato, e-eu sou tímida. Sempre fui.

Stephen seguiu rapidamente.

— É um sentimento horrível. Não sei se alguém algum dia o supera. Às vezes, eu sinto que minha língua está presa.

— Eu também.

Ele continuou falando meio rápido, gaguejando um pouco, seus modos eram pueris e atraentes. Era algo natural para ele há alguns anos e agora era um traço conscientemente mantido e cultivado. Era jovial, ingênuo e desarmava qualquer um.

Ele logo levou a conversa ao assunto teatro. Mencionou uma peça que estava passando, a qual tinha despertado uma boa dose de interesse. Sandra tinha visto. Eles conversaram a respeito. Tratava-se de alguma questão dos serviços sociais e eles logo estavam em uma discussão profunda dessas ações.

Stephen não exagerava nas coisas. Ele viu lady Kidderminster entrando na sala, com seus olhos procurando a filha. Não era parte do plano dele ser apresentado agora. Ele murmurou um adeus.

— Gostei muito de conversar com você. Estava odiando todo o espetáculo até encontrá-lo. Obrigada.

Ele foi embora de Kidderminster House com um sentimento de júbilo. Ele tinha aproveitado sua chance. Agora era consolidar o que tinha começado.

Por vários dias depois disso, ele assombrou a vizinhança próxima da propriedade. Uma vez, Sandra saiu com uma de suas irmãs. Outra vez, saiu de casa sozinha, mas num passo apressado. Ele balançou a cabeça. Aquilo não funcionaria. Ela estava obviamente a caminho de algum compromisso particular. Então, cerca de uma semana após a festa, sua paciência foi recompensada. Certa manhã, ela saiu com um cachorrinho terrier escocês preto e foi num passo vagaroso em direção ao parque.

Cinco minutos depois, um jovem que caminhava rapidamente na direção oposta parou à frente de Sandra. Ele exclamou animadamente:

— Que sorte! Fiquei pensando se algum dia veria você de novo.

Seu tom foi de tamanho deleite que ela corou um pouco. Ele se inclinou para o cachorro.

— Que camaradinha alegre. Qual é o nome dele?

— MacTavish.

— Oh, muito escocês.

Eles conversaram sobre o cachorro por alguns momentos. Depois, Stephen disse com um traço de embaraço:

— Eu não disse meu nome no outro dia. É Farraday. Stephen Farraday. Sou um desconhecido membro do Parlamento.

Ele olhava interrogativamente e viu a cor subir pelas bochechas dela novamente quando ela disse:

— Eu sou Alexandra Hayle.

Ele respondeu muito bem àquilo. Sua atuação foi tão memorável que podia ter feito parte da OUDS. Surpresa, reconhecimento, consternação, constrangimento!

— Oh, você é... é lady Alexandra Hayle! Minha nossa! Você deve ter me achado um *estúpido* naquele dia!

Seu movimento de resposta era inevitável. Ela era obrigada tanto por sua educação quanto por sua bondade natural a fazer tudo o que pudesse para deixá-lo à vontade, para tranquilizá-lo.

— Eu deveria ter lhe dito naquele momento.

— Eu deveria saber. Você deve achar que sou um imbecil!

— Como saberia? De todo modo, que importa? Por favor, Mr. Farraday, não fique tão chateado. Vamos caminhar até Serpentine. Olha, MacTavish não para de puxar.

Depois daquilo, ele a encontrou muitas vezes no parque. Ele contou a ela suas ambições. Juntos, discutiam tópicos de política. Ele achou que ela era inteligente, bem-informada e que tinha compaixão. Ela tinha uma cabeça boa e uma mente não tendenciosa. Eles eram amigos agora.

O avanço seguinte veio quando ele foi convidado para jantar em Kidderminster House e para ir a um baile. Um homem tinha desistido no último momento. Quando lady Kidderminster estava pensando em um substituto, Sandra sugeriu em voz baixa:

— Que tal Stephen Farraday?

— Stephen Farraday?

— Sim, ele esteve na sua festa no outro dia e eu o encontrei uma ou duas vezes desde então.

Lorde Kidderminster foi consultado e ficou a favor de encorajar os jovens esperançosos do mundo político.

— Jovem brilhante, bastante brilhante. Nunca ouvi falar de sua família, mas ele fará um nome por si só um dia.

Stephen foi e se saiu muito bem.

— Um jovem útil de se conhecer — disse lady Kidderminster com uma arrogância inconsciente.

Dois meses mais tarde, Stephen colocou sua sorte à prova.

Eles estavam perto do Serpentine e MacTavish se sentou com a cabeça no pé de Sandra.

— Sandra, você... deve saber que eu amo você. Quero que se case comigo. Eu não perguntaria se não acreditasse que um dia farei um nome para mim. Acredito mesmo nisso. Você não haverá de ter vergonha de sua escolha. Eu juro.

— Não tenho vergonha.

— Então o sentimento é recíproco?

— Você não sabia?

— Eu esperava, mas eu não poderia ter certeza. Você sabe que amei você desde o primeiro momento em que a vi do outro lado daquela sala e tomei minha coragem para falar com você. Nunca fiquei tão apavorado em toda minha vida.

— Eu acho que amei você naquele momento também...

Mas nem tudo foi tranquilo. O anúncio de Sandra de que ela se casaria com Stephen Farraday fez sua família protestar imediatamente. Quem era ele? O que sabiam sobre ele?

Para lorde Kidderminster, Stephen foi muito honesto sobre sua família e origem. Ele cedeu a um pensamento fugaz de que era melhor para suas perspectivas que seus pais estivessem mortos agora.

Para sua mulher, lorde Kidderminster disse:

— Humm, poderia ser pior.

Ele conhecia bem a filha que tinha, sabia que seu jeito quieto escondia um propósito inflexível. Se ela queria aquele rapaz, ela o teria. Ela nunca cederia!

— Ele tem uma carreira pela frente. Com um pouco de apoio, vai longe. Deus sabe que estamos precisando de sangue novo. Ele também parece ser um rapaz decente.

Lady Kidderminster consentiu de má vontade. Aquilo não era nem um pouco a sua ideia de um bom partido para sua filha. Ainda assim, Sandra era a mais difícil da família. Susan sempre foi uma beleza, e Esther era inteligente. Diana, uma filha esperta, tinha se casado com o jovem duque de Harwich — o *parti* da estação. De fato, Sandra tinha menos charme — havia a sua timidez, também — e se esse jovem tinha um futuro como todos pareciam pensar...

Ela se rendeu, murmurando:

— Mas, é claro, é preciso se utilizar de *influência*...

Então, Alexandra Catherine Hayle aceitou Stephen Leonard Farraday na alegria e na tristeza, de cetim branco e renda de Bruxelas, com seis damas de honra, votos concisos e todos os acessórios de um casamento da moda. Eles foram para a Itália na lua de mel e voltaram para uma casinha pequena e encantadora em Westminster. Num curto período depois disso, a madrinha de Sandra morreu e deixou para ela um solar estilo Queen Anne no campo. Tudo corria bem para o jovem casal. Stephen mergulhou na vida parlamentar com ardor renovado, Sandra o ajudava e o instigava de todos os modos, se identificando ela mesma de corpo e alma com as ambições dele. Às vezes, Stephen pensava com uma satisfação quase incrédula em como a sorte o tinha favorecido! Sua aliança com a poderosa facção Kidderminster o assegurou uma ascensão rápida em sua carreira. Sua habilidade e seu brilhantismo consolidaria a posição que aquela oportunidade lhe deu. Acreditava honestamente nos próprios poderes e estava preparado para trabalhar generosamente pelo bem do seu país.

Com frequência, olhando do outro lado da mesa para sua mulher, ele se sentia grato pela parceira que ela era — bem o que ele sempre tinha imaginado. Ele gostava das adoráveis linhas limpas de sua cabeça e pescoço, os olhos diretos e castanho-claros sob suas sobrancelhas erguidas, a testa meio alta e branca e a esmaecida arrogância de seu nariz adunco. Ela parecia, pensava ele, meio que com um cavalo de corrida — tão bem penteada, tanto instinto com fina educação, tão orgulhosa. Ele pensava que ela era uma companhia ideal, suas mentes corriam alinhadas até nas mesmas rápidas conclusões. Sim! Stephen Farraday, aquele pequeno garoto desconsolado, tinha se dado muito bem por seus próprios esforços. Sua vida estava tomando forma exatamente como ele queria que tomasse. Ele tinha passado dos trinta apenas um ou dois anos e o sucesso já estava na palma da sua mão.

E, naquele humor de satisfação triunfante, ele foi com sua esposa por quinze dias para St. Moritz e, olhando do outro lado do saguão, viu Rosemary Barton.

O que aconteceu com ele naquele momento ele nunca entendeu. Por um tipo de vingança poética, as palavras que ele tinha dito para outra mulher se tornaram reais. Do outro lado da sala, ele se apaixonou. Profundamente, esmagadoramente, loucamente apaixonado. Era um tipo de amor adolescente, desesperado e precipitado que ele deveria ter experimentado anos atrás e superado.

Ele sempre havia presumido que fosse o tipo de homem que não se apaixonava. Um ou dois casos efêmeros, um flerte morno — que, até onde sabia, era tudo o que "amor" significava para ele. Prazeres sensuais não o atraíam. Disse a si mesmo que era muito melindroso para esse tipo de coisa.

Se tivessem perguntado, ele diria que amava sua esposa, ainda que soubesse muito bem que não teria imaginado se casar com ela se fosse a filha de um cavalheiro sem um tostão. Stephen gostava dela, admirava e sentia uma profunda afeição por ela e também uma gratidão verdadeira pelo que sua posição tinha dado a ele.

Que ele pudesse se apaixonar com o abandono e a miséria de um garoto imaturo foi uma revelação. Ele não conseguia pensar em nada que não fosse Rosemary. Sua face risonha, o rico castanho avermelhado de seus cabelos, sua figura oscilante e voluptuosa. Ele não conseguia comer, não conseguia dormir. Eles foram patinar juntos. Ele dançava com ela. E, enquanto a segurava bem perto, soube que a queria mais do que qualquer coisa na terra. Então isso, essa miséria, essa agonia persistente e dolorosa... isso é amor!

Mesmo em suas preocupações, ele bendizia o destino por ter dado a ele modos naturais e imperturbados. Ninguém poderia adivinhar, ninguém poderia saber o que ele estava sentindo — exceto a própria Rosemary.

Os Barton saíram uma semana antes do que os Farraday. Stephen disse a Sandra que St. Moritz não era muito divertido. Eles deveriam encurtar o tempo lá e voltar para Londres? Ela concordou amigavelmente. Duas semanas depois do retorno, ele se tornou amante de Rosemary.

Um período estranho, extasiante, frenético, febril, surreal. Durou... quanto? Seis meses no máximo. Seis meses durante os quais Stephen foi para o seu trabalho como sempre, visitou seu eleitorado, fez perguntas na Câmara, falou em várias reuniões, discutiu política com Sandra e pensou apenas em uma coisa: Rosemary.

Seus encontros secretos no pequeno apartamento, sua beleza, os gestos apaixonados que ele demonstrava para ela, os abraços longos e apaixonados dela. Um sonho. Um sonho apaixonante e sensual.

E, depois do sonho, o despertar.

Pareceu acontecer de modo bastante repentino.

Como sair de um túnel direto para a luz.

Certo dia, ele era um amante tonto, no outro ele era Stephen Farraday de novo, pensando que talvez não devesse ver Rosemary tanto assim. Acabar com tudo, eles estavam se arriscando demais. Se Sandra um dia suspeitasse — ele deu uma olhadela para ela na mesa do café da manhã. Ainda bem que ela não suspeitava. Ela nem desconfiava. Ainda que ultimamente algumas de suas desculpas pela ausência fossem bem pobres. Algumas mulheres teriam começado a sentir o cheiro de mentira. Ainda bem que Sandra não era uma mulher desconfiada.

Ele respirou fundo. Realmente, Rosemary e ele tinham sido imprudentes! Era espantoso que o marido dela não tivesse compreendido as coisas. Um daqueles camaradas tolos e desavisados, anos mais velho do que ela.

Que criatura mais adorável ela era...

Ele pensou de repente em campos de golfe. Ar fresco soprando sobre dunas de areia, andar por aí com tacos, balançar um taco *driver* — uma tacada limpa —, uma lasquinha com um taco *mashie*. Homens. Homens de calças largas, fumando cachimbos. E nada de mulheres no campo!

— Poderíamos descer até Fairhaven? — sugeriu de repente para Sandra.

Ela olhou para cima, surpresa.

— Você quer? Pode sair?

— Posso demorar uma semana. Eu gostaria de jogar um pouco de golfe. Eu me sinto estagnado.

— Poderíamos ir amanhã se quiser. Teremos que postergar com os Astley, e devo cancelar aquela reunião na terça. Mas e os Lovat?

— Oh, vamos cancelar também. Podemos pensar em alguma desculpa. Quero sair um pouco.

Foi tranquilo em Fairhaven com Sandra e os cachorros no terraço e no velho jardim murado, e com o golfe em Sandley Heath, e o zanzar pela fazenda no entardecer com MacTavish em seus calcanhares.

Ele se sentiu como alguém que estivesse se recuperando de uma doença.

Ele franziu a testa quando viu a letra de Rosemary. Ele disse a ela para não escrever. Era perigoso demais. Não que Sandra perguntasse a ele de quem eram as cartas que recebia, mesmo assim não era sábio. Empregados não eram sempre confiáveis.

Ele rasgou o envelope com algum incômodo, levando a carta para seu escritório. Páginas. Simplesmente páginas.

Enquanto lia, o velho encantamento retornou. Ela o adorava, ela o amava mais do que nunca, ela não poderia aguentar não vê-lo por cinco dias inteiros. Ele estava sentindo o mesmo? Leopard sentia falta de sua etíope?

Ele meio que sorriu e suspirou. Aquela piada ridícula nascida quando ele comprou para ela um roupão manchado que ela tinha gostado. O leopardo mudando suas manchas.

— Mas você não deve mudar sua pele, querida — disse ele, na ocasião.

E depois disso ela o chamou de Leopard e ele a chamou de sua Beleza Negra.

Danado de bobo, de verdade. Sim, danado de bobo. Meio doce da parte dela ter escrito tantas páginas e páginas. Ainda assim, ela não deveria tê-lo feito. Eles tinham que ser *cuidadosos*! Sandra não era o tipo de mulher que toleraria um caso. Se alguma vez ela pegasse algum indício... Escrever cartas era perigoso. Ele já tinha dito a Rosemary. Por que ela não podia esperar até ele voltar à cidade? Precisava acabar com tudo. Ele a veria em dois ou três dias.

Havia outra carta na mesa no dia seguinte. Dessa vez, Stephen xingou por dentro. Ele achou que os olhos de Sandra pairaram ali por alguns segundos. Mas ela não disse nada. Graças a Deus, ela não era o tipo de mulher que fazia perguntas sobre a correspondência de um homem.

Depois do café da manhã, ele pegou o carro para ir até o mercado da cidade, a oito milhas de distância. Não ia dar para fazer uma ligação do vilarejo. Rosemary atendeu ao telefone.

— Alô, é você, Rosemary? Não escreva mais essas cartas.

— Stephen, querido, que agradável ouvir sua voz!

— Tenha cuidado. Alguém pode estar nos ouvindo!

— É claro que não. Oh, meu anjo, senti tanto a sua falta. Você sentiu a minha falta?

— Sim, é claro. Mas não escreva. É muito arriscado.

— Gostou da minha carta? Ela fez você sentir que eu estava com você? Querido, quero estar com você todos os minutos. Você também se sente assim?

— Sim, mas não no telefone, minha querida.

— Você é tão ridiculamente cuidadoso. O que importa?

— Estou pensando em você também, Rosemary. Eu não poderia suportar se você tivesse algum problema por minha causa.

— Eu não me importo se acontecesse algo comigo. Você sabe disso.

— Bem, eu me importo, doçura.

— Quando você volta?

— Na terça-feira.

— E vamos nos encontrar no apartamento, na quarta.

— Sim… e sim.

— Querido, mal posso esperar. Não pode dar uma desculpa e vir hoje? Oh, Stephen, você *poderia*! Política ou algo idiota do gênero?

— Eu receio que isso esteja fora de questão.

— Eu não acredito que você sinta a minha falta tanto quanto eu sinto a sua.

— Bobagem, é claro que eu sinto.

Quando ele desligou, se sentia cansado. Por que as mulheres insistiam em ser tão imprudentes? Rosemary e ele devem ser mais cuidadosos no futuro. Eles teriam que se encontrar com menos frequência.

As coisas depois disso ficaram difíceis. Ele estava ocupado, muito ocupado. Era quase impossível dar tanto tempo à Rosemary — e o cansativo era que ela não era capaz de compreender. Ele explicava, mas ela apenas não o ouvia.

— Oh, sua velha política idiota... como se *eles* fossem importantes!

— Mas eles *são*...

Ela não se dava conta. Ela não se importava. Ela não tinha qualquer interesse pelo trabalho dele, por suas ambições, por sua carreira. Tudo que ela queria era ouvi-lo repetindo que ele a amava.

— Tanto quanto sempre amou? Diga novamente que você me ama *de verdade*?

Mas, pensava ele, ela deve ter certeza a essa altura! Ela era uma criatura adorável, adorável, mas o problema era que não se podia *conversar* com ela.

O problema era que eles estavam se vendo demais. Não se pode manter um caso com todo esse fervor. Eles deveriam se encontrar com menos frequência, relaxar um pouco.

Mas isso fez com que ela ficasse ressentida. Ela agora ficava sempre o repreendendo.

— Você não me ama como me amava antes.

E ele tinha que tranquilizá-la, jurar que a amava. E ela constantemente *ressuscitava* tudo o que ele já tinha dito a ela.

— Lembra quando você disse que seria adorável se nós morrêssemos juntos? Cair no sono eternamente nos braços um do outro? Lembra quando disse que pegaríamos um trailer e partiríamos para o deserto? Só as estrelas e os camelos, e como esqueceríamos tudo que existe no mundo?

Malditas coisas bestas que dizemos quando estamos apaixonados! Elas não pareciam tão estúpidas na hora, mas quando se diz assim friamente! Por que as mulheres não conseguiam deixar algumas coisas em paz? Um homem não queria ser repetidamente lembrado que foi um completo idiota.

Ela vinha com exigências repentinas e insensatas. Ele não poderia ir para fora do país, para o sul da França e ela o encontraria lá? Ou ir para a Sicília ou para a Córsega, um desses lugares onde você nunca via ninguém conhecido? Stephen disse soturnamente que não havia tal lugar no mundo. Nos lugares mais improváveis, você sempre encontra algum velho colega de escola que não via há anos.

E, então, ela disse algo que o assustou.

— Bem, mas não importaria, não é?

Ele ficou alerta, observador, repentinamente frio por dentro.

— O que quer dizer?

Ela estava sorrindo para ele, o mesmo sorriso encantador que uma vez fizera seu coração sair pela boca e doer de saudades. Agora aquilo o deixava impaciente.

— Leopard, querido, às vezes acho que estamos sendo idiotas por continuar deixando nosso caso secreto. De algum modo, não vale a pena. Vamos fugir juntos. Vamos parar de fingir. George se divorcia de mim e a sua esposa se divorcia de você, e então podemos nos casar.

Bem assim! Desastre! Ruína! E ela não conseguia enxergar!

— Eu não a deixaria fazer tal coisa.

— Mas, querido, eu não me importo. Na verdade, não sou muito convencional.

"Mas eu sou. Mas eu sou", pensava Stephen.

— Eu acho que o amor é a coisa mais importante do mundo. Não importa o que as pessoas pensam da gente.

— Importaria para mim, querida. Um escândalo desse tipo seria o fim da minha carreira.

— Mas isso importaria de verdade? Há centenas de outras coisas que você pode fazer.

— Não seja tola.

— De todo modo, por que você tem que fazer alguma coisa? Eu tenho um monte de dinheiro, sabe? Meu próprio dinheiro, não do George. Podemos vagar pelo mundo, ir a lugares mais inusitados e encantados, lugares, talvez, onde ninguém mais esteve. Ou para alguma ilha no Pacífico... Pense nisso, o sol quente e o mar azul e os corais.

Ele pensou naquilo. Uma ilha no mar do sul! Em todas as ideias mais idiotas. Que tipo de homem ela pensava que ele era? Um catador de lixo na praia?

Ele olhou para ela com olhos dos quais os últimos vestígios de escamas haviam caído. Uma criatura adorável com o cérebro de uma galinha. Ele estava louco — total e completamente louco. Mas voltou a ficar são. E tinha que sair daquele arranjo. Se ele não fosse cuidadoso, ela arruinaria toda sua vida.

Ele falou todas as coisas que centenas de homens tinham falado antes dele. Eles tinham que acabar com tudo; então, ele escreveu. Era o justo a se fazer. Ele não poderia arriscar levar a infelicidade a ela. Ela não compreendia — e assim por diante.

Tudo estava acabado, ele tinha que fazê-la entender aquilo.

Mas ela se recusou a entender. Não seria tão fácil assim. Ela o adorava, ela o amava mais do que tudo, ela não poderia viver sem ele! Para ela, a única coisa honesta a se fazer era contar ao marido, e que Stephen contasse para sua esposa a verdade! Ele se lembrava o quão frio se sentira quando sentou segurando a carta. A pequena tola! A inocente dependente tola! Ela daria com a língua nos dentes e contaria tudo para George Barton e, então, George se divorciaria dela e o citaria como responsável. E Sandra forçaria um divórcio também. Ele não tinha dúvida alguma sobre isso. Ela tinha falado de uma amiga uma vez, tinha dito com vaga surpresa.

— Mas é claro que, quando ela descobriu que ele estava tendo um caso com outra mulher, o que mais ela poderia fazer a não ser se divorciar dele?

Era isso que Sandra sentiria. Ela era orgulhosa. Ela nunca dividiria um homem.

E então ele estaria acabado, terminado. O apoio da influência Kidderminster seria retirado. Seria o tipo de escândalo ao qual ele não conseguiria sobreviver, mesmo se a opinião pública fosse mais mente aberta do que costumava ser. Mas não em um caso flagrante como esse! Adeus sonhos, adeus ambições. Tudo destruído, por causa de uma paixão louca por uma mulher tola. Amor adolescente, isso era tudo. Amor adolescente no tempo errado da vida.

Ele perderia tudo que acumulou. Fracasso! Ignomínia!

Ele perderia Sandra...

E de repente, com um choque de surpresa, ele percebeu era aquilo que mais importava. *Ele perderia Sandra.* Sandra, com sua testa quadrada e seus olhos claros de amêndoa. Sandra, sua querida amiga e companheira, sua arrogante, orgulhosa e leal Sandra. Não, ele não poderia perdê-la... Tudo menos aquilo.

Suor brotou em sua testa.

De algum modo, ele *precisa* sair dessa confusão.

De algum modo, ele precisa fazer Rosemary ouvir a voz da razão...

Mas ela ouviria? Rosemary e razão não combinavam. Suponhamos que ele fosse contar isso a ela, afinal de contas. Ele amava sua esposa? Não. Ela não acreditaria. Ela era uma mulher muito burra. Cabeça-oca, dependente, possessiva. Ainda por cima, ela o amava — aí estava a encrenca.

Um tipo de raiva cega se apossou dele. Como é que ele a manteria calada? Como calaria sua boca? Nada menos que uma dose de veneno faria isso, pensou ele amargamente.

Uma vespa zumbia por perto. Ele olhou abstraído. Ela havia entrado em um pote de geleia de vidro e estava tentando sair.

Como eu, pensou, preso pela doçura. Agora não conseguia sair, pobre diabo.

Mas ele, Stephen Farraday, sairia de algum modo. Tempo, ele tinha que ganhar tempo.

Rosemary estava com gripe naquele momento. Ele enviou perguntas convencionais, um grande ramalhete de flores. Isso deu a ele uma trégua. Na semana seguinte, Sandra e ele jantariam com os Barton — uma festa de aniversário para Rosemary.

— Não farei nada até depois do meu aniversário, seria muito cruel com George comentou ela. — Ele está fazendo um estardalhaço com a festa. Ele é tão querido. Depois que tudo acabar, chegaremos a um entendimento.

E se ele dissesse brutalmente que tudo estava acabado, que não se importava mais? Ele estremeceu. Não, ele não ousaria fazer isso. Ela poderia correr histérica para George. Ela poderia até ir a Sandra. Ele podia ouvir sua voz chorosa e perplexa.

— Ele diz que não se importa mais, mas *sei* que não é verdade. Ele está tentando ser leal, fazer jogo com *você*, mas sei que vai concordar comigo que, quando as pessoas se amam, honestidade é a *única* saída. É por isso que estou pedindo a você que dê a ele liberdade.

Era esse o tipo de coisa nauseante que ela despejaria. E Sandra, com sua face orgulhosa e desdenhosa, diria:

— Ele pode ficar com a liberdade dele.

Ela não acreditaria. Como poderia acreditar? Se a Rosemary levasse aquelas cartas... As cartas que ele tinha sido bastante asinino de tê-las escrito. Só Deus sabia o que ele tinha escrito nelas. O suficiente e mais que o suficiente para convencer Sandra — cartas como ele nunca tinha escrito para *ela*...

Ele deve pensar em algo, algum jeito de fazer Rosemary ficar quieta.

"É uma pena", pensou, taciturno, "que não vivamos nos tempos dos Bórgia..."

Uma taça de champanhe envenenada era a única coisa que poderia fazer Rosemary ficar quieta.

Sim, ele realmente pensara naquilo.

Cianureto de potássio em sua taça de champanhe, cianureto de potássio em sua bolsinha de sair. Depressão pós-gripe.

E do outro lado da mesa, os olhos de Sandra encontraram os dele.

Quase um ano atrás... e ele não conseguia esquecer.

Capítulo 5

Alexandra Farraday

Sandra Farraday não tinha se esquecido de Rosemary Barton. Pensava nela naquele exato minuto. Pensava nela tombada para a frente do outro lado da mesa do restaurante naquela noite.

Lembrou-se de ter ofegado e como Stephen a observava...

Ele tinha lido a verdade em seus olhos? Ele tinha visto o ódio, o misto de horror e triunfo?

Fazia quase um ano agora — e estava tão fresco em sua memória como se tivesse acontecido ontem! *Rosemary, isso é para que não esqueça.* O quão horrivelmente verdadeiro era. Não adiantava uma pessoa estar morta, se ela vivia em nossa mente. Era isso que Rosemary tinha feito. Na mente de Sandra — e na mente de Stephen também? Ela não sabia, mas achava provável.

O Luxembourg, aquele lugar odioso com sua comida excelente, serviço ágil, sua decoração luxuosa. Um lugar impossível de se evitar, as pessoas sempre convidavam as outras para irem lá.

Ela teria gostado de esquecer, mas tudo conspirava para que ela se lembrasse. Até Fairhaven não estava mais isento, agora que George Barton tinha ido morar em Little Priors.

Era mesmo meio extraordinário da parte dele. George Barton era um homem estranho. Nem de longe era o tipo de vizinho que desejava ter. Sua presença em Little Priors estragou o charme e a paz de Fairhaven. Até aquele verão, Fairhaven havia sido um lugar de cura e descanso, um lugar onde Stephen tinham sido felizes — isto é, se eles algum dia foram felizes...

Apertou os lábios. Sim, mil vezes sim! Eles poderiam ter sido felizes se não fosse Rosemary. Foi Rosemary quem estilhaçou a delicada estrutura da confiança mútua e da ternura que Stephen e ela estavam começando a construir. Algo, algum instinto, fez com que ela escondesse de Stephen sua própria paixão, sua devoção única. Ela o tinha amado desde o momento em que ele cruzou a sala naquele dia em Kidderminster House, fingindo ser tímido, fingindo não saber quem ela era.

Pois ele *sabia*. Ela não saberia dizer quando aceitou o fato. Foi algum tempo depois de seu casamento, quando ele estava expondo um belo artigo de manipulação política necessário para a aprovação de algum projeto de lei.

O pensamento lampejou por sua mente.

— Isso me lembra de algo. Mas o quê?

Mais tarde, ela se deu conta. Em essência, era a mesma tática que ele tinha usado naquele dia em Kidderminster House. Ela aceitou o fato sem surpresa. Desde o dia de seu casamento, percebeu que Stephen não a amava do mesmo jeito que ela o amava, mas pensava ser possível que ele fosse incapaz de tal amor. Aquele poder do amor era sua herança infeliz. Importar-se desesperadamente, numa intensidade que era incomum entre as mulheres! Ela morreria por Stephen de boa vontade — estava pronta para mentir por ele, trapacear por ele, sofrer por ele! Em vez disso, aceitou com orgulho o lugar que ele queria que ela ocupasse. Ele queria sua cooperação, sua compaixão, sua ajuda ativa e intelectual. Não queria seu coração, mas sua inteligência e as vantagens materiais que o berço lhe garantia.

Uma coisa ela nunca faria: envergonhá-lo com alguma expressão de devoção a qual ele não desse o retorno adequado. E como ela de fato acreditava que ele achava sua companhia prazerosa, anteviu um futuro no qual seu fardo seria imensuravelmente suavizado — um futuro de ternura e amizade.

Do jeito dele, ele a amava.

E então veio Rosemary.

Ela soube desde o primeiro minuto — lá em St. Moritz — quando viu o jeito que ele olhou para a mulher.

Ela soube no mesmo dia em que a mulher se tornou amante dele.

Ela sabia o perfume que a criatura usava...

Ela podia ler no rosto educado de Stephen, com os olhos abstraídos, quais eram suas memórias, sobre que ele estava pensando... Aquela mulher, a mulher que ele tinha acabado de ver!

Era difícil, pensou ela sem paixão, avaliar o sofrimento que havia passado. Suportando, dia após dia, as torturas dos condenados, sem nada para sustentá-la a não ser sua crença na coragem — seu próprio orgulho. Ela não demonstraria, nunca iria demonstrar o que estava sentindo. Perdeu peso, ficou mais magra e mais pálida, com os ossos da cabeça e dos ombros aparecendo com mais nitidez, e a pele bem esticada sobre eles. Ela se forçava a comer, mas não conseguia se forçar a dormir. Passava longas noites com os olhos secos, encarando a escuridão. Desprezava o uso de drogas, achava uma fraqueza. Aguentaria. Para se mostrar machucada, para implorar, para protestar... todas essas coisas eram abomináveis para ela.

Ela tinha uma migalha de conforto, uma escassa migalha: Stephen não queria deixá-la. Ela estava certa de que aquilo era para o bem de sua carreira, não por gostar dela. Ainda assim, ele não queria deixá-la.

Um dia, talvez, a paixão passaria...

O que ele poderia, afinal de contas, ter visto na mulher? Ela era atraente, bonita... mas outras mulheres também eram. O que ele viu em Rosemary Barton que o fez se apaixonar?

Ela era desmiolada, boba... e nem era divertida. Se ela fosse espirituosa, se tivesse charme e modos provocativos... essas eram as coisas que seguravam os homens. Sandra se agarrou à crença de que a coisa terminaria, de que Stephen se cansaria.

Estava convencida de que o principal interesse da vida dele era o trabalho. Ele estava destinado a coisas grandiosas e sabia disso. Tinha uma boa cabeça de estadista e se deleitava em usá-la. Era sua tarefa determinada na vida. Quando a paixão começasse a minguar, ele se daria conta do fato?

Nunca, por um minuto sequer, Sandra considerou deixá-lo. A ideia nunca chegou a ela. Ela era dele, de corpo e alma, para se apossar ou descartar. Ele era a vida dela, sua existência. O amor a queimava com uma força medieval.

Houve um momento em que teve esperança. Eles desceram para Fairhaven. Stephen parecia mais no seu normal. Ela sentiu uma renovação súbita da velha compaixão entre eles. A esperança cresceu em seu coração. Stephen ainda a queria, gostava da sua companhia, confiava em seu julgamento. No momento, ele havia escapado das garras daquela mulher.

Ele parecia mais feliz, mais como ele era mesmo.

Nada estava irreversivelmente arruinado. Ele estava superando. Se ao menos ele pudesse se decidir a terminar tudo com ela...

Então, voltaram a Londres e Stephen teve uma recaída. Ele parecia exausto, preocupado, doente. Começou a ser incapaz de se concentrar no trabalho.

Ela pensou que sabia a causa. Rosemary queria que ele fugisse com ela... Stephen estava decidindo se dava aquele passo — romper com tudo que ele se importava. Tolice! Loucura! Ele era o tipo de homem para quem o trabalho sempre viria na frente, um tipo muito inglês. Ele mesmo deve saber, lá no fundo... Sim, mas Rosemary era muito adorável... e muito estúpida. Stephen não seria o primeiro homem a jogar a carreira no lixo e depois se arrepender!

76

Sandra captou algumas palavras — uma frase um dia num coquetel.

— ...contar ao George. Temos que nos decidir.

Foi logo depois de Rosemary ficar mal da gripe.

Um pouco de esperança cresceu no coração de Sandra. Digamos que ela pegasse uma pneumonia — as pessoas tinham pneumonia depois da gripe... Uma jovem amiga tinha morrido bem assim, no inverno passado. Se Rosemary morresse...

Ela não tentou reprimir o pensamento, não ficou horrorizada consigo mesma. Ela era medieval o bastante para odiar com a cabeça sóbria e serena.

Ela odiava Rosemary Barton. Se pensamentos pudessem matar, ela a teria matado.

Mas pensamentos não matam.

Pensamentos não são o suficiente...

Como Rosemary estava bonita naquela noite no Luxembourg com suas alvas peles de raposa nos ombros, no lavabo feminino. Mais magra e mais pálida desde a doença — um ar de delicadeza fazia sua beleza mais etérea. Ela havia ficado na frente do espelho retocando o rosto...

Sandra, atrás dela, estava olhando para o reflexo unificado das duas no espelho. Seu próprio rosto como algo esculpido, frio, sem vida. Nenhum sentimento lá, uma mulher fria e dura.

— Oh, Sandra, estou tomando todo o espelho? — Rosemary quis saber. — Terminei. Essa gripe horrível me derrubou muito. Estou ridícula. E ainda me sinto bem fraca e com dor de cabeça.

Sandra perguntou com um tanto de educada preocupação:

— Teve dor de cabeça esta noite?

— Só um pouco. Você não tem uma aspirina, tem?

— Eu tenho um Cachet Faivre.

Ela abriu sua bolsa e retirou a caixinha. Rosemary aceitou.

— Vou deixar na minha bolsa, para o caso de ter uma crise.

Aquela garota competente de cabelo preto, a secretária de Barton, tinha assistido à pequena transação. Ela usou o espelho depois e aplicou apenas um pouquinho de pó no rosto. Uma garota de boa aparência, quase bonita. Sandra tinha a impressão de que ela não gostava de Rosemary.

Elas saíram do lavabo. Sandra primeiro, depois Rosemary e então Miss Lessing — oh, e é claro, a garota Iris, irmã de Rosemary, estava lá. Muito animada, com grandes olhos acinzentados, e um vestido branco escolar.

Elas saíram e se juntaram aos homens no saguão.

E o garçom se aproximou para acompanhá-los até a mesa. Passaram sob o grande domo e não aconteceu nada, absolutamente nada para avisar que Rosemary não sairia por aquela porta com vida...

Capítulo 6

George Barton

Rosemary...

George Barton baixou seus óculos e encarou o fogo meio que com um olhar de coruja.

Ele tinha bebido o suficiente para ficar piegas e ter autopiedade.

Que garota adorável ela havia sido. E ele sempre foi louco por ela. Ela sabia disso, mas ele sempre achou que fosse alvo de chacota.

Mesmo quando a pediu em casamento, ele não o fez com convicção.

Resmungou e balbuciou. Agiu como um tagarela idiota.

— Você sabe, garota, a qualquer hora. Você só precisa dizer. Eu sei que não adianta. Você não olharia para mim. Eu sempre fui o pior dos idiotas. Tenho um pouco de barriga também. Mas você sabe como eu me sinto, não sabe? Quero dizer, estou sempre presente. Sei que não tenho a menor chance, mas pensei em mencionar.

E Rosemary riu e beijou sua cabeça.

— Você é um doce, George, e vou me lembrar da gentil oferta, mas não vou me casar com ninguém agora.

— Muito certa — respondeu, sério. — Leve o tempo que precisar. Você pode escolher.

Ele nunca havia tido qualquer esperança.

Foi por isso que ficou tão incrédulo, tão atordoado, quando Rosemary disse que ia se casar com ele.

Ela não estava apaixonada por ele, é claro. Ele sabia disso. Na verdade, ela até admitiu o fato.

— Você me entende? Quero me sentir quieta, feliz e segura. E vou me sentir assim com você. Estou cansada de me apaixonar. Sempre dá errado e termina em bagunça. Eu gosto de você, George. Você é bom, engraçado, doce e me acha maravilhosa. É isso que eu quero.

Ele havia respondido de um modo meio incoerente:

— Seremos tão felizes quanto reis.

Bem, aquilo não passou longe de estar errado. Foram felizes. Ele sempre disse a si mesmo que haveria imprevistos. Rosemary não ficaria satisfeita com um camarada sem graça como ele. Haveria *incidentes*! Ele tinha se educado para aceitar... incidentes! Ele se agarrava firme na crença de que não durariam! Rosemary sempre voltaria para ele. Uma vez que ele aceitasse essa visão, tudo estaria bem.

Pois ela gostava dele. Sua afeição por ele era constante e invariável. Ela existia para além de seus flertes e casos amorosos.

Ele tinha se educado para aceitá-los. Ele dizia a si mesmo que eram inevitáveis para alguém com o temperamento suscetível e a beleza incomum de Rosemary. O que ele não havia barganhado eram suas próprias reações.

Flertes com jovens homens e tudo o mais não era nada, mas quando ele percebeu pela primeira vez uma evidência de um caso sério...

Ele soube rápido o bastante, sentiu a diferença nela. A animação aumentando, a beleza adicional, todo o brilho e a ardência. E então o que seus instintos avisavam foi confirmado por tenebrosos fatos.

Houve um dia em que ele entrou em sua sala de estar e ela instintivamente cobriu com a mão a página da carta que estava escrevendo. Ele soube ali. Estava escrevendo para o amante.

Naquele momento, quando ela saiu da sala, ele foi até o mata-borrão. Ela tinha levado a carta consigo, mas a folha de baixo estava marcada com a força da escrita. Ele a levou até do outro lado da sala e segurou-a contra o vidro, enxergando as palavras na letra apressada de Rosemary: "Meu amado querido..."

Seu sangue subiu às orelhas. Ele entendeu naquele momento o que Otelo havia sentido. Sábia resolução? Pá! Apenas o homem natural contava. Ele gostaria de estrangulá-la. Ele gostaria de matar o sujeito a sangue-frio. Quem era? Aquele tal Browne? Ou aquele varapau do Stephen Farraday?

Ele teve um vislumbre da própria face refletida no vidro. Tinha sangue nos olhos. Parecia que ia ter um troço.

Quando se lembrou daquele momento, George Barton deixou seu copo cair da mão. Mais uma vez sentiu sufocante sensação, com o sangue pulsando nas suas orelhas. Mesmo agora...

Com um esforço, empurrou a lembrança para longe. Não devia ficar pensando naquilo de novo. Era passado, acabado. Ele nunca mais sofreria daquele jeito. Rosemary estava morta. Morta e em paz. E ele estava em paz também. Sem mais sofrimento...

Estranho pensar que era aquilo que a morte dela significava para ele. Paz...

Ele nunca contou a Ruth sobre aquilo. Ruth, boa garota. Uma bela coroa para ela. Realmente, ele não sabia o que faria sem ela. O modo como o ajudou. O modo como teve compaixão. E nunca uma insinuação sobre sexo. Não era louca por homens, como Rosemary...

Rosemary... Rosemary sentada na mesa redonda no restaurante. Um pouco magra de rosto depois da gripe, mas adorável, tão adorável. E apenas uma hora depois...

Não, ele não pensaria naquilo. Não agora. Seu plano. Ele pensaria no plano.

Falaria com Race primeiro. Mostraria a Race as cartas. O que Race acharia das cartas? Iris havia ficado estupefata. Ela evidentemente não tinha a menor ideia.

Bem, ele estava no comando da situação agora. Ele tinha tudo registrado.

O Plano. Tudo funcionou. A data. O lugar.

Dois de novembro. *Dia de Finados.* Aquela foi uma boa dica. O Luxembourg, é claro. Ele tentaria conseguir a mesma mesa.

E os mesmos convidados. Anthony Browne, Stephen Farraday, Sandra Farraday. Depois, é claro, Ruth, Iris e até ele. E, como o número ímpar, o sétimo convidado seria Race. Race que era para estar originalmente no jantar.

E haveria um lugar vago.

Seria esplêndido!

Dramático!

Uma repetição do crime.

Bem, não uma repetição...

Sua mente voltou para o passado.

O aniversário de Rosemary.

Ela, tombada na mesa, morta.

PARTE II

Dia de Finados

"Aqui está o alecrim, para que se lembre."

Capítulo 1

Lucilla Drake estava piando. Esse era o termo usado na família, sempre, e era uma descrição muito precisa dos sons proferidos pelos gentis lábios dela.

Ela estava preocupada com muitas coisas naquela manhã em particular — tantas coisas que achou difícil prestar atenção. Havia a iminência de se mudar de volta para a cidade e os problemas domésticos envolvidos naquela mudança. Empregados, faxineiras, dispensa de inverno, mil pequenos detalhes — todos esses competindo com uma preocupação quanto à aparência de Iris.

— Querida, estou preocupada com você. Você está tão pálida e apagada. Você dormiu? Se não dormiu, tenho um belo remedinho do Dr. Wylie, ou será que é do Dr. Gaskell? O que me lembra: devo *eu mesma* falar com o senhor do mercado. Ou as empregadas têm pedido coisas para elas mesmas ou então é uma engambelação deliberada da parte dele. Pacotes e mais pacotes de lascas de sabão... Nunca permito mais do que três por semana. Talvez um tônico para você seja melhor. Costumavam me dar xarope Eaton quando eu era pequena. E espinafre, é claro. Vou dizer à cozinha para fazer espinafre no almoço hoje.

Iris estava letárgica demais e muito acostumada ao estilo discursivo de Mrs. Drake para inquirir por que a menção do Dr. Gaskell deveria ter lembrado sua tia do senhor do mercado local, embora, se o tivesse feito, teria recebido a resposta imediata: "Porque o nome do senhor do mercado é Cranford, minha querida."

O raciocínio de tia Lucilla sempre fazia sentido para ela mesma.

Com a pouca energia que poderia usar, Iris disse:

— Estou bem, tia Lucilla.

— Está com olheiras — disse Mrs. Drake. — Você tem feito muitas coisas.

— Não fiz nada por semanas.

— Você que acha, querida. Mas tênis demais é muito cansativo para jovens garotas. E acho que o ar aqui tende a nos deixar nervosas. Este lugar é um buraco. Se George tivesse *me* consultado em vez daquela garota...

— Garota?

— Aquela Miss Lessing que ele acha que é tão boa. Tudo muito bem no escritório, suponho, mas é um grande erro tirá-la do lugar dela. Encorajá-la a pensar que é da família. Não que ela precise de algum encorajamento, devo dizer.

— Bem, tia Lucilla, Ruth *é* praticamente da família.

Mrs. Drake deu uma fungada.

— Ela quer ser, isso está claro. Pobre George, é uma criança de colo em cujos braços se envolvem mulheres. Mas não vai adiantar, Iris. George precisa ser protegido de si mesmo e, se eu fosse você, deixaria bem claro que, mesmo Miss Lessing sendo tão boa, qualquer ideia de casamento está fora de questão.

Iris ficou alarmada por um momento e saiu de sua apatia.

— Eu nunca pensei em George se casando com Ruth.

— Você não enxerga o que acontece debaixo do seu nariz, criança. É claro que você não tem a minha experiência de vida.

Iris sorriu, a despeito de si mesma. Tia Lucilla era muito engraçada às vezes.

— Aquela jovem está em busca de casamento.

— Isso importa? — perguntou Iris.

— É claro que importa.

— Não seria bom?

A tia a encarou.

— Bom para o George, quero dizer — acrescentou Iris. — Acho que você está certa, sabe? Acho que ela gosta dele. E seria uma esposa terrivelmente boa para ele.

Mrs. Drake bufou e uma expressão quase indignada substituiu sua amigável cara de ovelha.

— George está sendo muito bem-cuidado no momento. O que mais ele pode querer? Refeições excelentes e consertos. Muito agradável para ele ter uma jovem tão atraente como você pela casa e, quando você se casar, eu espero ainda ser capaz de cuidar do conforto e da saúde dele. Tão bem ou melhor do que uma jovem mulher de um escritório poderia fazer... O que ela sabe sobre cuidar da casa? Números e livros-mestre, taquigrafia e digitação... De que adianta isso na casa de um homem?

Iris sorriu e balançou a cabeça, mas não discutiu. Ela estava pensando no cetim macio e escuro que era a cabeça de Ruth, em sua pele clara, nas roupas alinhadas e sob medida que tinha. Pobre tia Lucilla, toda sua cabeça se voltava para o conforto e o cuidado com a casa. Esquecia-se do romance.

Lucilla Drake era meia-irmã de Hector Marle, filho de um casamento anterior. Ela tinha feito o papel de mamãezinha para um irmão muito mais novo quando a própria mãe morreu. Cuidando da casa para o pai, ela havia se transformado duramente em uma solteirona. Estava perto dos quarenta quando conheceu o reverendo Caleb Drake, ele próprio com mais de cinquenta anos. Sua vida de casada foi curta, meros dois anos, e então ela ficou viúva com um filho pequeno. A maternidade, chegando tarde e inesperadamente, foi a experiência suprema da vida de Lucilla Drake. Seu filho tinha se tornado uma ansiedade, uma fonte de sofrimento e um dreno financeiro constante, mas nunca uma decepção. Mrs. Drake se recusava a reconhecer qualquer outra coisa em seu filho a não ser uma amigável fraqueza de caráter. Victor confiava demais nas pessoas, era facilmente influenciado por más companhias porque acreditava demais nelas. Era azarado. Era enganado. Era ludibriado. Era o joguete de homens maldosos que exploravam sua inocência. A cara de ovelha pacífica e meio tola dela obstinadamente endurecida quando eram feitas críticas a Victor. Ela conhecia o próprio filho. Ele era um menino querido, cheio de alegria, e seus supostos amigos tiravam vantagem dele. Ela sabia, melhor do que ninguém, como Victor odiava ter que lhe pedir dinheiro. Mas quando o pobre menino estava em situações desagradáveis, o que mais poderia fazer? Não era como se ele tivesse alguém além dela para contar.

Mesmo assim, como admitiu, o convite de George para vir morar na casa e cuidar de Iris tinha vindo em boa hora, num momento em que ela passava por uma situação desesperadora de refinada pobreza. Ela esteve muito feliz e confortável no último ano e não era da natureza humana ver com bons olhos a possibilidade de ser substituída por uma jovem arrogante, com toda a eficiência e capacidade modernas. Alguém que, assim ela se convenceu, só estaria se casando com George por seu dinheiro. É claro que era aquilo que ela procurava! Um bom lar e um marido rico e generoso. Não se podia dizer para tia Lucilla, na idade dela, que qualquer mulher jovem realmente *gostava* de trabalhar para se sustentar! Garotas eram o que sempre tinham sido: se conseguissem agarrar um homem para mantê-las confortáveis, iriam preferir isso. Essa Ruth Lessing era esperta, cavoucando seu caminho até uma posição de confiança, aconselhando George sobre mobília, fazendo-se indispensável... Mas, graças a Deus, havia *uma* pessoa que via o que ela estava tramando!

Lucilla Drake assentiu com a cabeça diversas vezes, fazendo seu queixo duplo tremer, ergueu as sobrancelhas com um ar de soberba sabedoria humana e abandonou o assunto por outro também interessante e possivelmente ainda mais urgente.

— Não consigo me decidir sobre os cobertores, querida. Entenda, não consigo entender se não vamos vir para cá de novo na próxima primavera ou se George quer vir nos próximos finais de semana. Ele não fala.

— Suponho que ele não saiba. — Iris tentou dar atenção a ela sobre algo que parecia sem importância. — Se o tempo estiver bom, seria divertido vir para cá ocasionalmente. Embora, particularmente, eu não queira. Ainda assim, a casa estará aqui se quisermos vir.

— Sim, querida, é bom *saber*. Porque, veja, se não viermos até o ano que vem, então os cobertores devem ser guardados com naftalina. Mas, se *viermos*, isso não seria necessário, porque os cobertores seriam *usados*, e o cheiro da naftalina é muito desagradável.

— Bem, não as use.

— Sim, mas foi um verão tão quente e há muitas mariposas por aqui. Todos dizem que é um ano ruim, com mariposas. E vespas, é claro. Hawkins me contou ontem que derrubou trinta ninhos de vespas neste verão. Trinta, imagine só...

Iris pensou em Hawkins — espreitando no lusco-fusco, cianureto na mão... Cianureto. Rosemary. Por que tudo a levava de volta àquilo?

O som agudo e contínuo que a voz de tia Lucilla fazia tinha alcançado agora um nível diferente...

— ...e se tivermos de enviar a prata para o banco? Lady Alexandra falou de tantos assaltos, embora, é claro, tenhamos boas venezianas. Não gosto do jeito que ela arruma o cabelo, faz seu rosto parecer tão duro... Mas a considero uma mulher dura. E nervosa, também. Todo mundo é nervoso hoje em dia. Quando eu era pequena, as pessoas nem sabiam o que eram nervos. O que me lembra de que não gostei da aparência de George nos últimos dias, será que está com gripe? Já me perguntei uma ou duas vezes se ele estava com febre. Mas talvez seja alguma preocupação de negócios. Ele olha para mim, sabe, como se estivesse pensando em algo.

Iris estremeceu e Lucilla Drake exclamou, triunfante:

— Aí está, falei que você teve um arrepio.

Capítulo 2

— Como eu queria que nunca tivessem vindo para cá.

Sandra Farraday pronunciou as palavras com tanta amargura que seu marido se virou para olhá-la, surpreso. Era como se seus pensamentos tivessem sido postos em palavras — os pensamentos que ele tentava com dificuldade esconder. Então, Sandra também se sentia daquele jeito? Ela também sentia que Fairhaven foi arruinado, sua paz danificada por esses novos vizinhos do outro lado do parque, a uma milha de distância? Ele disse, enunciando impulsivamente sua surpresa:

— Eu não sabia que você também se sentia assim sobre eles.

Ela pareceu recuar.

— Vizinhos são muito importantes no campo. A gente tem que ser rude ou simpático. Não é como em Londres, onde mantemos as pessoas apenas como conhecidos.

— Não — disse Stephen —, não dá.

— E agora estamos comprometidos com essa festa.

Os dois ficaram quietos, repassando em suas cabeças as cenas do almoço. George Barton foi simpático, com modos exuberantes até, com um tipo de animação sutil que os dois tinham notado. Ele andava muito estranho ultimamente. Stephen nunca prestara muita atenção nele antes da morte de Rosemary. George apenas estava lá, ao fundo, o marido bom e sem graça de uma jovem e linda esposa. Stephen nunca sentiu uma ponta de inquietação em George sobre a traição, pois era o tipo de marido que nascia para ser traído. Muito mais velho, tão desprovido dos atrativos necessários para manter uma mulher atraente e caprichosa. Será que George se enganava? Stephen não achava. George, pensou, conhecia Rosemary muito bem. Ele a amava e era o tipo de homem que tinha humildade quanto aos próprios poderes de manter os interesses da esposa.

Mesmo assim, George deve ter sofrido...

Stephen começou a pensar no que ele sentiu quando Rosemary morreu.

Ele e Sandra o viram pouco nos meses que se seguiram à tragédia. Até ele aparecer de repente como vizinho próximo em Little Priors, ocasião na qual entrou de novo e de uma vez em suas vidas. Foi quando Stephen o achou diferente.

Mais vivo, mais positivo. E, sim, *estranho.*

Ele estava estranho no almoço. Aquele convite em cima da hora. Uma festa para os dezoito anos de Iris. Ele esperava que Stephen e Sandra pudessem ir. Era vizinhos tão gentis.

Sandra respondeu de imediato que seria um prazer. Naturalmente, Stephen ficaria um pouco apertado quando eles voltassem a Londres e ela mesma tinha muitos compromissos cansativos, mas ela esperava poder dar um jeito.

— Então, vamos marcar uma data agora, sim?

O rosto de George estava corado, sorridente, insistente.

— Pensei que talvez um dia da próxima semana... Quarta ou quinta-feira? Quinta é 2 de novembro. Seria bom? Mas arrumaremos uma data que caia bem para vocês.

Era o tipo de convite que prendia você. Havia certa falta de *savoir-faire.* Stephen notou que Iris Marle tinha ficado vermelha e parecia envergonhada. Sandra continuava perfeita. Ela se rendeu sorridentemente ao inevitável e disse que quinta-feira, 2 de novembro, seria perfeito para eles.

De repente, enunciando seus pensamentos, Stephen disse abruptamente:

— Não precisamos ir.

Sandra virou o rosto levemente em sua direção. Tinha um ar pensativo de consideração.

— Você acha?

— É fácil dar uma desculpa.

— Ele só vai insistir para irmos em outro momento, ou vai mudar o dia. Ele... parece muito decidido sobre a nossa presença.

— Não consigo entender por quê. É a festa da Iris. Não acredito que ela esteja particularmente ansiosa pela nossa companhia.

— Não, não...

Sandra parecia pensativa.

— Sabe onde essa festa vai ser? — perguntou ela.

— Não.

— No Luxembourg.

O choque quase o deixou sem fala. Sentiu a cor minguar de suas bochechas. Ele se recompôs e olhou nos olhos dela. Era a imaginação dele ou havia algum significado naquele encontro de olhares?

— Mas é um absurdo! — exclamou ele, rindo um pouco numa tentativa de esconder suas emoções. — O Luxembourg? Por que... reviver tudo aquilo? O homem deve estar maluco.

— Pensei nisso — disse Sandra.

— Mas então devemos nos recusar a ir. A coisa toda foi terrivelmente desagradável. Você se lembra de toda a imprensa, as fotos nos jornais...

— Eu lembro que foi um desprazer — comentou Sandra.

— Ele não percebe o quão desagradável seria para nós?

— Ele tem um motivo, sabe, Stephen. Ele me contou.

— Qual motivo?

Ele se sentiu agradecido por ela não estar olhando para ele ao falar:

— Ele me falou reservadamente depois do almoço. Disse que queria explicar. Contou-me que a garota, Iris, nunca se recuperou propriamente do choque da morte da irmã.

Ela pausou e Stephen disse a contragosto:

— Bem, suponho que talvez seja verdade. Ela parece longe de estar bem. Eu pensei, durante o almoço, no quão doente ela parecia estar.

— Sim, também notei, embora parecia estar com boa saúde e animação no geral, ultimamente. Mas estou repetindo o que George Barton disse. Ele me contou que Iris tem evitado o Luxembourg desde então, tanto quanto pode.

— Por que será?

— Mas, de acordo com ele, isso está errado. Parece que ele consultou um neurologista sobre o assunto, um desses homens modernos, que o aconselhou que, depois de um choque de qualquer tipo, o problema deve ser encarado, não evitado. O princípio é como aquele que manda um piloto de volta ao ar logo depois de um acidente.

— O especialista sugeriu outro suicídio?

Sandra respondeu calmamente:

— Ele sugeriu que as associações do restaurante devem ser superadas. Afinal de contas, é só um restaurante. E propôs uma festa comum e agradável com, tanto quanto possível, as mesmas pessoas presentes.

— Um deleite para as pessoas!

— Você se importa tanto assim, Stephen?

Uma ligeira pontada alarmante percorreu seu corpo. Ele logo respondeu:

— É claro que não me importo. Só achei que é uma ideia meio cruel. Pessoalmente, *eu* não me importaria ... Eu estava mesmo pensando em *você*. Se *você* não se importa...

— É claro que me importo — interrompeu ela. — Mas, do jeito que George Barton colocou as coisas, ficou muito difícil recusar. Afinal de contas, eu vou quase sempre ao Luxembourg desde então, e você também. Somos constantemente convidados para ir lá.

— Mas não nessas circunstâncias.

— Não.

Stephen disse:

— Como você diz, é difícil recusar. E, se adiarmos, o convite será renovado. Mas não há motivo, Sandra, para *você* ter que passar por isso. Eu vou e você pode cair fora no último minuto... Alegar uma dor de cabeça, friagem, algo do tipo.

Ele viu o queixo dela se erguer um pouco.

— Isso seria covardia. Não, Stephen. Se você for, eu vou — disse, pousando sua mão no ombro dele. — Afinal, mesmo que nosso casamento signifique pouco, ao menos deve significar que dividimos nossas dificuldades.

Ele ficou olhando para ela, besta por uma frase pungente como aquela ter escapado de sua esposa com tamanha facilidade, como se enunciasse um longo e não muito importante fato familiar.

Recuperando-se, perguntou:

— Por que disse isso? *Mesmo que nosso casamento signifique pouco?*

Ela olhou para ele com firmeza, os olhos abertos e honestos.

— Não é verdade?

— Não, mil vezes não. Nosso casamento significa tudo para mim.

Ela sorriu.

— Suponho que sim, de certa forma. Somos uma boa dupla, Stephen. Juntos chegaremos a um resultado satisfatório.

— Eu não quis dizer isso. — Ele sentiu sua respiração pesar. Ele tomou a mão dela. — Sandra, você não sabe que você é tudo para mim?

E de repente ela sabia mesmo. Era incrível, imprevisto, mas era.

Ela estava em seus braços e ele a segurava perto, beijando-a, gaguejando palavras incoerentes.

— Sandra, Sandra... querida. Eu amo você... Tive tanto medo... Tanto medo de perder você.

— Por causa de Rosemary?

— Sim.

Ele a soltou, deu um passo para trás. Seu rosto estampava um desânimo absurdo.

— Você sabia... sobre Rosemary?

— É claro. O tempo todo.

— E você entende?

Ela balançou a cabeça.

— Não, eu não entendo. Não acho que vá entender um dia. Você a amava?

— Não de verdade. É você que eu amo.

Uma explosão de amargura a varreu. Ela citou:

— "Desde a primeira vez que me viu do outro lado da sala"? Não repita essa mentira.

Ele não recuou com aquele repentino ataque. Pareceu pensar em suas palavras com muita atenção.

— Sim, foi uma mentira, mas, de um jeito estranho, não foi. Estou começando a acreditar que foi verdade. Tente *compreender*, Sandra. Você sabe que as pessoas sempre têm uma razão boa e nobre para mascarar suas ações mais cruéis? Elas "têm que ser honestas" quando querem ser indelicadas, e são tão hipócritas com elas mesmas que passam a vida convencidas de que toda e qualquer ação má e bestial foi tomada com um espírito de desprendimento! Tente se dar conta de que o oposto dessas pessoas pode existir também. Pessoas que são tão cínicas, tão desconfiadas de si mesmas e da vida que acreditam apenas em seus motivos ruins. Você era a mulher de quem eu precisava. Isso, no mínimo, é verdade. E eu acredito honestamente, agora, olhando para trás, que se não fosse verdade, eu nunca deveria ter levado isso a cabo.

Ela disse amargamente:

— Você não estava apaixonado por mim.

— Não. Eu nunca estive apaixonado por você. Eu era uma criatura faminta e assexuada que se orgulhava de si mesmo. Sim, eu me orgulhava, da fastidiosa frieza da minha natureza! E, então, eu me apaixonei de verdade "do outro lado da sala". Um amor filhote bobo e violento. Uma coisa como uma tempestade de verão, breve, surreal, que terminou rapidamente. — Ele adicionou de modo amargo: — De fato, uma "história contada por um idiota cheio de som e fúria, significando nada".

Ele fez uma pausa, e depois continuou:

— Foi aqui, em Fairhaven, que eu acordei e me dei conta sobre a verdade.

— A verdade?

— A única coisa na vida que importava para mim era você... E também manter o seu amor.

— Se eu soubesse...

— O que você pensou?

— Eu pensei que estava planejando fugir com ela.

— Com Rosemary? — Ele deu uma risada curta — Isso sim teria sido servidão penal para o resto da vida!

— Ela não queria que você fugisse com ela?

— Sim, ela queria.

— O que aconteceu?

Stephen respirou fundo. Estavam de volta. Encarando mais uma vez a ameaça intangível. Ele disse:

— O Luxembourg aconteceu.

Os dois ficaram em silêncio, vendo que o que sabiam que era a mesma coisa. A face azul-ciano de uma mulher uma vez adorável.

Encarando uma mulher morta, e olhando para cima para encontrar os olhos uns do outro...

— Esqueça, Sandra. Pelo amor de Deus, vamos esquecer!

— Não adianta esquecer. Não nos será permitido esquecer.

Houve uma pausa. Depois Sandra disse:

— O que vamos fazer?

— O que acabou de dizer. Encarar as coisas, juntos. Ir a essa festa horrível seja lá qual for a razão.

— Você não acredita no que George disse sobre Iris?

— Não. Você acredita?

— Poderia ser verdade. Mas, mesmo se fosse, não é o motivo verdadeiro.

— O que acha que é o motivo verdadeiro?

— Eu não sei, Stephen. Mas tenho medo.

— De George Barton?

— Sim, eu acho que ele... sabe.

— Sabe o quê? — perguntou Stephen, secamente.

Ela virou a cabeça lentamente até seus olhos encontrarem os dele.

— Não devemos ter medo — sussurrou. — Devemos ter coragem, toda a coragem do mundo. Você vai ser um ótimo homem, Stephen. Um homem que o mundo precisa, e nada vai interferir nisso. Sou sua esposa e eu amo você.

— O que acha que é essa festa, Sandra?

— Acho que é uma armadilha.

Ele disse calmamente,

— E nós cairemos nela?

— Não podemos nos arriscar demonstrando que sabemos que é uma armadilha.

— Não, isso é verdade.

De repente, Sandra jogou a cabeça para trás e riu. Ela disse:

— Faça o seu pior, Rosemary. Você não vai ganhar.

Ele agarrou seus ombros.

— Sandra, Rosemary está morta.

— Está? Às vezes, parece que ela está bem viva...

Capítulo 3

Na metade do caminho no parque, Iris perguntou:

— Você se importa se eu não voltar com você, George? Quero caminhar. Pensei em subir até Friar's Hill e descer pelo bosque. Tive uma dor de cabeça horrível hoje o dia todo.

— Minha pobre criança. Vá sim. Não irei com você. Estou esperando um camarada chegar em algum momento dessa tarde e não tenho certeza de que ele vai aparecer.

— Certo. Até a hora do chá.

Ela se virou bruscamente e fugiu, fazendo ângulos retos até onde um cinturão de lariços aparecia na encosta.

Quando desceu o topo da colina, ela inspirou profundamente. Era um daqueles dias úmidos, comuns de outubro. Uma umidade cobria as folhas das árvores e uma nuvem cinzenta pairava sobre sua cabeça, prometendo ainda mais chuva em breve. Não havia mesmo mais ar ali em cima da colina do que havia no vale, mas Iris sentiu como se pudesse respirar mais livremente.

Ela se sentou no tronco de uma árvore caída e ficou olhando o vale lá embaixo, onde Little Priors se aninhava modestamente em seu oco amadeirado. Mais adiante, à esquerda, Fairhaven Manor mostrava um vislumbre de tijolos vermelhos.

Iris olhou sombriamente para a paisagem, com o queixo apoiado na mão.

O leve farfalhar atrás dela era pouco mais alto do que o gotejar das folhas, mas ela virou a cabeça bruscamente quando os galhos se separaram e Anthony Browne passou por eles.

Ela gritou um pouco irritada:

— Tony! Por que você sempre tem que chegar como... como um demônio em uma pantomima?

Anthony se abaixou a seu lado. Ele pegou um cigarro de sua caixa, ofereceu um a ela e, quando ela balançou a cabeça em negativa, ele acendeu o dele. Depois, dando a primeira tragada, respondeu:

— É porque eu sou o que os jornais chamam de um homem misterioso. Eu *gosto* de aparecer do nada.

— Como sabia onde eu estava?

— Um excelente binóculo de observar pássaros. Eu soube que você ia almoçar com os Farraday e espionei da encosta quando você saiu.

— Por que não nos visita em a casa como uma pessoa comum?

— Eu não sou uma pessoa comum — disse Anthony em um tom chocado. — Sou bem extraordinário.

— Também acho.

Ele olhou para ela rápido. Depois disse:

— Algum problema?

— Não, claro que não. Ao menos... — Ela pausou.

— Ao menos? — perguntou Anthony.

Ela respirou fundo.

— Estou cansada de estar aqui. Eu odeio. Quero voltar para Londres.

— Você vai voltar logo, não vai?

— Na semana que vem.

— Então, essa foi uma festa de despedida dos Farraday?

— Não foi uma festa. Só tinha eles e um primo velho.

— Você gosta deles, Iris?

— Eu não sei. Acho que não muito, embora não devesse dizer isso, porque eles têm sido muito legais conosco.

100

— Você acha que eles gostam de você?

— Não, não acho. Acho que eles nos odeiam.

— Interessante.

— É?

— Não o ódio, se for verdade. Quero dizer o uso da palavra "nós". Minha pergunta se referia a você pessoalmente.

— Oh, entendo... Acho que eles gostam de *mim*, bastante até, mas de um jeito negativo. Acho que somos nós como família, vivendo na residência ao lado, que eles não gostam. Não éramos amigos próximos deles. Eles eram amigos de Rosemary.

— Sim — disse Anthony. — Como você disse, eles eram amigos de Rosemary. Não que eu imagine que Rosemary e Sandra Farraday fossem grandes amigas, né?

— Não — disse Iris.

Ela parecia vagamente apreensiva, mas Anthony fumava pacificamente.

— Sabe o que me incomoda mais sobre os Farraday? — indagou ele.

— O quê?

— Só isso, que eles são os Farraday. Sempre penso neles assim. Não como Stephen e Sandra, dois indivíduos conectados pelo Estado e pela Igreja, mas como uma entidade. Os Farraday. Isso é mais raro do que você pensaria. São duas pessoas com um objetivo em comum, um modo de vida em comum, esperanças, medos e crenças idênticas. E a parte estranha disso é que, na verdade, eles têm personalidades bem diferentes. Stephen Farraday é um homem de um escopo intelectual bem amplo, sensível a opiniões externas, acanhado e, de algum modo, falta-lhe coragem moral. Sandra, por outro lado, tem uma mente fechada e medieval, é capaz de uma devoção fanática e é corajosa ao ponto da imprudência.

— Ele sempre me pareceu — disse Iris — meio pomposo e burro.

— Ele não é burro. Só é um caso comum de sucesso infeliz.

— Infeliz?

— A maioria dos sucessos é infeliz. Por isso são sucessos, precisam se reconfortar alcançando algo que o mundo vai notar.

— Que ideias extraordinárias você tem, Anthony.

— Vai achá-las bastante verdadeiras se examiná-las. Pessoas felizes são fracassos porque estão tão de bem consigo mesmas que não estão nem aí. Como eu. Elas são aprazíveis para se lidar. Novamente, como eu.

— Você tem uma opinião muito boa sobre si mesmo.

— Estou apenas chamando atenção para as minhas qualidades, no caso de você não tê-las notado.

Iris riu. Seu espírito tinha se alegrado. A depressão e o medo tinham saído de sua cabeça. Ela deu uma olhada no relógio.

— Vamos tomar chá em casa, e dê o benefício de sua companhia incomumente aprazível a um pouco mais de pessoas.

Anthony balançou a cabeça.

— Hoje não. Está na hora de voltar.

Iris se virou bruscamente para ele.

— Por que nunca vai lá em casa? Deve haver uma razão.

Anthony deu de ombros.

— Digamos que sou bastante peculiar nas minhas ideias de aceitar hospitalidade. Seu cunhado não gosta de mim, ele deixou isso bem claro.

— Não se incomode com George. Se tia Lucilla e eu convidarmos você... Ela é uma velha querida, você vai gostar dela.

— Tenho certeza que sim, mas a minha objeção se mantém.

— Você costumava vir na época da Rosemary.

— Era diferente — respondeu Anthony.

Uma mão fraca e fria tocou o coração de Iris. Ela disse:

— O que o fez vir até aqui hoje? Tinha negócios por aqui?

— Negócios muito importantes... com você. Vim para perguntar uma coisa, Iris.

A mão fria esvaneceu. Em vez dela, veio uma leve palpitação que pulsou a agitação que as mulheres conhecem desde tempos imemoriais. E com ela o rosto de Iris adotou aquele mesmo olhar de inquisição sem resposta que sua bisavó devia ter antes de dizer: "Oh, Mr. X, isso é tão repentino!"

— Sim?

Ela virou aquele rosto impossivelmente inocente para Anthony.

Ele a observava, os olhos eram graves, quase duros.

— Responda-me com verdade, Iris. Esta é a minha pergunta: você confia em mim?

Aquilo a surpreendeu. Não era o que ela esperava. Ele viu.

— Você não pensou que eu diria isso? Mas é uma pergunta muito importante, Iris. A pergunta mais importante do mundo para mim. Vou perguntar de novo: você confia em mim?

Ela hesitou, um mero segundo, depois respondeu, baixando os olhos:

— Sim.

— Então vou perguntar mais uma coisa: você viria comigo para Londres e se casaria comigo sem contar para ninguém a respeito?

Ela ficou olhando.

— Mas eu não poderia! Eu simplesmente não poderia.

— Não poderia se casar comigo?

— Não desse jeito.

— Ainda assim, você me ama. Você me ama mesmo, não ama?

Ela se ouviu dizendo:

— Sim, eu amo você, Anthony.

— Mas você não vai se casar comigo na igreja de Saint Elfrida, Bloomsbury, na paróquia em que residi durante algumas semanas e onde, consequentemente, posso me casar com permissão a qualquer momento?

— Como posso fazer uma coisa dessas? George ficaria ofendido e tia Lucilla nunca me perdoaria. E, de todo modo, não sou maior de idade. Só tenho dezoito anos.

· UM BRINDE DE CIANURETO ·

— Você teria que mentir sobre a sua idade. Eu não sei a que penalidades eu estaria sujeito por me casar com uma menor sem o consentimento de seus guardiões legais. A propósito, quem é o seu guardião?

— George. Ele é também é o meu provedor.

— Como eu estava dizendo, quaisquer que sejam as penalidades incorridas, eles não poderiam nos descasar e é isso que me importa.

Iris balançou a cabeça.

— Eu não poderia fazê-lo. Eu não poderia ser tão ruim. E de todo modo, *por quê*? Qual é o motivo disso?

— É por isso que perguntei primeiro se poderia confiar em mim. Você teria que aceitar as minhas razões na confiança. Digamos que essa seja a maneira mais simples. Mas esqueça.

— Se George pudesse conhecer você um pouco melhor. Venha comigo. Será só ele e tia Lucilla.

— Tem certeza? Eu pensei... — E fez uma pausa. — Enquanto eu subia a colina, vi um homem indo pela estrada de entrada. O engraçado é que acho que o reconheço como um homem que eu... já conheci.

— É claro! George disse que estava esperando alguém.

— O homem que pensei ter visto se chamava Race, Coronel Race.

— Muito provável — concordou Iris. — George conhece um Coronel Race. Ele viria jantar naquela noite em que Rosemary...

Ela parou, sua voz tremendo. Anthony agarrou sua mão.

— Não fique se lembrando, querida. Foi horrendo, eu sei.

Ela balançou a cabeça.

— Não posso evitar. Anthony...

— Sim?

— Já lhe ocorreu, alguma vez você pensou... — Ela encontrou dificuldade para pôr em palavras o que queria dizer.

— Já lhe passou pela cabeça que... que Rosemary possa não ter cometido suicídio? Que ela possa ter sido *assassinada*?

104

— Santo Deus, Iris, o que pôs essa ideia na sua cabeça? Ela não respondeu, meramente persistiu.

— Essa ideia nunca lhe ocorreu?

— Claro que não. É claro que Rosemary cometeu suicídio. Iris não disse nada.

— Quem anda sugerindo essas coisas para você?

Por um momento, ela ficou tentada a contar para ele a incrível história de George, mas se conteve. Ela disse devagar:

— Era só uma ideia.

— Esqueça isso, querida tola... — Ele a colocou de pé e beijou levemente sua bochecha. — Esqueça Rosemary. Pense apenas em mim.

Capítulo 4

Soltando fumaça com seu cachimbo, o Coronel Race olhava especulativamente para George Barton.

Ele conhecia George desde sua infância. O tio de Barton tinha sido um vizinho da casa de campo dos Race. Havia uma diferença de mais de vinte anos entre os dois. Race tinha passado dos sessenta, uma figura militar alta e ereta, com a cara queimada de sol, cabelo grisalho, cortado rente à cabeça, e sagazes olhos escuros.

Nunca houve uma intimidade particular entre os dois, mas Barton permaneceu para Race como o "jovem George" — uma das muitas figuras vagas associadas ao passado.

Naquele momento, percebeu que não tinha a menor ideia de como era o "jovem George". Nas breves ocasiões em que se encontraram, anos mais tarde, descobriram poucas coisas em comum. Race era um homem que passava mais tempo na rua. Era, essencialmente, o tipo do construtor de impérios — a maior parte de sua vida tinha se passado no exterior. George era o cavalheiro da cidade. Seus interesses não eram similares. Quando se encontravam, era para trocar reminiscências um tanto mornas dos "velhos tempos". Depois disso, um silêncio embaraçoso poderia ocorrer. Coronel Race não era bom em conversinhas e poderia de fato ter posado como o modelo de um homem forte e silencioso, tão amado pelas gerações passadas de novelistas.

Silencioso naquele momento, ele imaginava o motivo pelo qual o "jovem George" tinha sido tão insistente naquele encontro. Pensava também que havia alguma sutil mudança no homem desde a última vez que o tinha visto, há um ano. George Barton sempre lhe parecera a essência do tédio: precavido, prático, sem imaginação.

Havia, pensou, alguma coisa de muito errado com o camarada. Estava eriçado como um gato. Ele já tinha reacendido seu charuto três vezes — e aquilo não era nada do naipe de Barton.

Tirou o charuto da boca.

— Bem, jovem George, qual é o problema?

— Você está certo, Race, é um problema. Eu quero muito um conselho seu, e sua ajuda.

O coronel assentiu e esperou.

— Há quase um ano, você viria jantar conosco em Londres, no Luxembourg. Você teve que viajar para o exterior de última hora.

Novamente Race assentiu.

— África do Sul.

— Naquela festa, minha mulher morreu.

Race se mexeu desconfortavelmente em sua cadeira.

— Eu sei. Li sobre isso. Não mencionei agora ou ofereci condolências porque não queria reavivar essa lembrança. Mas sinto muito, meu velho. Você sabe disso.

— Sim, sim. Esse não é o ponto. Minha mulher supostamente cometeu suicídio.

Race se prendeu na palavra-chave. Suas sobrancelhas se ergueram.

— *Supostamente*?

— Leia isso.

Ele depositou as duas cartas nas mãos do coronel. As sobrancelhas de Race subiram mais ainda.

— Cartas anônimas?

— Sim. E eu acredito nelas.

Race balançou a cabeça muito lentamente.

— Isso é uma coisa perigosa de se fazer. Você se surpreenderia ao saber quantas cartas maléficas e mentirosas são escritas depois de qualquer evento ao qual foi dado alguma cobertura na imprensa.

— Eu sei disso. Mas essas não foram escritas na época. Foram escritas seis meses depois.

Race assentiu.

— Esse é o ponto. Quem acha que as escreveu?

— Eu não sei. E não me importo. O ponto é que acredito que sejam verdadeiras. Minha mulher foi assassinada.

Race deixou seu cachimbo de lado. Ele se sentou um pouco mais ereto em sua cadeira.

— Mas por que acha isso? Teve alguma suspeita na época? A polícia teve?

— Eu fiquei atordoado quando aconteceu, perplexo. Só aceitei o veredito do inquérito. Minha esposa teve gripe e estava deprimida. Não houve nenhuma outra suspeita levantada a não ser suicídio. A coisa estava em sua bolsa, entende?

— Que coisa?

— Cianureto.

— Eu lembro. Ela tomou no champanhe.

— Sim. Pareceu, na época, bem direto.

— Ela alguma vez ameaçou cometer suicídio?

— Não, nunca — disse George Barton. — Rosemary amava a vida.

Race assentiu. Ele havia encontrado a esposa de George apenas uma vez. Ele a considerava de uma sagacidade singularmente adorável, mas não um tipo melancólico.

— E que tal evidências médicas de estado de espírito etc.?

— O próprio médico de Rosemary, um senhor idoso que atende a família Marle desde que eram crianças, estava fora em uma viagem marítima. Seu sócio, um homem jovem, atendeu Rosemary quando teve gripe. Tudo que ele disse, eu lembro, foi que o tipo de gripe em questão poderia deixar uma depressão severa.

George fez uma pausa e continuou:

— Só depois que recebi essas cartas é que conversei com o médico de Rosemary. Não disse nada sobre as cartas, é claro, apenas discuti o que tinha acontecido. Ele confessou que estava surpreso com o que havia acontecido. Nunca teria acreditado, disse. Rosemary não era do tipo suicida. Isso mostrava, disse ele, como até mesmo um paciente que conhecemos bem pode agir de uma maneira atípica.

Novamente George fez uma pausa antes de continuar:

— Foi depois de falar com ele que percebi o quão não convincente para *mim* foi o suicídio de Rosemary. Afinal de contas, eu a conhecia muito bem. Ela era uma pessoa capaz de episódios violentos de infelicidade. Podia ficar muito desgastada com as coisas e, em algumas ocasiões, agiria no calor do momento, mas nunca a vi com o estado de espírito que "quisesse acabar com tudo".

Race murmurou de um jeito levemente envergonhado:

— Ela poderia ter um motivo para se suicidar fora uma mera depressão? Ela estava, quero dizer, infeliz com alguma outra coisa?

— Eu... não... talvez ela estivesse meio nervosa.

Evitando olhar para o amigo, Race disse:

— Ela era de algum modo uma... pessoa melodramática? Eu só a vi uma vez, sabe? Mas há um tipo que, bem, pode achar interessante a ideia de tentar suicídio... Geralmente se brigam com alguém. Pelo motivo bastante infantil de "Vou fazê-los infelizes!".

— Rosemary e eu não tínhamos brigado.

— E devo dizer que o fato de o cianureto ter sido usado elimina essa possibilidade. Não é o tipo de coisa que você pode fazer com segurança, e todo mundo sabe disso.

— Esse é outro ponto. Se por algum acaso Rosemary *tivesse* contemplado tirar sua vida, ela nunca o faria desse modo.

Doloroso e... feio. Uma overdose de alguma coisa para dormir teria sido mais provável.

— Concordo. Havia alguma evidência de ela ter comprado ou ter conseguido cianureto?

— Não. Mas ela havia estado com amigos no campo e eles derrubaram um ninho de vespas certo dia. Sugeriu-se que ela deva ter pego um punhado de cristais de cianureto de potássio naquela ocasião.

— Sim, não é uma coisa difícil de se conseguir. A maioria dos jardineiros tem estocado.

Ele fez uma pausa e depois disse:

— Deixe-me resumir as coisas. Não houve indícios de uma disposição ao suicídio ou qualquer preparação para tal. A coisa toda foi negativa. Mas pode não ter havido indícios que apontem para assassinato, ou a polícia os teria pego. Eles são bastante conscientes, sabe?

— A simples ideia de assassinato teria parecido fantástica.

— Mas não pareceu fantástica para você seis meses depois?

George disse devagar:

— Eu acho que devo ter ficado insatisfeito o tempo todo. Devo ter estado inconscientemente me preparando para aquilo. Quando vi a coisa escrita em preto e branco, aceitei sem qualquer dúvida.

— Sim. — Race assentiu. — Bem, então, vamos lá. De quem você suspeita?

George se inclinou para a frente, com seu rosto se contorcendo.

— É isso que é tão terrível. *Se* Rosemary foi morta, uma das pessoas na mesa, um de seus amigos, deve tê-lo feito. Ninguém mais se aproximou da mesa.

— Garçons? Quem serviu o vinho?

— Charles, o garçom-chefe do Luxembourg. Conhece ele?

Race assentiu. Todos o conheciam. Parecia bastante impossível de imaginar que Charles pudesse ter deliberadamente envenenado uma cliente.

— E o garçom que estava conosco era Giuseppe. Conhecemos Giuseppe muito bem. Eu o conheço há anos. Ele sempre me serve lá. É um camaradinha alegre e encantador.

— Então chegamos ao jantar. Quem estava lá?

— Stephen Farraday, o membro do Parlamento. A mulher dele, lady Alexandra Farraday. Minha secretária, Ruth Lessing. Um camarada chamado Anthony Browne. A irmã de Rosemary, Iris, e eu. Sete no total. Era para estarmos em oito, se você tivesse ido. Quando você não pôde, não conseguimos pensar em mais ninguém que fosse adequado para convidarmos no último minuto.

— Entendo. Bem, Barton, quem você acha que foi?

George gritou:

— Eu não sei! Se eu tivesse alguma ideia...

— Tudo bem... tudo bem. Eu só achei que você poderia ter um suspeito mais definido. Bem, não deve ser difícil. Como estavam sentados, começando por você?

— Sandra Farraday estava à minha direita, é claro. Ao lado dela, Anthony Browne. Então, Rosemary. Depois Stephen Farraday, Iris e Ruth Lessing, que se sentou à minha esquerda.

— Entendo. E sua esposa bebeu champanhe mais cedo naquela noite?

— Sim. Os copos foram enchidos várias vezes. Aconteceu durante o show. Estava muito barulho. Era um daqueles shows escuros e estávamos todos assistindo. Ela tombou na mesa logo antes de as luzes se acenderem. Ela pode ter gritado, ou arfado, mas ninguém ouviu nada. O médico disse que a morte deve ter sido praticamente instantânea. Graças a Deus.

— Sim, de fato. Bem, Barton, superficialmente, parece bem óbvio.

— O que quer dizer?

— Stephen Farraday, é claro. Ele estava à direita dela. Seu copo de champanhe estaria perto da mão esquerda dela. Seria muito mais fácil pôr alguma coisa dentro assim que baixaram as luzes e a atenção geral foi direcionada ao palco. Não consigo ver mais alguém tendo uma oportunidade tão boa. Eu conheço aquelas mesas do Luxembourg. Tem muito espaço no entorno. Duvido muito que alguém pudesse ter se inclinado sobre a mesa, por exemplo, sem ser notado, mesmo com as luzes baixas. A mesma coisa se aplica ao camarada à esquerda de Rosemary. Ele teria tido que se inclinar sobre ela para pôr algo em seu copo. *Há* outra possibilidade, mas vamos considerar a pessoa óbvia primeiro. Alguma razão para que Stephen Farraday, membro do Parlamento, quisesse matar sua esposa?

George disse com uma voz endurecida:

— Ele... eram amigos próximos. Se... Rosemary o tivesse recusado, por exemplo, ele poderia querer vingança.

— Soa melodramático. Esse é o único motivo que pode sugerir?

— Sim. — O rosto de George estava muito vermelho. Race lançou-lhe o mais fugaz dos olhares. Então ele continuou: — Vamos examinar a possibilidade número 2. Uma das mulheres.

— Por que as mulheres?

— Meu querido George, escapou do seu conhecimento que, em um grupo de sete, quatro mulheres e três homens, provavelmente haverá um ou dois períodos durante a noite em que três casais estão dançando e uma mulher está sentada sozinha à mesa? Vocês todos dançaram?

— Oh, sim.

— Bom. Antes do show, consegue se lembrar de quem estava sentada sozinha em algum momento?

George pensou por um minuto.

— Eu acho que... sim, Iris foi quem sobrou da última vez, e Ruth antes.

— Você não se lembra quando sua esposa bebeu champanhe nessa última vez?

— Deixe-me ver, ela tinha dançado com Browne. Eu me lembro de ela voltar e dizer que aquilo tinha sido estrênuo.

Ele meio que é um dançarino imaginativo. Ela bebeu todo o conteúdo do copo naquele momento. Alguns minutos depois, tocaram uma valsa e ela... dançou comigo. Ela sabia que uma valsa é a única dança em que eu sou bom. Farraday dançou com Ruth e lady Alexandra com Browne. Iris ficou de fora. Imediatamente depois daquilo, eles começaram o show.

— Então, vamos considerar a irmã da sua esposa. Ela ganhou algum dinheiro com a morte de sua esposa?

George começou a se engasgar.

— Meu caro Race, não seja absurdo. Iris era apenas uma criança, uma garota colegial.

— Eu conheço duas garotas colegiais que cometeram um crime.

— Mas Iris! Ela era devotada à Rosemary.

— Esqueça, Barton. Ela teve oportunidade. Quero saber se tinha motivos. Sua esposa, creio, era uma mulher rica. Para onde o dinheiro dela foi? Para você?

— Não, foi para Iris. Um fundo fiduciário.

Ele explicou as coisas, às quais Race ouviu atentamente.

— Bastante curioso. A irmã rica e a irmã pobre. Algumas garotas podem se ressentir com essas coisas.

— Estou certo de que Iris nunca se ressentiu.

— Talvez não... mas ela tinha um motivo. Vamos pensar nisso agora. Quem mais tinha um motivo?

— Ninguém... ninguém mesmo. Rosemary não tinha um inimigo no mundo inteiro, tenho certeza. Estive investigando tudo isso, fazendo perguntas, tentando descobrir. Eu até comprei essa casa perto dos Farraday, pois assim...

Ele parou. Race pegou seu cachimbo e começou a raspar seu interior.

— Não era melhor você me contar tudo, jovem George?

— O que quer dizer?

— Você está escondendo alguma coisa, nota-se de longe. Você pode sentar aí e defender a reputação da sua esposa, ou pode tentar descobrir se ela foi assassinada ou não. Mas, se o último importa mais para você, vai ter que jogar limpo.

Houve um silêncio.

— Está certo então — disse George em uma voz endurecida. — Você ganhou.

— Você tinha motivos para acreditar que sua mulher tinha um amante, certo?

— Sim.

— Stephen Farraday?

— Eu não sei. Eu juro a você que não sei! Poderia ter sido ele ou poderia ter sido o outro camarada, Browne. Eu não conseguia me decidir. Era um inferno.

— Me diga o que você sabe sobre esse Anthony Browne. Engraçado que parece que já ouvi esse nome.

— Eu não sei nada sobre ele. Ninguém sabe. Ele é um tipo de cara bem-apessoado e divertido… mas ninguém sabe nada sobre ele. Supostamente, ele é americano, mas não tem sotaque quando fala.

— Sim, talvez a Embaixada saberá algo sobre ele. Você não tem nem ideia… de algo?

— Não… não, não tenho. Vou contar, Race. Ela estava escrevendo uma carta… eu… eu examinei o mata-borrão depois. Era uma carta de amor, sim… mas não havia um nome.

Race olhou para o outro lado cuidadosamente.

— Bem, isso nos dá um pouco mais de pistas para seguir. Lady Alexandra, por exemplo. Ela entra nisso, se o marido dela estivesse tendo um caso com a sua mulher. Ela é o tipo de mulher que sente as coisas com muita intensidade. O tipo quieto e profundo. É um tipo que vai cometer assassinato por qualquer coisa. Estamos começando. Há o misterioso Browne, Farraday e sua esposa e a jovem Iris Marle. E essa outra mulher, Ruth Lessing?

— Ruth não poderia ter nada a ver com isso. Ela não teria o menor motivo.

— Sua secretária, você diz? Que tipo de garota ela é?

114 · AGATHA CHRISTIE ·

— A garota mais querida do mundo — comentou George com entusiasmo. — Ela é praticamente da família. É o meu braço direito, não sei de ninguém por quem teria mais consideração ou confiança absoluta.

— Você gosta dela — disse Race, observando-o pensativo.

— Sou devotado a ela. Aquela garota, Race, é um trunfo absoluto. Eu dependo dela de todos os modos. Ela é criatura mais verdadeira e querida do mundo.

Race murmurou algo que soou como um "Aham" e abandonou o assunto. Não havia nada no seu jeito que pudesse indicar a George que ele tinha mentalmente riscado um motivo bem definitivo para a desconhecida Ruth Lessing. Ele podia imaginar que essa "garota mais querida do mundo" poderia ter uma razão bem decidida para querer a partida de Mrs. George Barton para o outro mundo. Poderia ser um motivo mercenário — ela poderia ter visualizado a si mesma como a segunda Mrs. Barton. Poderia ser que ela estivesse genuinamente apaixonada por seu chefe. Mas o motivo para a morte de Rosemary estava lá.

Em vez disso, ele disse gentilmente:

— Suponho que tenha lhe ocorrido, George, que você mesmo tinha um motivo muito bom também.

— Eu? — George parecia embasbacado.

— Bem, lembre-se de Otelo e Desdêmona.

— Entendo o que quer dizer. Mas... mas não era assim entre mim e Rosemary. Eu a adorava, é claro, e sempre soube que haveria coisas que... eu teria que suportar. Não que ela não gostasse de mim. Ela gostava, gostava muito de mim e era carinhosa comigo. Mas, é claro, sou um sem graça maçante, não tem como escapar disso. Não romântico, sabe. De todo modo, entendi quando me casei com ela que não seria tudo às mil maravilhas. Ela me avisou. É claro que doeu quando aconteceu, mas sugerir que eu teria tocado em um fio de cabelo de sua cabeça...

Ele parou e então continuou em um tom diferente:

— De todo modo, se eu tivesse feito isso, por que eu estaria remexendo essa história? Quero dizer, depois de um veredito de suicídio e de tudo estar ajeitado e terminado. Seria loucura.

— Com certeza. É por isso que não suspeito seriamente de você, meu querido amigo. Se fosse um assassino bem-sucedido e recebesse um par de cartas como essas, você as queimaria em silêncio e não diria nada sobre elas. E isso me leva ao que penso ser a característica mais interessante da coisa toda. *Quem* escreveu as cartas?

— Oi? — George parecia meio atordoado. — Não tenho a menor ideia.

— O ponto não parece lhe interessar. Ele me interessa. É a primeira pergunta que fiz. Podemos presumir, entendo, que elas não foram escritas pelo assassino. Por que ele deveria estranhar o próprio lance quando, como você diz, tudo se acalmou e o suicídio foi universalmente aceito? Então quem as escreveu? Quem é que está interessado em remexer as coisas de novo?

— Empregados — arriscou George vagamente.

— Possivelmente. Se foi isso, quais empregados? E o que eles sabem? Rosemary tinha alguma criada de confiança?

George balançou a cabeça.

— Não. Na época, tínhamos uma cozinheira, Mrs. Pound. Ainda a temos, e duas criadas. Eu acho que as duas foram embora. Não ficaram conosco por muito tempo.

— Bem, Barton, se quer meu conselho, o que acho que quer, eu deveria pensar na questão novamente com muito cuidado. Por um lado, há o fato de Rosemary estar morta. Você não pode trazê-la de volta, não importa o que fizer. Se a evidência de suicídio não é boa, a evidência de assassinato também não é. Digamos, pelo bem do argumento, que Rosemary *foi* assassinada. Você quer mesmo desenterrar a coisa toda? Isso pode significar um monte de publicidade desagradável, uma lavação de roupa suja em público, os casos de sua esposa se tornando propriedade pública...

George Barton se encolheu. Ele disse violentamente:

— Você realmente me aconselha a deixar esse suíno se safar? Aquele graveto do Farraday, com suas falas pomposas e sua preciosa carreira e... o tempo todo, talvez, um assassino covarde.

— Eu apenas quero que saiba o que isso envolve.

— Eu quero chegar na verdade.

— Muito bem. Neste caso, eu deveria ir à polícia com essas cartas. Eles serão capazes de descobrir quem as escreveu, se a pessoa que escreveu sabe de alguma coisa. Apenas lembre-se de que, uma vez que os colocarmos no rastro, você não poderá impedi-los.

— Não vou à polícia. É por isso que eu queria vê-lo. Vou fazer uma armadilha para o assassino.

— O que quer dizer com isso?

— Ouça, Race. Vou dar uma festa no Luxembourg. Eu quero que venha. As mesmas pessoas, os Farraday, Anthony Browne, Ruth, Iris, eu. Já planejei tudo.

— O que vai fazer?

George deu uma risada esmaecida.

— Isso é o meu segredo. Estragaria as coisas se eu contasse a alguém de antemão, até mesmo você. Quero que venha com uma mente não tendenciosa e... veja o que acontece.

Race se inclinou para a frente. Sua voz de repente se tornou incisiva.

— Eu não gosto disso, George. Essas ideias melodramáticas tiradas de livros não funcionam. Vá à polícia, não há melhor recurso humano. Eles sabem como lidar com esses problemas. Eles são profissionais. Espetáculos amadores em crimes não são aconselháveis.

— É por isso que quero você lá. Você não é um amador.

— Meu querido amigo. Porque trabalhei uma vez para o MI5? E de todo modo você se propõe a me deixar no escuro.

— Isso é necessário.

Race balançou a cabeça.

— Sinto muito. Eu me recuso. Eu não gosto do seu plano e não vou fazer parte dele. Desista, George, você é um bom amigo.

— Não vou desistir. Já planejei tudo.

— Não seja tão obstinado. Sei um pouco mais sobre esses espetáculos do que você. Eu não gosto da ideia. Não vai funcionar. Pode até ser perigoso. Já pensou nisso?

— Será perigoso para alguém, claro.

Race suspirou.

— Você não sabe o que está fazendo. Bem, não diga que não avisei. Pela última vez, eu imploro, desista dessa ideia de doido.

George Barton apenas fez que não com a cabeça.

Capítulo 5

A manhã do dia 2 de novembro raiou úmida e melancólica. Estava tão escuro na sala de jantar da casa em Elvaston Square que eles tiveram que acender as luzes para o café da manhã.

Iris, ao contrário de seu hábito, tinha descido em vez de tomar seu café com torradas no andar de cima, e estava sentada lá como um fantasma, remexendo a comida no prato. George farfalhava o seu *Times* com uma mão nervosa e na outra ponta da mesa Lucilla Drake chorava copiosamente com a cara enfiada em um lenço.

— Eu sei que o querido menino vai fazer algo horrível. Ele é tão sensível, e ele não diria que era um caso de vida ou morte se não fosse.

Chacoalhando seu jornal, George disse bruscamente:

— Por favor, não se preocupe, Lucilla. Eu disse que vou dar um jeito nisso.

— Eu sei, querido George, você sempre é tão bom. Mas eu sinto mesmo que qualquer atraso pode ser fatal. Todas essas perguntas que você diz que quer fazer... vão tomar *tempo*.

— Não, não, vamos fazer bem rápido.

— Ele disse "no dia 3 sem falta" e amanhã *é* dia 3. Nunca me perdoaria se qualquer coisa acontecesse ao meu querido menino.

— Não vai. — George tomou um grande gole de café.

— E ainda tem aquele meu empréstimo...

— Olha aqui, Lucilla, deixe tudo comigo.

— Não se preocupe, tia Lucilla, George vai dar conta de organizar tudo. Afinal de contas, isso já aconteceu antes.

— Não por tanto tempo, não desde que o pobre menino foi enganado por aqueles amigos trambiqueiros dele naquele rancho tenebroso.

George limpou o bigode com o guardanapo, se levantou e gentilmente deu uns tapinhas nas costas de Mrs. Drake enquanto saía da sala.

— Agora alegre-se, minha querida. Vou passar um telegrama para Ruth agora mesmo.

Enquanto ele adentrava o saguão, Iris o seguiu.

— George, não acha que devemos adiar a festa? Tia Lucilla está tão chateada. Não é melhor ficarmos em casa com ela?

— Certamente não! — A cara rosada de George ficou roxa. — Por que aquele jovem vigarista maldito deveria perturbar nossas vidas inteiras? É chantagem, pura chantagem, é isso que é. Se fosse do meu jeito, ele não ganharia um centavo.

— Tia Lucilla nunca concordaria com isso.

— Lucilla é uma tola, sempre foi. Essas mulheres que têm filhos quando já estão nos quarenta nunca parecem ter senso algum. Mimam os pirralhos desde o berço, dando a eles tudo o que querem. Se o jovem Victor tivesse uma vez ouvido para se virar sozinho, poderia ter sido diferente para ele. Agora, não discuta, Iris. Vou arranjar alguma coisa antes da noite, assim Lucilla pode ir para a cama feliz. Se necessário, a levaremos conosco.

— Não, ela odeia restaurantes… e fica sonolenta, pobre coitada. E ela não gosta do calor e o ar enfumaçado ataca a asma dela.

— Eu sei. Não estava falando sério. Vá e a anime, Iris. Diga a ela que tudo vai ficar bem.

Ele se virou e saiu pela porta da frente. Iris se virou lentamente de volta à sala de jantar. O telefone tocou e ela foi atender.

— Alô? Quem? — Seu rosto mudou, seu desamparo branco se dissolveu em prazer — Anthony!

— Eu mesmo, Anthony. Eu liguei para você ontem, mas não lhe achei. Você tem ido trabalhar com o George?

— O que quer dizer?

— Bem, George foi tão incisivo com o convite para a festa hoje. Muito diferente de seu estilo normal de "despachado"! Insistiu para que eu fosse. Eu pensei que talvez fosse o resultado de algum trabalho diplomático de sua parte.

— Não, não... não tem nada a ver comigo.

— Ele mudou de opinião?

— Não exatamente. É...

— Alô? Você está aí?

— Sim, estou aqui.

— Você estava dizendo algo. Qual é o problema, querida? Posso ouvi-la suspirando pelo telefone. Há algo de errado?

— Não... nada. Devo estar bem amanhã. Tudo estará bem amanhã.

— Que fé tocante. Não dizem que "o amanhã nunca vem"?

— Não.

— Iris... *tem* algum problema?

— Não, nada. Eu não posso dizer a você. Eu prometi, entende?

— Conte-me, minha doçura.

— Não, não posso mesmo. Anthony, você pode *me* dizer uma coisa?

— Se eu puder.

— Você esteve... alguma vez apaixonado por Rosemary?

Uma pausa momentânea e depois uma risada.

— Então, era isso. Sim, Iris, eu estava um pouco apaixonado por Rosemary. Ela era muito adorável, sabe? E então, um dia, eu estava falando com ela e vi você descendo a escada, e em um minuto eu estava de queixo caído. Não havia mais ninguém no mundo além de você. Essa é a verdade nua e crua. Não fique ruminando uma coisa dessas. Mesmo

Romeu, sabe, tinha sua Rosalina antes de ficar de quatro para sempre por Julieta.

— Obrigada, Anthony. Fico contente.

— Vejo você à noite. É a sua festa de aniversário, não é?

— Na verdade, é na semana que vem, mas é sim a minha festa.

— Você não parece muito entusiasmada com ela.

— Não estou.

— Suponho que George saiba o que está fazendo, mas me parece uma ideia maluca fazer uma festa no mesmo lugar em que...

— Oh, estive no Luxembourg diversas vezes desde que... desde Rosemary... Bom, não se pode evitar.

— Não, e está tudo bem. Tenho um presente de aniversário para você, Iris. Espero que goste. *Au revoir.*

Ele desligou.

Iris voltou até Lucilla Drake, para argumentar, persuadir e reconfortar.

George, em sua chegada ao escritório, pediu para chamar Ruth Lessing imediatamente.

Sua careta preocupada relaxou um pouco quando ela entrou, calma e sorridente, com seu casaco preto e saia.

— Bom dia.

— Bom dia, Ruth. Encrenca novamente. Olha isso.

Ela pegou o telegrama e estendeu.

— Victor Drake de novo!

— Sim, maldito seja.

Ela ficou em silêncio por um minuto, segurando o telegrama. Um rosto magro e bronzeado, enrugando-se em torno do nariz quando ele ria. Uma voz zombeteira dizendo: "O tipo de garota que deveria se casar com o chefe..." Como tudo voltou tão vividamente.

Ela pensou: "Poderia ter sido ontem..."

A voz de George a trouxe de volta.

— Não foi há um ano que o mandamos de navio para algum lugar?

Ela refletiu.

— Eu acho que sim. Na verdade, acredito que era dia 27 de outubro.

— Que garota fenomenal você é. Que memória!

Ela pensou consigo mesma que tinha uma razão melhor para se lembrar do que a que ele conhecia. Foi na fresca influência de Victor Drake que ela tinha ouvido a voz descuidada de Rosemary ao telefone e havia decidido que odiava a esposa do chefe.

— Suponho que temos sorte — disse George — que ele tenha se demorado por lá. Mesmo que tenha nos custado 50 libras, três meses atrás.

— Trezentas libras agora parece bastante.

— Sim. Ele não vai ganhar tanto. Teremos que fazer as investigações de rotina.

— Melhor eu me comunicar com Mr. Ogilvie.

Alexander Ogilvie era o agente deles em Buenos Aires, um escocês sóbrio e cabeça-dura.

— Sim. Mande logo um telegrama. A mãe dele está num estado lastimável, como de costume. Praticamente histérica. Tudo fica mais difícil com a festa de hoje à noite.

— Gostaria que eu ficasse com ela?

— Não. — Ele negou a ideia enfaticamente. — Não mesmo. Você é uma das pessoas que tem que estar lá. Eu preciso de você, Ruth. — Ele pegou sua mão. — Você é generosa demais.

— Não sou nada generosa.

Ela sorriu e sugeriu:

— Valeria a pena tentar uma comunicação telefônica com Mr. Ogilvie? Podemos tirar tudo a limpo até hoje à noite.

— Uma boa ideia. Vale o gasto.

— Vou me ocupar disso logo.

Muito gentilmente ela retirou sua mão das dele e saiu.

George lidou com várias questões que exigiam sua atenção.

Às 12h30, ele saiu e tomou um táxi para o Luxembourg.

Charles, o notório e popular garçom-chefe, veio em sua direção, curvando sua pomposa cabeça e sorrindo em sinal de boas-vindas.

— Bom dia, Mr. Barton.

— Bom dia, Charles. Tudo pronto para hoje à noite?

— Eu acho que o senhor ficará bem satisfeito, senhor.

— A mesma mesa?

— A média, no salão, é isso, não é?

— Sim... e você entendeu sobre o lugar extra?

— Está tudo arranjado.

— E conseguiu o... rosmarinho?

— Sim, Mr. Barton. Receio que não será muito decorativo. Não gostaria que incorporássemos algumas groselhas... ou, digamos, uns crisântemos?

— Não, não, apenas o rosmarinho.

— Muito bem, senhor. Gostaria de ver o menu? Giuseppe.

Com um estalar de dedos, Charles fez surgir um sorridente italiano de meia-idade.

— O menu para Mr. Barton.

Surgiu.

Ostras, consomê, linguado Luxembourg, faisão, peras Hélène, fígado de galinha com bacon.

George deu uma olhada indiferente no menu.

— Sim, sim, tudo certo.

Ele devolveu. Charles o acompanhou até a porta.

Baixando um pouco o tom de voz, murmurou:

— Posso apenas mencionar o quanto apreciamos, Mr. Barton, que o senhor esteja... é... voltando a nos frequentar?

Um sorriso meio lívido apareceu no rosto de George. Ele disse:

— Temos que esquecer o passado. Não podemos viver no passado. Tudo está terminado e acabado.

— Muito verdadeiro, Mr. Barton. O senhor sabe como ficamos chocados e tristes naquele momento. Estou certo e

124

espero que *mademoiselle* tenha uma feliz festa de aniversário e que tudo esteja do seu agrado.

Curvando-se graciosamente, Charles se retirou e disparou como uma libélula irritada para cima de algum garçom que estava fazendo alguma coisa errada na mesa perto da janela.

George saiu com um sorriso torto nos lábios. Ele não era um homem imaginativo o bastante para sentir uma pontinha de compaixão pelo Luxembourg. Não era, afinal, culpa do Luxembourg que Rosemary tivesse decidido cometer suicídio lá ou que alguém tenha decidido assassiná-la ali. Havia sido duro com o restaurante.

Ele almoçou no clube. Em seguida, foi à reunião dos diretores.

No caminho de volta ao escritório, passou uma ligação para um número de um telefone público de Maida Vale. Ele saiu com um suspiro de alívio. Tudo estava de acordo com o programado.

Ele voltou ao escritório.

Ruth foi até ele imediatamente.

— Sobre Victor Drake.

— Sim?

— Receio que é meio que um negócio ruim. Uma possibilidade de processo criminal. Ele tem se mantido com o dinheiro da firma há um tempo considerável.

— Ogilvie disse isso?

— Sim. Falei com ele essa manhã e ele retornou a ligação para nós há dez minutos. Ele diz que Victor agiu bem descaradamente sobre tudo.

— É claro que agiu!

— Mas ele insiste que não vão processar se o dinheiro for devolvido. Mr. Ogilvie viu o sócio majoritário e parece ser isso mesmo. A soma corrente em questão é de 165 libras.

— Então Victor estava esperando embolsar uma clara quantia de 135 na transação?

— Receio que sim.

— Bem, resolvamos isso, de toda forma — disse George com uma satisfação sombria.

— Eu disse a Mr. Ogilvie para prosseguir e fechar o negócio. Tudo bem?

— Pessoalmente, deveria estar contente em ver aquele bandido ir para a prisão, mas alguém tem que pensar na mãe dele. Uma boba, mas uma alma caridosa. Então Victor ganha, como sempre.

— Como você é bom — disse Ruth.

— Eu?

— Eu acho que você é o melhor homem do mundo.

Ele se sentiu tocado. Sentiu-se contente e envergonhado ao mesmo tempo. Em um impulso, ele pegou a mão dela e deu um beijo.

— Querida Ruth. Minha mais querida e melhor das amigas. O que seria de mim sem você?

Eles ficaram bem próximos.

Ela pensou: "Eu poderia ter sido feliz com ele. Eu poderia tê-lo feito feliz. Se apenas..."

Ele pensou: "Devo seguir o conselho de Race? Devo desistir de tudo? Isso seria mesmo o melhor?"

A indecisão pairou sobre ele e passou. Ele disse:

— Nove e meia da noite no Luxembourg.

Capítulo 6

Todos compareceram.

George deu um suspiro de alívio. Até o último momento, ele temia alguma desistência, mas estavam todos ali. Stephen Farraday, alto e rijo, com um jeito um pouco pomposo. Sandra Farraday, com um austero vestido de veludo preto, usando esmeraldas no pescoço. A mulher tinha berço, não havia dúvidas. Seus modos eram naturais, um pouco mais graciosos do que o usual. Ruth também estava de preto sem qualquer adorno, exceto um broche de pedras. Seu cabelo preto-corvo escorria e se deitava colado à cabeça, pescoço e braços muito brancos — mais brancos do que os da outra mulher. Ruth era uma garota da classe trabalhadora, não tinha um lazer tão prolongado no qual pudesse adquirir um bronzeado. Os olhos dele encontraram os dela e, como se ela visse a ansiedade nos olhos dele, sorriu com segurança. O coração dele bateu mais forte. Leal Ruth. Ao lado dele, Iris estava num silêncio incomum. Sozinha, ela tomou consciência de que aquela era uma festa incomum. Estava pálida, mas, de algum modo, aquilo lhe caía bem, estava com uma beleza resoluta e grave. Ela usava um vestido reto e simples verde-folha. Anthony Browne chegou por último e, para o incômodo de George, veio com o passo rápido e furtivo de uma criatura selvagem — uma pantera, talvez, ou um leopardo. O camarada não era muito civilizado.

Estavam todos lá, todos na armadilha de George. Agora, a peça poderia começar...

Coquetéis foram esvaziados. Eles se levantaram e passaram pelo arco aberto que dava para o interior do restaurante.

Casais dançavam uma música leve, garçons hábeis andavam de um lado para o outro.

Charles foi até eles e sorridentemente os conduziu à mesa. Era no final do salão, um lugar de teto baixo, onde havia três mesas — uma grande no meio e duas pequenas para duas pessoas de cada lado. Um estrangeiro pálido de meia-idade e uma loira adorável estavam em uma delas, um fiapo de garoto e uma garota na outra. A mesa do meio estava reservada para a festa de Barton.

George genialmente os designou a seus lugares.

— Sandra, pode se sentar aqui, à minha direita. Browne ao lado dela. Iris, minha querida, é a sua festa. Eu devo tê-la ao meu lado, e você depois dela, Farraday. Depois, você, Ruth...

Ele fez uma pausa. Entre Ruth e Anthony havia uma cadeira vaga. A mesa havia sido posta para sete.

— Meu amigo Race deve estar um pouco atrasado. Ele disse que não precisávamos esperar por ele. Ele vai demorar um pouco. Gostaria que todos o conhecessem. Ele é um camarada esplêndido, andou o mundo todo e pode contar umas boas lorotas.

Iris estava consciente que sentia raiva quando se sentou. George tinha feito de propósito — separá-la de Anthony. Ruth devia ter sido colocada onde ela estava, ao lado de seu anfitrião. George, então, ainda não gostava e desconfiava de Anthony.

Ela roubou um olhar do outro lado da mesa. Anthony fazia careta. Ele não olhava de volta para ela. Uma vez, lançou um olhar bruto, de soslaio, para a cadeira vazia ao lado dele. Disse:

— Estou contente que conseguiu outro homem, Barton. Há uma chance de que tenha que sair mais cedo.

George disse, sorridente:

— Trabalhando nas horas de lazer? Você é jovem demais para isso, Browne. Não que eu saiba... Que negócios você faz?

Por acaso havia uma calma na conversa. A resposta de Anthony veio deliberadamente tranquila:

— Crime organizado, Barton, é isso que eu sempre digo quando me perguntam. Roubos arranjados. Furto é um diferencial. Famílias atendidas a domicílio.

Sandra Farraday riu enquanto dizia:

— Você está metido com armamentos, não é, Dr. Browne? Um rei dos armamentos é sempre o vilão hoje em dia.

Iris viu os olhos de Anthony se arregalarem momentaneamente, num estado de rápida surpresa. Ele disse com leveza:

— Você não deve me entregar, lady Alexandra, é tudo muito sigiloso. Os espiões de poderio estrangeiros estão em todos os lugares. Conversas displicentes.

Ele balançou a cabeça, fingindo solenidade.

O garçom levou os pratos de ostras. Stephen perguntou a Iris se ela gostaria de dançar.

Logo todos estavam dançando. A atmosfera se acendeu.

Naquele momento, era a vez de Iris dançar com Anthony. Ela disse:

— Malvado da parte de George não nos sentar juntos.

— Bondade dele. Desse modo, eu posso olhar para você todo o tempo.

— Você tem mesmo que ir cedo?

— Talvez... Você sabia que o Coronel Race viria?

— Não, não tinha a menor ideia.

— Meio estranho.

— Você o conhece? Ah, sim, outro dia, você disse que o conhecia. Que tipo de homem ele é?

— Ninguém sabe ao certo.

Eles voltaram para a mesa. A noite se arrastou. Lentamente, a tensão, que tinha se dissipado, parecia estar para voltar. Havia uma atmosfera de nervos esticados sobre a mesa. Apenas o anfitrião parecia genial e despreocupado.

Iris o viu olhar de relance seu relógio.

De repente, houve um rufar de tambores e as luzes baixaram. Um palco surgiu na sala. Cadeiras foram empurradas um pouco para trás, viradas para os lados. Três homens e três garotas ocuparam a pista, dançando. Eles foram seguidos por um homem que podia fazer sons. Trens, rolos compressores, aviões, serras, vacas tossindo. Ele era um sucesso. Em seguida, vieram Lenny e Flo com uma apresentação de dança que era mais um ato de circo do que uma dança. Mais aplausos. Depois outra apresentação musical do Luxembourg Six. As luzes se acenderam.

Todos piscaram.

Ao mesmo tempo, uma onda de contenção de repentina liberdade pareceu passar pelo grupo à mesa. Foi como se estivessem inconscientemente esperando algo que não aconteceu. Pois, em uma ocasião anterior, a volta das luzes coincidiu com a descoberta de um cadáver deitado sobre a mesa. Era como se o passado definitivamente tivesse passado — desaparecido no esquecimento. A sombra de uma tragédia passada havia desaparecido.

Sandra se virou para Anthony de um jeito animado. Stephen fez uma observação para Iris, e Ruth se inclinou para a frente para ouvir. Somente George ficou sentado em sua cadeira encarando... encarando, com seus olhos fixos na cadeira vazia à sua frente. O lugar à sua frente foi servido. Havia champanhe no copo. A qualquer momento, alguém poderia vir, poderia se sentar ali...

Uma cutucada de Iris o trouxe de volta.

— Acorda, George. Vem dançar. Você não dançou comigo ainda.

Ele se levantou. Sorrindo para ela, ergueu seu copo.

— Bem, vamos fazer um brinde primeiro. À jovem cujo aniversário estamos celebrando. Iris Marle, seja sempre feliz!

Eles beberam rindo, depois todos se levantaram para dançar, George e Iris, Stephen e Ruth, Anthony e Sandra.

Era uma melodia alegre de jazz.

Então, de repente, George se inclina para a frente.

— Tenho algo para perguntar. Há um ano, mais ou menos, estávamos aqui em uma noite que terminou tragicamente. Eu não quero trazer de volta tristezas passadas, mas é só que eu não quero sentir que Rosemary esteja esquecida. Peço a você que beba à memória dela, pelo bem da lembrança.

Ele ergueu seu copo. Todos obedientemente ergueram os seus. Seus rostos eram máscaras educadas.

— *À Rosemary* — disse George.

Os copos foram levados aos lábios. Eles beberam.

Houve uma pausa. Então, George se balançou para a frente e desabou na cadeira, as mãos subindo freneticamente ao pescoço, o rosto ficando roxo enquanto ele lutava para respirar.

Ele levou um minuto e meio para morrer.

PARTE III

Iris

"Pensei que os mortos tinham paz, mas não é bem assim..."

Capítulo 1

O Coronel Race apareceu na entrada da New Scotland Yard. Ele preencheu o formulário que lhe foi entregue e, poucos minutos depois, estava cumprimentando com um aperto de mão o Inspetor-chefe Kemp na última sala.

Os dois homens eram bem conhecidos um do outro. Kemp lembrava vagamente um grande veterano, Battle, na aparência. Na verdade, desde que trabalhou com Battle, por muitos anos, ele talvez tenha inconscientemente copiado muitos dos maneirismos do outro, mais velho. Ele trazia consigo a mesma sugestão de ser feito de um único bloco, mas, enquanto Battle parecia ter vindo de uma madeira como teca ou carvalho, o Inspetor-chefe Kemp parecia vir de um tipo um pouco mais vistoso: mogno, digamos, ou o bom e velho jacarandá.

— Foi sensato da sua parte ter ligado para nós, coronel — disse Kemp. — Precisaremos de toda a ajuda que conseguirmos para esse caso.

— Parece que caiu em boas mãos — disse Race.

Kemp não fez nenhuma consideração de modéstia. Ele aceitou simplesmente bem o indubitável fato de que apenas casos de extrema delicadeza, ampla publicidade ou de suprema importância iam para suas mãos. E disse de modo sério:

— É a conexão Kidderminster. Dá para imaginar que significa ir com cuidado.

Race assentiu. Ele havia encontrado lady Alexandra Farraday em diversas ocasiões. Uma daquelas mulheres de posição incontestável, a qual pareceria fantástico associar com publicidade sensacionalista. Ele a tinha ouvido falar em palanques públicos — sem eloquência, mas clara e competentemente, com um bom entendimento do assunto, e com uma excelente entrega.

O tipo de mulher cuja vida pública estava em todos os jornais e cuja vida privada era praticamente inexistente, exceto como um plano de fundo doméstico sem graça.

Todavia, pensava ele, tal mulher *tem* uma vida privada. Elas conhecem o desespero e o amor, e as agonias do ciúme. Elas podem perder o controle e arriscar a vida em uma aposta apaixonada.

— Suponhamos que ela "tenha feito isso", Kemp — disse Race, com curiosidade.

— Lady Alexandra? Acha que foi ela, senhor?

— Não tenho ideia. Mas suponhamos que tenha sido ela. Ou seu marido, que vem sob o manto dos Kidderminster.

Os olhos firmes e verde-mar do Inspetor-chefe Kemp se voltaram para os olhos escuros de Race.

— Se um deles cometeu assassinato, faremos o nosso melhor para expô-lo. *Você* sabe disso. Não há medo nem favor para assassinos neste país. Mas teremos que estar absolutamente certos de nossas evidências. O promotor público vai insistir nisso.

— Vamos providenciar tudo — disse Race, depois de assentir.

— George Barton morreu por envenenamento com cianureto. Do mesmo modo que sua mulher, um ano atrás. Você disse que estava no restaurante?

— Sim. Barton tinha me convidado para a festa. Eu recusei. Não gostei do que ele estava fazendo. Fui contra e pedi a ele que, se tivesse dúvidas sobre a morte de sua mulher, fosse às pessoas certas. Ou seja, a vocês.

Kemp assentiu.

— Era isso que ele deveria ter feito.

— Em vez disso, ele persistiu na própria ideia, preparando uma armadilha para o assassino. Ele não me contou qual era a armadilha. Fiquei inquieto com o negócio todo, tanto que fui ao Luxembourg na noite passada para ficar de olho. Minha mesa estava a alguma distância. Eu não queria ser visto. Infelizmente, não posso contar nada. Não vi nada de suspeito. Os garçons e os convidados foram os únicos que se aproximaram da mesa.

— Sim — disse Kemp —, isso estreita as coisas, não é? Foi um deles, ou foi o garçom, Giuseppe Balsano. Eu o intimei novamente esta manhã, e achei que você gostaria de vê-lo, mas não acredito que ele tenha algo a ver com isso. Está no Luxembourg há doze anos, tem boa reputação, é casado, três filhos, boa ficha corrida. Costuma se dar bem com os clientes.

— O que nos deixa com os convidados.

— Sim. O mesmo grupo que estava presente quando Mrs. Barton... morreu.

— E o que acha disso, Kemp?

— Parece bem óbvio que os dois casos estejam ligados. Adams cuidou da primeira investigação. Não era o que poderíamos chamar de um caso claro de suicídio, mas foi a solução mais provável e, na ausência de qualquer evidência de assassinato, deixaram passar. Não se podia fazer mais nada. Temos muitos casos assim nos nossos registros, como sabe. Suicídio, com uma interrogação. O público não sabe da interrogação, mas nós sim. E seguimos um pouquinho mais, fuxicando quietos.

— Às vezes, algo surge. Às vezes, não. Neste caso, não surgiu.

— Até agora.

— Até agora. Alguém indicou a Mr. Barton o fato de que sua esposa tinha sido assassinada. Ele mesmo se ocupou, praticamente anunciou que estava na pista certa... Se estava ou não, eu não sei, mas o assassino deve ter pensado que sim. Então, o assassino se agita e liquida Mr. Barton. Parece ser o que aconteceu, concorda?

— Sim, essa parte parece bastante certa. Deus sabe o que seria a "armadilha". Notei que havia um lugar vazio na mesa. Talvez estivesse aguardando uma testemunha inesperada. De alguma forma, alcançou algo a mais do que era para ser. Alarmou tanto a pessoa culpada que ele ou ela não esperou a armadilha ser acionada.

— Bem — disse Kemp —, temos cinco suspeitos. E temos o primeiro caso para revisar: o de Mrs. Barton.

— Você é da opinião de que *não* foi suicídio?

— Esse assassinato parece provar que não foi. Embora eu não ache que você pode nos culpar por aceitar o suicídio como a teoria mais provável à época. Havia evidência para tal.

— Depressão pós-gripe?

A cara dura de Kemp mostrou a ondulação de um sorriso.

— Foi isso para o legista do tribunal. Concordava com a evidência médica e poupava o sentimento de todos. Isso se faz todos os dias. E havia uma carta quase terminada, para a irmã, instruindo como seus pertences pessoais deveriam ser doados. O que mostrou que a ideia de acabar com a própria vida estava em sua cabeça. Ela estava deprimida, eu não duvido, pobre senhora... Mas nove em cada dez vezes, com mulheres, é um caso amoroso. Com os homens é, na maioria das vezes, preocupação com dinheiro.

— Então, você sabia que Mrs. Barton tinha um caso.

— Sim, logo descobrimos. Tinha sido discreto, mas não precisou de muito para ser descoberto.

— Stephen Farraday?

— Sim. Eles costumavam se encontrar em um pequeno apartamento na Earl's Court. Estava acontecendo há uns seis meses. Digamos que eles tiveram uma briga, ou, possivelmente, ele estava se cansando dela... Bem, ela não seria a primeira mulher a tirar a própria vida num acesso de desespero.

— Com cianureto de potássio num restaurante público?

— Sim, se ela quisesse ser dramática, com ele assistindo e tudo o mais. Algumas pessoas têm um gosto pelo espetacular. Do que eu pude descobrir, ela não tinha muito gosto por convenções. Todas as precauções eram da parte dele.

— Alguma evidência de que a esposa dele soubesse do que estava acontecendo?

— Até onde eu soube, ela não sabia de nada.

— Ela poderia saber, considerando tudo, Kemp. Não é o tipo de mulher que fica demonstrando seus sentimentos.

— Ah, sim. Conte os dois como possíveis suspeitos. Ela, por ciúme. Ele, por sua carreira, pois um divórcio a destruiria. Não que o divórcio signifique tanto quanto costumava significar, mas, no caso dele, isso teria significado o antagonismo do clã Kidderminster.

— E a secretária?

— É uma possibilidade. Deve ser amável com George Barton. Eles eram bem grudados no escritório e existem rumores de que ela gostava dele. Na verdade, ontem à tarde, uma das telefonistas estava fazendo uma imitação de Barton segurando a mão de Ruth Lessing, dizendo que não podia viver sem ela, e Miss Lessing a pegou no flagra, demitiu-a e então deu-lhe um mês de pagamento, dizendo que fosse embora. Parece que ela estava sensível com o assunto. Depois tem a irmã, que ficou com um monte de dinheiro. Não podemos esquecer. Pareceu uma boa garota, mas nunca se sabe. E havia o outro amigo de Mrs. Barton.

— Estou um tanto ansioso para ouvir o que você sabe dele.

— Extraordinariamente pouco, mas o que há não é muito bom. Seu passaporte está em ordem. Ele é um cidadão americano sobre o qual não conseguimos encontrar nada. Ele vinha aqui, ficava no Claridge e mantinha alguma amizade com lorde Dewsbury.

— Homem de confiança?

— Poderia ser. Dewsbury parece ter caído na dele. Havia pedido a ele que ficasse. Um momento meio crítico naquela ocasião.

— Armamentos — disse Race. — Houve aquele problema com os testes do novo tanque nos trabalhos de Dewsbury.

— Sim. Esse camarada, Browne, representou a si mesmo como parte interessada nos armamentos. Foi logo depois de ter estado aqui que eles descobriram a sabotagem, bem a tempo. Browne conheceu muitos amigos de Dewsbury, parecer ter cultivado todos aqueles que estavam ligados a firmas de armamento. Como resultado, viu um monte de coisas que, na minha opinião, nunca deveria ter visto. E, em um ou dois casos, houve sérios problemas nos trabalhos, não muito depois de ele ter estado na vizinhança.

— Uma pessoa interessante, esse Mr. Anthony Browne, hein?

— Sim. Ele tem muito charme, aparentemente, e o usa como vantagem.

— E onde entra Mrs. Barton? George Barton não tem nada a ver com o mundo armamentista...

— Não, mas parece que os dois já foram bem íntimos. Ele pode ter deixado algo escapar para ela. *Você* sabe, coronel, melhor do que ninguém, o que uma mulher bonita pode tirar de um homem.

Race assentiu, compreendendo as palavras do inspetor--chefe, ditas para se referir ao Departamento de Contraespionagem, que ele uma vez controlava e não — como uma pessoa ignorante poderia pensar — para algumas indiscrições pessoais suas.

Depois de um minuto ou dois, ele disse:

— Você deu uma olhada naquelas cartas que George Barton recebeu?

— Sim. As encontramos em sua mesa, na casa, noite passada. Miss Marle as encontrou para mim.

— Você sabe que estou interessado naquelas cartas, Kemp. Qual é a opinião do especialista sobre elas?

140

— Papel barato, tinta comum, com impressões digitais de George Barton e Iris Marle, e um monte de manchas não identificadas no envelope, empregados dos correios etc. Elas foram impressas e os especialistas dizem que por alguém de boa educação e saúde normal.

— Boa educação. Não um criado.

— Presumivelmente não.

— Torna tudo ainda mais interessante.

— Significa que mais alguém tinha suspeitas, ao menos.

— Alguém que não foi à polícia. Alguém que estava preparado para despertar a suspeita de George, mas que não seguiu com as coisas. Há algo de estranho aí, Kemp. Ele mesmo não poderia tê-las escrito, poderia?

— Poderia. Mas por quê?

— Como uma preliminar para o suicídio, um suicídio que ele pretendia que parecesse assassinato.

— Colocando Stephen Farraday na forca? É uma ideia, mas ele se certificaria de que tudo apontasse para Farraday como o assassino. E nós não temos nada contra Farraday, de forma alguma.

— E o cianureto? Algum recipiente foi encontrado?

— Sim. Um pacotinho de papel branco debaixo da mesa. Traços de cristais de cianureto dentro. Sem impressões digitais. Numa história de detetive, é claro, seria algum tipo especial de papel ou estaria dobrado de um jeito especial. Eu gostaria de dar a esses escritores um curso de rotina de trabalho. Eles logo aprenderiam como a maioria das coisas não é rastreável e ninguém nunca percebe nada em lugar nenhum!

Race sorriu.

— Uma declaração bem genérica talvez. Alguém notou alguma coisa ontem à noite?

— Na verdade, é isso que estou começando a investigar. Peguei uma breve declaração de todos na noite passada, voltei a Elvaston Square com Miss Marle e dei uma olhada na mesa e nos papéis de Barton. Vou pegar depoimentos completos de todos eles hoje. E também depoimentos das pessoas sentadas nas outras duas mesas no salão. — Ele remexeu alguns papéis. — Sim, aqui estão: Gerald Tollington, da Guarda Real dos Granadeiros, e a honorável Patricia Brice-Woodworth. Casais de jovens noivos. Eu aposto que não viram nada a não ser eles mesmos. Mr. Pedro Morales, com suas mercadorias do México. Miss Christine Shannon, uma loira oportunista adorável que, aposto, não viu nada. Mais burra do que você acreditaria ser possível, exceto quando se trata de dinheiro. A chance de qualquer um deles ter visto algo é de cem para um, mas peguei seus nomes e endereços, para o caso de haver uma chance remota. Começaremos com o garçom, Giuseppe. Ele está aqui agora. Vou mandá-lo entrar.

Capítulo 2

Giuseppe Balsano era um homem de meia-idade e fraco. Ele estava nervoso, mas não muito nervoso. Seu inglês era fluente, já que ele estava no país desde os seus dezesseis anos e tinha se casado com uma mulher inglesa.

Kemp o tratou com simpatia.

— Então, Giuseppe, vamos ouvir se mais alguma coisa lhe ocorreu sobre o assunto.

— Para mim é desagradável. Fui eu que servi a mesa. Eu que servi o vinho. As pessoas vão dizer que perdi a cabeça e que coloquei veneno nas taças. Não é verdade, mas é isso que vão dizer. Mr. Goldstein já fala que é melhor tirar uma semana de afastamento do trabalho, para que as pessoas não me façam perguntas, nem me apontem. Ele é um homem sincero e justo. Ele sabe que não é minha culpa, e que estou lá há muito anos, então não me despede como alguns donos de restaurantes certamente fariam. Mr. Charles também tem sido bondoso, mas é um grande azar para mim, e isso me dá medo. Será que tenho um inimigo?

— Não sei — respondeu Kemp no seu jeito mais insensível. — Você tem?

A triste cara de Giuseppe se contorceu numa risada.

— Eu? Eu não tenho um inimigo no mundo. Muitos bons amigos, mas não inimigos.

Kemp grunhiu.

— Agora, sobre a noite passada. Conte-me sobre o champanhe.

— Era um Clicquot, 1928, muito bom e muito caro. Mr. Barton era assim: gostava de boa comida e boa bebida. As melhores.

— Ele tinha pedido o vinho com antecedência?

— Sim. Ele tinha combinado tudo com Charles.

— E o lugar vago na mesa?

— Isso também. Ele disse a Charles, que me contou. Uma jovem ocuparia o lugar mais tarde na noite.

— Uma jovem? — Race e Kemp se olharam. — Você sabe quem era essa jovem?

Giuseppe balançou a cabeça.

— Não, não sei de nada disso. Era pra ela vir mais tarde e isso é tudo que sei.

— Continue a falar do vinho. Quantas garrafas?

— Duas garrafas e a terceira era para estar pronta, caso fosse preciso. A segunda eu abri não muito antes do show. Enchi os copos e coloquei a garrafa no balde de gelo.

— Quando você notou pela última vez Mr. Barton bebendo do copo?

— Deixa eu ver... Quando o show acabou, eles beberam à saúde da jovem senhorita. É seu aniversário pelo que entendi. Depois, foram dançar. Em seguida, quando voltaram, Mr. Barton bebe e um minuto depois, *aquilo*! Ele está morto.

— Você encheu os copos durante o tempo que eles estavam dançando?

— Não, *monsieur*. Eles estavam cheios quando brindaram e não beberam muito, apenas uns golinhos. Havia muito em seus copos.

— Alguém, *alguém* de algum modo, chegou perto da mesa, enquanto eles estavam dançando?

— Não mesmo, senhor. Tenho certeza disso.

— Todos foram dançar ao mesmo tempo?

— Sim.

— E voltaram ao mesmo tempo?

Giuseppe ficou vesgo ao fazer um esforço de memória.

— Mr. Barton, ele chegou primeiro, com a jovem senhorita. Ele era mais corpulento que o resto, então não dança por tanto tempo, compreende? Depois veio o cavalheiro loiro, Mr. Farraday, e a jovem de preto. Lady Alexandra Farraday e o cavalheiro bronzeado vieram por último.

— Você conhece Mr. Farraday e lady Alexandra?

— Sim, senhor. Eu os vejo no Luxembourg com frequência. São muito distintos.

— Agora, Giuseppe, você teria visto se aquelas pessoas tivessem posto algo no copo de Mr. Barton?

— Isso eu não posso dizer, senhor. Tenho o meu serviço, as duas outras mesas no salão e mais duas no salão principal do restaurante. Há pratos para servir. Eu não fico olhando para uma mesa específica. Depois do show, quase todos se levantaram para dançar, então naquela hora, eu ainda estava lá, e é por isso que posso me certificar de que ninguém se aproximou da mesa naquele momento. Mas, quando as pessoas se sentam, eu fico bem ocupado.

Kemp assentiu.

— Mas eu acho — continuou Giuseppe — que seria muito difícil fazer isso sem ser observado. Para mim parece que apenas o próprio Mr. Barton poderia fazê-lo. Mas vocês não acham isso, não é?

Ele olhou intrigado para o policial.

— Então essa é a sua ideia, certo?

— Naturalmente, não sei de nada, mas imagino. Apenas um ano atrás, aquela bela dama, Mrs. Barton, se matou. Não poderia ser que Mr. Barton estivesse tão triste que também tenha decidido se matar do mesmo jeito? Seria poético. É claro que não é bom para o restaurante, mas um cavalheiro que vai se matar não pensaria nisso.

Ele olhou ansiosamente de um homem para o outro.

Kemp balançou a cabeça.

— Duvido que seja tão fácil assim — disse ele.

Kemp fez mais algumas perguntas, depois Giuseppe foi liberado.

Quando a porta se fechava nas costas de Giuseppe, Race disse:

— Fico pensando se é isso que é para a gente achar.

— Marido triste se mata no aniversário da morte da esposa? Não que fosse o aniversário, mas perto o bastante.

— Era dia de Finados — comentou Race.

— Verdade. Sim, é possível que essa *fosse* a ideia, mas, se for o caso, quem quer que fosse não teria sabido das cartas guardadas e que Mr. Barton tinha lhe consultado e as mostrado para Iris Marle.

Ele olhou o relógio.

— Tenho que estar em Kidderminster House às 12h30. Temos tempo antes disso para ver aquelas pessoas das outras duas mesas… Algumas delas, de algum modo. Venha comigo. Pode ser, coronel?

Capítulo 3

Mr. Morales estava hospedado no Ritz. Ele não parecia nada bem naquela hora da manhã, ainda não tinha se barbeado, o branco de seus olhos rajados de sangue e com todos os sinais de uma bruta ressaca.

Ele era americano e falava uma variante da língua americana. Apesar de se professar disposto a lembrar de qualquer coisa que pudesse, suas memórias da noite anterior nada mais eram que vagas descrições.

— Fui com Chrissie, aquela pequena é dura na queda! Ela disse que era uma boa festa. Docinho, respondi, vamos onde você quiser. Era uma festa chique, admito, e eles sabem cobrar! Saí de lá 30 dólares mais pobre. Além disso, a banda era uma porcaria. Não conseguiam entrar no ritmo.

Interrompido de suas lembranças da noite, Mr. Morales foi pressionado a se lembrar da mesa no meio do salão. Ele não foi muito útil.

— Havia uma mesa e algumas pessoas nela. No entanto, eu não me lembro de como eram. Não dei muita bola para eles, até o cara lá bater as botas. Primeiro, pensei que ele tinha bebido demais. Mas agora eu me lembro de uma das damas. Cabelo escuro e ela tinha atributos, devo dizer.

— A garota de vestido verde de veludo?

— Não, a pequena de preto que tinha boas curvas.

Ruth Lessing tinha chamado atenção dos olhos errantes de Mr. Morales.

Ele enrugou o nariz em apreciação.

— Eu fiquei olhando ela dançar... e ela sabia dançar! Fiz um sinal positivo a ela uma ou duas vezes, mas ela tinha um olhar congelado. Só olhava através das pessoas, do jeito britânico.

Nada mais de valor pôde ser extraído de Mr. Morales e ele admitiu honestamente que sua condição alcoólica já estava bem avançada na hora em que o show acontecia.

Kemp o agradeceu e se preparou para sair.

— Estou indo de navio para Nova York amanhã — disse Morales. — Vocês vão... querer que eu fique?

— Obrigado, mas não acho que suas evidências serão necessárias para o inquérito.

— Veja, estou gostando daqui. E, se for assunto de polícia, a firma não poderia contestar. Quando a polícia diz para você ficar atento, você fica atento. Talvez eu *pudesse* me lembrar de alguma coisa se eu pensasse o bastante...

Mas Kemp declinou morder aquela isca, e Race e ele dirigiram até Brook Street onde foram recebidos por um cavalheiro colérico, o pai de Patricia Brice-Woodworth.

General lorde Woodworth os recebeu com uma boa dose de comentários francos.

Que diabos era aquela ideia de sugerir que a filha dele — a filha *dele*! — estava envolvida nesse tipo de coisa? Se uma garota não podia sair com seu noivo para jantar em um restaurante sem estar sujeita ao incômodo de detetives e da Scotland Yard, o que a Inglaterra estava virando? Ela nem conhecia aquelas pessoas e quais eram seus nomes — Hubbard, Barton? Um camarada da cidade ou outro! Mostrava que não se podia ser cuidadoso demais por onde fosse — o Luxembourg era supostamente o indicado —, mas, aparentemente, essa era a segunda vez que uma coisa desse tipo ocorria lá. Gerald deve ser um tolo por ter levado Pat lá... Esses jovens pensam que sabem tudo. Mas, de qualquer modo,

ele não ia deixar que a filha dele fosse atazanada, intimida-
da e interrogada, não sem um advogado presente. Ele ligaria
para o velho Anderson na Lincoln's Inn e perguntaria a ele...

Aqui o general pausou abruptamente e, encarando Race,
disse:

— Já vi você em algum lugar.

A resposta de Race foi imediata e veio com um sorriso.

— Badderpore. 1923.

— Por Deus! — disse o general. — Se não é Johnny Race!
O que está fazendo envolvido com esse espetáculo?

Race sorriu.

— Eu estava com o Inspetor-chefe Kemp quando surgiu a
questão de interrogar sua filha. Sugeri que seria muito mais
agradável para ela se o Inspetor Kemp viesse aqui do que
se ela tivesse que ir até a Scotland Yard, e pensei que podia
vir junto também.

— Ah, sim... Bem, muito decente da sua parte, Race.

— Nós queremos incomodar o menos possível — disse o
Inspetor-chefe Kemp.

Mas naquele momento a porta se abriu. Miss Patricia Brice-Woodworth entrou e assumiu o controle da situação com
a frieza e a indiferença dos jovens.

— Olá, vocês são da Scotland Yard, não são? É sobre a noite
passada? Estava esperando que viessem. Meu pai está sendo
enfadonho? Agora não, papai, você sabe o que o doutor disse sobre sua pressão. Por que fica nesse estado por qualquer
coisa, eu não consigo entender... Vou apenas levar os inspe-
tores ou superintendentes, ou o que sejam, para o meu quarto e vou mandar Walters lhe entregar um uísque com soda.

O general teve um desejo colérico de se expressar de diversos modos intensos de uma só vez, mas apenas conseguiu dizer:

— Meu velho amigo, Major Race...

Com essa apresentação, Patricia perdeu o interesse por
Race e deu um sorriso beatífico ao Inspetor-chefe Kemp.

Com a frieza de um general, ela os conduziu para fora da sala e para dentro de sua própria sala de estar, isolando o pai no escritório.

— Pobre papai — observou ela. — Ele *vai* reclamar. Mas ele é bem fácil de lidar, na verdade.

A conversa então se deu em linhas mais amigáveis, mas com muito pouco resultado.

— É exasperador, na verdade — disse Patricia. — Provavelmente, será a única chance na minha vida em que estive no meio de um assassinato... Foi um assassinato, não? Os jornais foram muito cuidadosos e vagos, mas eu disse a Gerry no telefone que deveria ser. Pense só! Um assassinato cometido bem perto de mim e eu nem estava olhando!

O arrependimento em sua voz era inequívoco.

Era bastante evidente que, como o inspetor-chefe tinha tristemente prognosticado, as duas pessoas jovens que tinham noivado há apenas uma semana só tinham olhos um para o outro.

Com a melhor boa vontade do mundo, algumas personalidades foram tudo o que Patricia Brice-Woodworth conseguiu reunir.

— Sandra Farraday estava bem elegante, mas ela sempre está. Ela vestia um modelo Schiaparelli.

— Conhecia lady Alexandra? — perguntou Race.

Patricia balançou a cabeça.

— Só de vista. O marido dela parece uma chatice. Tão pomposo, como a maioria dos políticos.

— Você conhecia alguma das outras pessoas, de vista?

Ela balançou a cabeça.

— Não, nunca vi nenhuma daquelas pessoas antes, ao menos acho que não. Na verdade, não acho que não teria notado Sandra Farraday se não fosse pelo Schiaparelli.

— E você descobrirá — disse o Inspetor-chefe Kemp soturnamente ao saírem de casa — que será exatamente a mesma coisa com o jovem Tollington.

— Eu suponho — concordou Race — que o corte do terno de Stephen Farraday não tenha lhe causado pontadas no coração.

— Ah, bem — disse o inspetor. — Tentemos Christine Shannon. E então teremos terminado com as testemunhas externas.

Miss Shannon era, como tinha afirmado o Inspetor-chefe Kemp, uma loira adorável. O cabelo clareado, cuidadosamente arrumado para trás, quase parecendo com o macio cabelo de um bebê. Ela poderia ser, também como afirmado pelo Inspetor Kemp, burra — mas era eminentemente fácil de se olhar, e certa sagacidade em seus grandes olhos azuis-bebê indicavam que sua burrice somente se estendia nas direções intelectuais e que, onde o bom senso e o conhecimento de finanças eram indicados, Christine Shannon era bem esperta.

Ela recebeu os dois homens com a maior doçura, lhes oferecendo bebidas. Quando as recusaram, ofereceu cigarros. Seu apartamento era pequeno, moderno e barato.

— Eu adoraria poder ajudá-lo, inspetor-chefe. Faça-me qualquer pergunta que quiser.

Kemp fez algumas perguntas convencionais sobre o andamento e o comportamento da festa na mesa central.

Logo Christine se mostrou de uma incomum atenção e sagacidade de observadora.

— A festa não ia bem, era perceptível. Tão formal quanto poderia ser. Fiquei com muita pena do cara velho que a estava dando. Esforçando-se, ele tentava fazer as coisas andarem, e estava tão nervoso quanto um gato andando em fios, mas tudo o que ele fazia parecia não quebrar o gelo. A mulher alta que estava ao seu lado direito estava dura, e a criança do lado esquerdo estava muito braba, dava para ver, porque não estava sentada ao lado do belo rapaz moreno do outro lado da mesa. Quanto ao homem alto ao seu lado, parecia estar ruim do estômago. Comeu a comida como se pudesse se engasgar. A mulher ao lado dele fazia o seu melhor, mas também parecia nervosa.

— Parece que conseguiu notar muitas coisas, Miss Shannon — disse Race.

— Vou contar um segredo. Eu mesma não estava me divertindo muito. Tinha saído com aquele meu amigo por três noites seguidas, e estava ficando cansada dele! Ele estava muito ansioso para ver Londres, especialmente o que ele chamou de lugares de classe, e devo dizer: ele não era pão-duro. Champanhe toda vez. Fomos ao Compradour, ao Mille Fleurs e, finalmente, ao Luxembourg, e ele mesmo gostou. De um jeito que foi meio patético. Mas suas conversas não eram o que se pode chamar de interessante. Apenas longas histórias de acordos de negócios que ele fez no México e a maioria delas eu ouvi três vezes. E ele falava de todas as damas que tinha conhecido e como elas eram loucas por ele. Uma garota fica meio cansada de ouvir essas coisas depois de um tempo, e você vai admitir que Pedro não é muito coisa para se olhar, então eu me concentrei apenas nas comidas e deixei meus olhos vagarem.

— Bem, isso é excelente do nosso ponto de vista, Miss Shannon — comentou o inspetor-chefe —, e só posso esperar que você tenha visto alguma coisa que possa nos ajudar a resolver nosso problema.

Christine balançou sua cabeça loira.

— Não tenho ideia de quem tenha liquidado o cara velho, nenhuma ideia mesmo. Ele apenas tomou um gole de champanhe, ficou com a cara roxa e meio que entrou em colapso.

— Você se lembra de quando ele bebeu pela última vez antes disso?

A garota refletiu.

— Ora... sim... foi depois do show. As luzes se acenderam, ele pegou o copo, disse algo e os outros também ergueram. Para mim, pareceu um brinde.

O inspetor-chefe assentiu.

152

— E depois?

— Depois a música começou, eles todos se levantaram e foram dançar, empurrando as cadeiras para trás e rindo. Pareceram estar mais à vontade pela primeira vez. Maravilhoso o que o champanhe faz pelas festas mais constrangedoras.

— Eles foram todos juntos, deixando a mesa vazia?

— Sim.

— E ninguém tocou no copo de Mr. Barton?

— De modo algum. — Sua resposta veio prontamente. — Estou segura disso.

— E ninguém, de modo algum, chegou perto da mesa enquanto eles estavam longe.

— Ninguém, exceto o garçom, é claro.

— Um garçom? Que garçom?

— Um dos novinhos, com um avental, cerca de dezesseis anos. Não o garçom de verdade. O garçom mesmo era baixinho, prestativo... Italiano, acho.

O Inspetor-chefe Kemp reconheceu a descrição de Giuseppe Balsano e assentiu.

— E o que ele fez, esse jovem garçom? Ele encheu os copos?

Christine balançou a cabeça.

— Não, ele não tocou em nada da mesa. Ele apenas recolheu a bolsa que uma das garotas tinha deixado cair quando todos se levantaram.

— De quem era?

Christine levou um minuto ou dois para pensar. Depois ela disse:

— É isso. Era a bolsa da mais nova, verde e dourada. As outras duas mulheres usavam bolsas pretas.

— O que o garçom fez com a bolsa?

Christine pareceu surpresa.

— Ele apenas a pôs de volta na mesa.

— Você está certa de que ele não tocou em nenhum copo?

— Ele apenas colocou a bolsa muito rapidamente e saiu correndo, porque um dos garçons de verdade estava assobiando para ele ir a outro lugar fazer outra coisa e tudo seria culpa dele!

— E essa foi a única vez que alguém chegou perto da mesa?

— Correto.

— Mas alguém pode ter ido até a mesa sem que tenha notado?

Mas Christina balançou a cabeça de uma forma determinada.

— Não, tenho certeza. Veja, Pedro tinha recebido um telefonema e não tinha voltado ainda, então eu não tinha nada para fazer a não ser olhar ao redor e ficar entediada. Sou muito boa em notar coisas e, de onde eu estava sentada, não havia muito mais para se ver a não ser a mesa vazia ao nosso lado.

Race perguntou:

— Quem voltou primeiro para a mesa?

— A garota de verde e o cara velho. Eles se sentaram, então chegou o homem loiro e a garota de preto veio depois dele e, depois dos dois, a desdenhosa emperiquitada e o bonitão moreno. Um bom dançarino, aliás. Quando todos voltaram e o garçom estava esquentando um prato como um louco na lamparina, o cara velho se inclinou para a frente e fez um tipo de discurso. Depois todos pegaram suas taças novamente. E então aconteceu. — Christine deu uma pausa e adicionou brilhantemente: — Péssimo, não foi? Pensei que fosse um derrame. Minha tia teve um e caiu igualzinho. Pedro voltou neste momento e eu disse: "Olha, Pedro, aquele homem teve um derrame." E tudo o que Pedro disse foi: "Só está desmaiado. Ele bebeu demais. Só isso", que era o que *ele* estava prestes a fazer. Eu tive que ficar de olho nele. Eles não gostam que você desmaie num lugar como o Luxembourg.

Distraindo-a gentilmente das provações e compensações da existência de uma garota, Kemp a conduziu através de sua história mais uma vez.

— Essa foi a nossa última testemunha ocular — disse ele para Race quando saíram do apartamento de Miss Shannon.

— E teria sido uma boa se tivesse dado certo. Essa garota é o tipo certo de testemunha. Vê coisas e se lembra delas com acuidade. Então, a resposta é que não havia nada para se ver. É incrível. É um truque de mágica! George Barton bebe champanhe e vai dançar. Ele volta, bebe do mesmo copo que ninguém tocou e sua bebida está cheia de cianureto. É uma loucura. Não podia ter acontecido. E, no entanto, aconteceu.

Ele parou um minuto.

— Aquele garçom. O pequeno garoto. Giuseppe nunca o mencionou. Melhor eu investigar isso. Afinal, ele é a única pessoa que esteve perto da mesa enquanto todos estavam dançando. *Poderia* ter algo aí.

Race balançou a cabeça.

— Se ele tivesse posto algo no copo de Barton, aquela garota teria visto. Ela é uma observadora nata no que tange aos detalhes. Nada para pensar dentro de sua cabeça, então ela usa os olhos. Não, Kemp, deve haver uma explicação bem simples que nós não conseguimos entender.

— Sim, há uma. Ele mesmo colocou lá.

— Estou começando a acreditar que isso *é* o que aconteceu, que é a única coisa que pode ter acontecido. Mas, se for isso, Kemp, estou convencido de que ele não sabia que era cianureto.

— Quer dizer que alguém deu a ele? Disse a ele que era para indigestão ou pressão? Ou algo assim?

— Poderia ser.

— Então quem é esse alguém? Não é um dos Farraday.

— Isso seria improvável.

— E eu diria que Mr. Anthony Browne também seria. Isso nos deixa com duas pessoas: uma carinhosa cunhada...

— E uma devotada secretária.

Kemp olhou para ele.

— Sim. Ela poderia ter plantado algo do tipo para ele... Tenho que ir agora a Kidderminster House. E você? Vai ver Miss Marle?

— Acho que vou ver a outra, no escritório. Condolências de um velho amigo. Posso levá-la para almoçar.

— Então *é* isso que você acha.

— Eu não acho nada ainda. Estou procurando por rastros.

— Você também tem que ver Iris Marle.

— Eu vou vê-la, mas eu prefiro ir até a casa primeiro, quando ela não estiver lá. Sabe por quê, Kemp?

— Não sei.

— Porque tem alguém lá que abre o bico, abre o bico como um passarinho... "Um passarinho me contou" era um ditado da minha juventude. É muito verdadeiro, Kemp, essas pessoas que abrem o bico podem contar um monte de coisas se a gente deixar... Que abram o bico!

Capítulo 4

Os dois homens partiram. Race fez sinal para um táxi e foi até o escritório de George Barton, no centro da cidade. O Inspetor-chefe Kemp, ciente de suas despesas, tomou um ônibus até as proximidades de Kidderminster House.

A cara do inspetor estava meio fúnebre quando ele subiu os degraus e tocou a campainha. Ele estava, sabia, em solo difícil. A família Kidderminster tinha uma imensa influência política e suas ramificações se estendiam como uma rede pelo país. O inspetor tinha total crença na imparcialidade da justiça britânica. Se Stephen ou Alexandra Farraday estivessem envolvidos na morte de Rosemary Barton ou na de George Barton, nenhuma "influência" os faria escapar das consequências. Mas se eles não fossem culpados, ou se a evidência contra eles fosse vaga demais para assegurar uma convicção, então o oficial responsável devia ter cuidado onde pisa ou poderia levar um cascudo de seus superiores. Nessas circunstâncias, pode-se compreender que o inspetor-chefe não gostava muito do que estava diante dele. Pareceu para ele provável que os Kidderminster se comportariam, como ele mesmo fraseou, de um jeito "esquentado".

Kemp logo descobriu, no entanto, que ele havia sido ingênuo em sua suposição. Lorde Kidderminster era de longe um diplomata muito experiente para recorrer a cruezas.

Ao dizer o que queria, o Inspetor-chefe Kemp foi conduzido prontamente por um mordomo pomposo a uma sala com pouca luz e cheia de livros no fundo da casa, onde ele encontrou lorde Kidderminster, sua filha e seu genro o esperando.

Aproximando-se, lorde Kidderminster apertou sua mão e disse cortesmente:

— Você chegou na hora certa, inspetor-chefe. Posso dizer que eu aprecio muito sua cortesia de ter vindo aqui, em vez de exigir que minha filha e seu marido tivessem que ir a Scotland Yard, o que, é claro, eles o fariam, se fosse necessário, nem é preciso dizer, mas eles apreciam a sua bondade.

— De fato, inspetor — disse Sandra, baixinho.

Ela estava usando um vestido vermelho-escuro de algum tecido macio e, sentada como se estivesse acompanhando a luz da janela comprida e estreita atrás dela, lembrava a Kemp uma figura de vitral que ele viu certa vez em uma catedral no exterior. O longo formato oval de seu rosto e a ligeira angularidade de seus ombros ajudaram a ilusão. Santa Alguém ou outra, disseram-lhe. Mas lady Alexandra Farraday não era nenhuma santa — bem longe disso. E, no entanto, alguns desses velhos santos tinham sido pessoas engraçadas do ponto de vista dele, não um povo cristão decente e comumente gentil, mas intolerantes, fanáticos, cruéis consigo mesmos e com os outros.

Stephen Farraday estava em pé perto de sua esposa. Seu rosto não expressava qualquer tipo de emoção. Ele parecia correto e formal, um legislador designado ao povo. O homem natural estava bem enterrado. Mas o homem natural estava lá, como o inspetor-chefe sabia.

Lorde Kidderminster estava falando, direcionando, com uma boa dose de habilidade, o rumo da entrevista.

— Não vou esconder de você, inspetor-chefe, que esse é um assunto muito doloroso e desagradável para todos nós.

Esta é a segunda vez que minha filha e meu genro são ligados a uma morte violenta em um lugar público, o mesmo restaurante e dois membros da mesma família. Publicidade desse tipo é sempre prejudicial a um homem público. Publicidade, é claro, não pode ser evitada. Nós todos percebemos isso, e minha filha e Mr. Farraday estão ansiosos para lhe dar toda a ajuda que podem, na esperança de que o problema possa ser solucionado rapidamente e o interesse público sobre ele esmoreça.

— Obrigada, lorde Kidderminster. Eu em muito aprecio a atitude que tiveram. Isso torna as coisas mais fáceis para nós.

— Por favor, nos faça qualquer pergunta, inspetor-chefe — disse Sandra Farraday.

— Obrigada, lady Alexandra.

— Apenas um ponto, inspetor-chefe — disse lorde Kidderminster. — Você tem, é claro, suas próprias fontes de informação e eu entendi, pelo meu amigo, o comissário, que a morte desse homem, Barton, é considerada mais um homicídio do que um suicídio, embora, aparentemente, para o público de fora, suicídio pareceria uma explicação mais provável. *Você* pensou que fosse suicídio, não pensou, Sandra, minha querida?

A figura gótica baixou a cabeça levemente. Sandra disse com uma voz pensativa:

— Pareceu-me tão óbvio na noite passada. Estávamos lá no mesmo restaurante e, na verdade, na mesma mesa onde a pobre Rosemary Barton se envenenou no ano passado. Vimos Mr. Barton algumas vezes durante o verão, no campo, e ele estava bem estranho, meio diferente do que costumava ser, e todos nós pensamos que a morte da mulher estava afetando seu juízo. Ele gostava muito dela, sabe? Não acho que ele superou sua morte. Tanto que a ideia de suicídio pareceu, se não natural, ao menos, possível, e também não consigo imaginar por que *qualquer pessoa* iria querer assassinar George Barton.

Stephen Farraday disse logo:

— Muito menos eu. Barton era um camarada excelente. Estou certo de que não tinha um inimigo no mundo inteiro.

O Inspetor-chefe Kemp olhou para as três caras inquisitivas viradas para ele e refletiu por um instante antes de falar. "Melhor deixá-los pensar que sim", pensou consigo.

— O que você diz está bastante correto, tenho certeza, lady Alexandra. Mas, veja, há algumas coisas que você ainda não sabe.

Lorde Kidderminster interveio rapidamente:

— Não devemos forçar o inspetor-chefe a nada. É de sua inteira discrição quais fatos ele vai tornar público.

— Obrigado, milorde, mas não há razões para que eu deixe de explicar as coisas um pouco mais claramente. Vou resumir. George Barton, antes de sua morte, expressou para duas pessoas sua crença de que a esposa não tinha cometido suicídio, como se acreditava, mas, em vez disso, tenha sido envenenada por terceiros. Ele também pensou que estava na pista desse terceiro, e o jantar e a celebração da noite passada, ostensivos em homenagem ao aniversário de Miss Marle, foi, na verdade, parte de um plano que ele tinha feito para descobrir a identidade do assassino de sua esposa.

Houve um momento de silêncio — e naquele silêncio o Inspetor-chefe Kemp, que era um homem sensível, apesar de sua aparência, sentiu a presença de alguma coisa que ele classificou como desânimo. Não era aparente em nenhum rosto, mas ele podia jurar que estava lá.

Lorde Kidderminster foi o primeiro a se recuperar.

— Mas certamente, essa crença em si pode apontar ao fato de que o pobre Barton não estava muito, como dizer, sendo ele mesmo? Ficar ruminando sobre a morte da esposa pode tê-lo desequilibrado um pouco mentalmente.

— Pode ser, lorde Kidderminster, mas isso ao menos mostra que o que ele andava pensando não era suicídio.

— Sim... sim, entendo seu ponto.

E de novo houve um silêncio. Então Stephen Farraday disse abruptamente:

— Mas como Barton enfiou tal ideia na cabeça? Afinal, Mrs. Barton *cometeu* suicídio.

O Inspetor-chefe Kemp transferiu um olhar plácido para ele.

— Mr. Barton não achava.

Lorde Kidderminster se entrepôs.

— Mas a polícia ficou satisfeita? Não houve sugestão ou qualquer coisa a não ser suicídio naquela época?

O Inspetor-chefe Kemp disse em voz baixa:

— Os fatos eram compatíveis com suicídio. Não houve qualquer evidência de que sua morte foi devido a qualquer outra causa.

Ele sabia que um homem do calibre de lorde Kidderminster se apegaria àquilo.

Ficando um pouco mais oficial, Kemp disse:

— Eu gostaria de fazer algumas perguntas a você agora, se puder, lady Alexandra?

— Mas é claro.

Ela virou a cabeça levemente em sua direção.

— Você não suspeitava na época da morte de Mrs. Barton que poderia ter sido assassinato e não suicídio?

— Certamente não. Eu tinha certeza de que foi suicídio. — E completou: — Ainda estou.

Kemp deixou passar.

— Você recebeu alguma carta anônima no ano passado, lady Alexandra?

A calma em seu jeito pareceu quebrada por puro espanto.

— Cartas anônimas? Oh, não.

— Tem certeza? Tais cartas são coisas muito desagradáveis e as pessoas preferem ignorá-las, mas elas podem ser importantes neste caso, e é por isso que quero enfatizar que se as recebeu, é essencial que eu saiba delas.

— Entendo. Mas posso garantir, inspetor-chefe, que eu não recebi nada do tipo.

— Muito bem. Agora, você diz que Mr. Barton estava com modos estranhos nesse verão. De que maneira?

Ela considerou por um minuto.

— Bem, ele estava meio agitado, nervoso. Parecia difícil para ele concentrar sua atenção ao que lhe diziam. — Ela virou a cabeça para o marido. — Foi assim que você se sentiu, Stephen?

— Sim, devo dizer que é uma descrição bem justa. O homem parecia fisicamente doente também. Ele tinha perdido peso.

— Você notou alguma diferença em sua atitude com relação a você e a seu marido? Menos cordialidade, por exemplo?

— Não. Ao contrário. Ele comprou uma casa bem perto da nossa, e pareceu agradecido pelo que pudemos fazer por ele, em se tratando de apresentações locais, quero dizer. É claro que ficamos contentes por fazer tudo que podíamos nesse sentido, para ambos, ele e Iris Marle, que é uma garota encantadora.

— A falecida Mrs. Barton era uma boa amiga da senhora, lady Alexandra?

— Não, nós não éramos muito íntimas. — Ela deu uma leve risada. — Na verdade, ela era mais amiga de Stephen. Ela ficou interessada em política e ele a ajudou a... Bem, a se educar politicamente... O que tenho certeza de que ele gostou. Ela era uma mulher muito encantadora e atraente, sabe?

"E você é uma muito esperta", pensou o Inspetor-chefe Kemp, em apreciação. "Imagino o quanto sabe sobre esses dois. Bastante, imagino."

Ele seguiu:

162   · AGATHA CHRISTIE ·

— Mr. Barton nunca expressou a *vocês* a ideia de que sua mulher não cometeu suicídio?

— Não mesmo. Por isso mesmo fiquei tão atordoada agora.

— E Miss Marle? Ela nunca falava sobre a morte da irmã?

— Não.

— Alguma ideia do que fez George Barton comprar uma casa no campo? Você ou o seu marido sugeriram a ideia para ele?

— Não. Foi meio que uma surpresa.

— E ele foi sempre simpático com vocês?

— Muito simpático, de verdade.

— E o que você sabe sobre Mr. Anthony Browne, lady Alexandra?

— Na verdade, não sei nada. Encontrava-o ocasionalmente.

— E quanto a você, Mr. Farraday?

— Eu acho que sei menos sobre Browne do que minha mulher. Ela ao menos dançou com ele. Ele parece simpático... Americano, creio.

— Você diria, por observação, que ele tinha alguma intimidade com Mrs. Barton?

— Não tenho qualquer conhecimento sobre esse ponto, inspetor-chefe.

— Estou perguntando sua impressão, Mr. Farraday.

Stephen franziu a testa.

— Eles eram amistosos. É tudo o que posso dizer.

— E você, lady Alexandra?

— Simplesmente a minha impressão, inspetor-chefe?

— Simplesmente a sua impressão.

— Então, tive a impressão de que eles se conheciam bem e eram íntimos. Pela maneira como se olhavam, entende? Mas não tenho evidências concretas.

— Senhoras têm quase sempre um bom julgamento desses assuntos — disse Kemp. Aquele sorriso de algum modo tolo com o qual ele entregou aquele comentário teria divertido o Coronel Race, se ele estivesse presente. — Agora, e quanto Miss Lessing, lady Alexandra?

— Eu sei que ela era a secretária de Mr. Barton. Conheci-a na noite que Mrs. Barton morreu. Depois disso, encontrei-a uma vez quando ela estava na casa de campo, e na noite passada.

— Se me permite outra pergunta informal: teve a impressão de que ela estava apaixonada por George Barton?

— Eu não tenho a menor ideia.

— Então, vamos aos eventos da noite passada.

Ele interrogou Stephen e sua esposa minuciosamente sobre o curso da trágica noite. Ele não esperava tirar muito dali, e tudo o que obteve foi a confirmação do que já tinham dito a ele. Todos os relatos concordavam nos pontos importantes — Barton tinha proposto um brinde a Iris, tinha bebido e imediatamente depois tinha se levantado para dançar. Eles todos saíram da mesa juntos e George e Iris foram os primeiros a retornar. Nenhum deles tinha qualquer explicação a oferecer para a cadeira vazia, exceto que George Barton tinha distintamente dito que ele estava esperando um amigo seu, um Coronel Race, para ocupá-la mais tarde naquela noite — uma afirmação que, como o inspetor sabia, não poderia ser verdade. Sandra Farraday contou, e seu marido concordou, que, quando todas as luzes foram acesas depois do show, George tinha olhado para a cadeira vazia de um jeito peculiar e pareceu por um momento ausente, não ouvindo o que havia sido dito a ele. Depois, ele se manifestou e desejou saúde a Iris.

O único item que o inspetor-chefe não poderia contar como um acréscimo ao seu conhecimento era o relato de Sandra sobre sua conversa com George em Fairhaven — e a súplica dele para que ela e seu marido colaborassem com ele, pois a festa seria para o bem de Iris.

Era um pretexto razoavelmente plausível, pensou o inspetor-chefe, embora não verdadeiro. Fechado seu bloco de notas, no qual ele havia rabiscado um ou dois hieróglifos, ele se pôs de pé.

— Estou muito grato a você, milorde, e a Mr. Farraday e lady Alexandra, por sua ajuda e colaboração.

— A presença da minha filha será requisitada no inquérito?

— Os procedimentos serão puramente formais nessa ocasião. Evidência de identificação e um atestado médico serão feitos e depois o inquérito será suspenso por uma semana. Até lá — disse o inspetor-chefe, mudando de tom levemente —, devemos, eu espero, estarmos mais adiantados.

Ele se virou para Stephen Farraday.

— A propósito, Mr. Farraday, há um ou dois pequenos pontos com os quais você poderia me ajudar. Não precisamos incomodar lady Alexandra. Se puder me telefonar na Yard, podemos marcar uma hora que for melhor para o senhor. Você é, eu sei, um homem ocupado.

Aquilo foi dito de modo agradável, com um ar de casualidade, mas nos três pares de ouvidos, as palavras caíram com significados deliberados.

Com um ar de cooperação amistosa, Stephen conseguiu dizer:

— Certamente, inspetor. — Depois ele olhou seu relógio e murmurou: — Preciso ir à Câmara.

Assim que Stephen e o inspetor-chefe saíram, lorde Kidderminster se virou para a filha e fez uma pergunta sem rodeios.

— Stephen estava tendo um caso com aquela mulher?

Houve uma pausa de meio segundo, antes que ela respondesse.

— É claro que não. Eu saberia se ele tivesse. E, de todo modo, Stephen não é desse tipo.

— Minha querida, não esconda nada de mim. Essas coisas acontecem. Queremos saber em que terreno estamos pisando.

— Rosemary Barton era uma amiga daquele homem, Anthony Browne. Eles andavam sempre juntos.

— Bem — disse lorde Kidderminster devagar. — Você é quem sabe.

Ele não acreditou na filha. Seu rosto, enquanto saía da sala, estava cinzento e perplexo. Ele subiu para os aposentos da esposa. Tinha vetado sua presença na biblioteca, sabendo muito bem que seus métodos arrogantes poderiam levantar algum antagonismo e, nessa conjuntura, sentiu que era vital que as relações com o oficial de polícia fossem harmoniosas.

— Bem... — disse lady Kidderminster. — Como foi tudo?

— À primeira vista, muito bem — respondeu lorde Kidderminster. — Kemp é cortês, muito agradável em seus modos. Lidou com tudo com muito tato... tato até demais para o meu gosto.

— É sério, então?

— Sim, é sério. Nunca deveríamos ter deixado Sandra se casar com aquele camarada, Vicky.

— Foi o que eu disse.

— Sim, sim... — Ele reconheceu sua reivindicação. — Você estava certa. Entretanto, ela o teria escolhido de qualquer maneira. Não dá para dobrar a Sandra quando ela tem uma ideia fixa. Ela ter encontrado Farraday foi um desastre. Um homem de cujos antecedentes não sabemos nada. Quando uma crise vem, como se pode saber como um homem como ele vai reagir?

— Compreendo — disse lady Kidderminster. — Você acha que acolhemos um assassino na família?

— Eu não sei. Não quero condenar o camarada de antemão, mas é o que a polícia pensa, e eles são bem sagazes. Ele tinha um caso aquela mulher Barton. Isso é o suficiente. Ou ela cometeu suicídio por causa dele, ou então... Bem, o que quer que tenha acontecido, Barton desconfiou e estava se encaminhando para sua exposição e um escândalo. Eu suponho que Stephen não conseguiu aguentar e...

— Envenenou-o?

— Sim.

Lady Kidderminster balançou a cabeça.

— Não concordo com você.

— Espero que esteja certa. Mas alguém o envenenou.

— Para mim — disse lady Kidderminster —, Stephen não teria coragem de fazer uma coisa dessas.

— Ele leva a sério sua carreira. Tem ótimos dons, e as qualidades de um verdadeiro estadista. Não se pode dizer o que alguém fará quando fica encurralado.

Sua esposa balançou a cabeça.

— Eu ainda digo que ele não teria a coragem. Você quer alguém que seja um jogador e capaz de ser imprudente. Tenho medo, William, tenho muito medo.

Ele a olhou.

— Está sugerindo que Sandra... *Sandra*?

— Eu detesto até mesmo sugerir tal coisa, mas não adianta ser covarde e se negar a encarar as possibilidades. Ela é tão apaixonada por esse homem, sempre foi. E ela tem um traço estranho. Eu nunca a entendi, mas sempre temi por ela. Que ela arriscasse qualquer coisa, *qualquer coisa*, por Stephen. Sem pensar nas consequências. E se ela foi doida o bastante e perversa o bastante para fazer isso, ela tem que ser protegida.

— Protegida? O que quer dizer com... protegida?

— Por você. Temos que fazer alguma coisa sobre a sua filha, não temos? Misericordiosamente, você pode mexer uns pauzinhos.

Lorde Kidderminster a estava encarando. Pensava que conhecia bem o caráter de sua esposa, mas estava chocado com a força e a coragem de seu realismo, da sua recusa de nem piscar para fatos não palpáveis, e também de sua falta de escrúpulos.

— Se minha filha é uma assassina, você está sugerindo que eu deveria usar minha posição oficial para resgatá-la das consequências de seu ato?

— É claro — disse lady Kidderminster.

— Minha querida Vicky! Você não entende! Não se pode fazer coisas assim. Seria abrir uma quebra de... de decoro.

— Bobagem!

Eles se olharam — tão divididos que não conseguiam ver o ponto de vista um do outro. Da mesma forma que Agamémnon e Clitemnestra se entreolharam com a palavra Ifigênia nos lábios.

— Você poderia fazer o governo pressionar a polícia para que a coisa toda caísse e um veredito de suicídio fosse estabelecido. Isso foi feito antes, não finja.

— Isso foi quando era um assunto de política pública, de interesse do Estado. Isso é para uma pessoa, um assunto particular. Eu duvido muito que possa fazer tal coisa.

— Você pode, se tiver determinação o suficiente.

Lorde Kidderminster ficou vermelho de raiva.

— Se eu pudesse, eu não faria! Seria abusar da minha posição pública.

— Se Sandra fosse presa e julgada, você não empregaria o melhor advogado e faria todo o possível para libertá-la, por mais que ela fosse culpada?

— É claro, é claro. Isso é diferente. Vocês mulheres nunca conseguem entender essas coisas.

Lady Kidderminster ficou em silêncio, imperturbada por sua força. Sandra era a menos querida de suas filhas, mas ela era, naquele momento, uma mãe. E uma mãe disposta a defender sua filha mais nova de todas as formas, fossem honrosas ou não. Ela lutaria com unhas e dentes por Sandra.

— De todo modo — disse lorde Kidderminster —, Sandra não será acusada a menos que haja um caso absolutamente convincente contra ela. E eu, pelo menos, me recuso a acreditar que uma filha minha seja uma assassina. Estou atônito com você, Vicky, por dar atenção a tal ideia por um momento sequer.

Sua esposa não disse nada e lorde Kidderminster saiu, incomodado. E pensar que Vicky, a quem ele conhecia intimamente por tantos anos, tinha se provado, nela, ter profundezas tão insuspeitas e realmente muito perturbadoras!

Capítulo 5

Race encontrou Ruth Lessing ocupada com papéis em uma mesa enorme. Ela estava usando um casaco preto e uma saia com uma blusa branca, e ele ficou impressionado com sua eficiência não apressada. Ele notou suas olheiras e as linhas de descontentamento na sua boca, mas sua tristeza, se era mesmo uma tristeza, também era controlada como todas as suas outras emoções.

Race explicou sua visita e ela respondeu prontamente:

— É muito bom que tenha vindo. É claro que sei quem você é. Mr. Barton estava lhe esperando para nos acompanhar na noite passada, não estava? Eu me lembro de ele dizer isso.

— Ele mencionou isso mesmo antes da noite?

Ela pensou por um momento.

— Não. Foi quando estávamos nos sentando à mesa. Lembro de ter ficado um pouco surpresa. — Ela fez uma pausa e ficou meio corada. — Não, é claro, por ele tê-lo convidado. Você é um velho amigo, eu sei. E era para você estar na outra festa há um ano atrás. Tudo que quis dizer foi que fiquei surpresa, se o senhor viesse, porque Mr. Barton não tinha convidado outra mulher para contrabalancear o número... Mas, se você chegasse atrasado ou talvez não viesse... — Ela desistiu. — Que idiota que eu sou. Por que pensar em todas essas coisas insignificantes? Eu *estou* idiota essa manhã.

— Mas veio trabalhar como de costume?

— É claro. — Ela pareceu surpresa, quase chocada. — É o meu trabalho. Há tanta coisa para organizar e arranjar.

— George sempre me contava sobre o quanto ele confiava em você — comentou Race gentilmente.

Ela se virou para o outro lado. Ele a viu engolir rapidamente e piscar os olhos. Sua ausência de qualquer demonstração de emoção quase o convenceu de sua inteira inocência. Quase, mas não totalmente. Ele já tinha conhecido mulheres que eram boas atrizes, mulheres cujas pálpebras avermelhadas e as olheiras foram feitas para a arte e não por causas naturais.

Reservando seu julgamento, ele disse a si mesmo: "De todo modo, ela é uma boa cliente."

Ruth voltou-se para a mesa e, em resposta a seu último comentário, disse em voz baixa:

— Estive com ele por muitos anos... Serão oito anos em abril. E eu conhecia seu jeito, e acho que ele... confiava em mim.

— Estou certo disso. Está quase na hora do almoço. Talvez você aceitasse almoçar comigo em algum lugar. Há um bocado de coisas que eu gostaria de conversar.

— Obrigada. Eu gostaria, sim.

Ele a levou a um pequeno restaurante que já conhecia, onde as mesas eram afastadas e era possível ter uma conversa tranquila. Fez o pedido e, quando o garçom se afastou, olhou para sua companhia do outro lado da mesa.

Ela era uma garota bonita, decidiu, com seu cabelo preto escorrido, e a boca e queixo firmes.

Ele falou um pouco sobre tópicos aleatórios até a comida chegar, e ela o acompanhou, mostrando-se inteligente e sensata.

— Você quer falar comigo sobre ontem à noite? — perguntou ela. — Por favor, não hesite em fazê-lo. A coisa toda é tão inacreditável que eu gostaria de conversar. Se eu não tivesse visto, não teria acreditado.

— Você conheceu o Inspetor-chefe Kemp, é claro?

— Sim, na noite passada. Ele parece inteligente e experiente. — Ela fez uma pausa. — Foi realmente *assassinato*, Coronel Race?

— Kemp lhe disse isso?

— Ele não ofereceu nenhuma informação, mas as perguntas dele deixaram bem evidente o que ele tinha em mente.

— *Sua* opinião se foi ou não suicídio deve ser tão boa quanto a de qualquer pessoa, Miss Lessing. Você conhecia Barton e esteve com ele na maior parte do dia de ontem, imagino. Como ele parecia estar? Como sempre? Ou estava perturbado, animado?

Ela hesitou.

— É difícil. Ele estava irritado e algo parecia incomodá-lo, mas tinha uma razão para isso.

Ela explicou a situação que tinha surgido a respeito de Victor Drake e deu um breve esboço da carreira do jovem homem.

— Hum... — disse Race. — A inevitável ovelha negra. E Barton estava incomodado com ele?

— É difícil explicar. Eu conhecia Mr. Barton tão bem, sabe? Ele se incomodava e se chateava com negócios... E entendo que Mrs. Drake estava muito chorosa e chateada, como sempre ficava nessas ocasiões. Então, ele queria deixar tudo nos conformes. Mas eu tive a impressão...

— Sim, Miss Lessing? Eu tenho certeza de que suas impressões foram precisas.

— Bem, então, imagino que a preocupação dele não era bem a preocupação corriqueira, se eu posso colocar assim, de uma forma ou outra. No ano passado, Victor Drake esteve neste país e em apuros, e nós tivemos que enviá-lo, de navio, para a América do Sul. Somente em junho passado ele mandou um telegrama para casa, pedindo dinheiro. Então, veja você, eu estava acostumada com as reações de Mr. Barton. E me pareceu que, dessa vez, seu incômodo era o telegrama ter chegado bem no momento em que ele estava preocupado com a organização da festa. Ele pareceu tão envolvido na preparação dela que ficou ranzinza com outra preocupação surgindo.

— Por acaso, ocorreu-lhe que tivesse algo de estranho com essa festa, Miss Lessing?

— Sim. Mr. Barton estava agindo de modo muito peculiar. Estava animado, como uma criança.

— E ocorreu-lhe que poderia haver algum motivo especial para tal festa?

— Você diz, por causa da réplica da festa do ano passado, quando Mrs. Barton cometeu suicídio?

— Sim.

— Francamente, achei uma ideia extraordinária.

— Mas George não ofereceu nenhuma explicação, ou confidenciou algo a você?

Ela balançou a cabeça.

— Diga-me, Miss Lessing, você alguma vez duvidou de que Mrs. Barton tivesse cometido suicídio?

Ela pareceu atônita.

— Oh, não.

— George Barton não disse a você que ele acreditava que sua mulher tivesse sido assassinada?

Ela o encarou.

— George acreditava *nisso?*

— Vejo que isso é uma novidade para você. Sim, Miss Lessing. George recebeu cartas anônimas afirmando que sua esposa não tinha cometido suicídio, e sim sido assassinada.

— Então é por isso que ele ficou tão estranho durante esse verão? Eu não conseguia adivinhar qual era o problema.

— Você não sabia de nada sobre as cartas anônimas?

— Nada. Foram muitas?

— Ele me mostrou duas.

— E eu não soube de nada sobre elas!

Houve uma nota de amargura em sua voz.

Ele a observou por um momento antes de dizer:

— Bem, Miss Lessing, o que me diz? É possível, na sua opinião, que George tenha cometido suicídio?

Ela balançou a cabeça.

— Não... oh, não.

— Mas você diz que ele estava... incomodado?

— Sim, mas estava desse jeito havia algum tempo. Agora entendo o motivo. E vejo por que ele estava tão animado com a festa da noite passada. Ele deve ter tido alguma ideia especial, achado que, ao reproduzir as condições, saberia de algo mais... Pobre George, ele devia estar tão confuso!

— E sobre Rosemary Barton, Miss Lessing? Ainda acha que a morte dela foi suicídio?

Ela fez uma careta.

— Eu nunca nem sonhei que fosse outra coisa. Pareceu tão natural.

— Depressão pós-gripe?

— Bem, um pouco mais do que isso, talvez. Ela estava muito infeliz. Era visível.

— E imagina a causa?

— Bem, sim. Ao menos, eu imaginava. Claro que posso estar errada. Mas mulheres como Mrs. Barton são muito transparentes... Elas não se preocupam em esconder seus sentimentos. Misericordiosamente, acho que Mr. Barton não sabia de nada... Sim, ela estava muito infeliz. E sei que ela teve uma forte dor de cabeça naquela noite, além de ainda estar cansada por causa da gripe.

— Como sabia que ela estava com dor de cabeça?

— Eu a ouvi dizer a lady Alexandra, na saleta da chapelaria, quando fomos tirar nossos casacos. Ela queria um Cachet Faivre e, por sorte, lady Alexandra tinha um consigo e deu a ela.

O Coronel Race parou com o copo no meio do ar.

— Ela o tomou?

— Sim.

Ele colocou o copo no lugar sem beber e olhou para ela do outro lado da mesa. A garota parecia plácida e desavisada de qualquer significado no que tinha dito. Mas *foi* significativo. Queria dizer que Sandra, de sua posição da mesa, teria a maior dificuldade em colocar qualquer coisa invisível no copo de Rosemary, mas teve outra oportunidade de administrar o veneno. Ela poderia ter dado a Rosemary em um comprimido. Normalmente, um comprimido levaria apenas alguns minutos para se dissolver, mas aquele poderia ser um tipo especial de comprimido, poderia ter um revestimento de gelatina ou outra substância. Ou talvez Rosemary não o tenha engolido naquela hora, e sim mais tarde.

— Você a viu tomar? — indagou ele.

— Perdão?

Ele viu, por sua cara confusa, que ela estava com a cabeça em outro lugar.

— Você viu Rosemary Barton engolir aquele comprimido?

Ruth pareceu um pouco atordoada.

— Eu... bem, não, na verdade, não vi. Ela só agradeceu a lady Alexandra.

Então, Rosemary poderia ter colocado o comprimido na bolsa e depois, durante o show, com uma crescente dor de cabeça, ela pode tê-lo posto no copo de champanhe e deixado que se dissolvesse. Suposição — pura suposição —, mas uma possibilidade.

— Por que você está me perguntando isso? — quis saber Ruth.

Seus olhos de repente ficaram alertas, cheios de perguntas. Ele observava o que parecia ser a mente dela funcionando.

— Oh, entendo... — disse ela. — Entendo por que George comprou aquela casa lá perto dos Farraday. E entendo por que ele não me contou sobre as cartas. Pareceu-me muito extraordinário que ele não tenha me contado. Mas, é claro, se ele acreditava nelas, significava que um de nós, uma das cinco pessoas na mesa a matou. Poderia... poderia até ter sido *eu*!

— Você tinha algum motivo para matar Rosemary Barton? — perguntou Race em um tom gentil.

Ele pensou primeiramente que ela não tinha ouvido a pergunta. Ela estava imóvel, com os olhos baixos. Mas, de repente e com um suspiro, ela os ergueu e olhou direto para ele.

— Não é o tipo de coisa com a qual alguém se importe. Mas acho melhor você saber. Eu estava apaixonada por George Barton. Estava apaixonada por ele antes mesmo de ele conhecer Rosemary. Eu não acho que ele sabia. Certamente, não se importava. Ele gostava de mim, gostava muito de mim, mas suponho que nunca desse jeito. Ainda assim, acho que teria sido uma boa esposa para ele, poderia tê-lo feito feliz. Ele amava Rosemary, mas não estava feliz com ela.

— E você não gostava de Rosemary?

— Ah, eu não gostava. Ela era muito amável e muito bonita e poderia ser encantadora. Mas ela nunca se incomodou em ser encantadora comigo! Eu não gostava dela nem um pouco. Fiquei chocada quando ela morreu, e do jeito que morreu, mas não lamentei muito. Receio que tenha ficado até contente.

Ela fez uma pausa.

— Por favor, podemos falar de outra coisa?

— Eu gostaria que me contasse, em detalhes, tudo o que pode se lembrar sobre ontem, da manhã em diante. Especialmente qualquer coisa que George fez ou disse.

Ruth respondeu prontamente, revisando os eventos da manhã — o incômodo de George sobre a insistência de Victor, o telefonema que ela mesma fez para a América do Sul, os arranjos feitos e o prazer de George quando o problema foi resolvido. Então descreveu sua chegada ao Luxembourg e o agitado e animado comportamento de George como anfitrião. Ela conduziu sua narrativa até o momento final da tragédia. Seu relato estava de acordo com aqueles que ele já tinha ouvido.

Com o rosto preocupado, Ruth deu voz a sua própria perplexidade.

176

— Não foi suicídio. Tenho certeza disso, mas como pode ter sido assassinato? Quero dizer, como pode ter sido cometido? A resposta é que não poderia, não por um de nós! Então alguém colocou o veneno na taça de George, enquanto estávamos dançando? Mas, se foi isso, como poderia ter sido? Não parece fazer sentido.

— A questão é que *ninguém* chegou perto da mesa enquanto vocês dançavam.

— Então, não faz mesmo sentido! Cianureto não vai parar numa taça por conta própria!

— Não tem a menor ideia, nem suspeita, de quem poderia ter posto o cianureto na taça dele? Pense um pouco sobre a noite passada. Não há nada, nem um pequeno incidente, que desperte a sua suspeita em algum grau, mesmo que pequeno?

Ele viu o rosto dela mudar, viu por um momento a incerteza vir aos seus olhos. Houve uma pausa minúscula, quase infinitesimal, antes que respondesse "Nada".

Mas *havia* algo. Ele tinha certeza. Algo que ela tinha visto ou ouvido ou notado que, por alguma razão ou outra, decidiu não contar.

Ele não a pressionou. Sabia que aquilo não adiantaria com uma garota como Ruth. Se, por alguma razão, ela tinha decidido ficar em silêncio, ela não iria mudar de ideia.

Mas havia *algo*. Saber daquilo o alegrou e deu a ele uma nova convicção. Foi o primeiro sinal de fissura na parede branca que confrontava.

Ele se despediu de Ruth depois do almoço e foi de carro até Elvaston Square, pensando na mulher que tinha acabado de deixar.

Era possível que Ruth Lessing fosse a culpada? No geral, ele tendia a favor dela. Ela parecia franca e direta.

Ela era capaz de assassinato? A maioria das pessoas era, se você pensar bem. Capazes não de assassinato em geral, mas mirando em uma vítima especial. Era isso que deixava tudo tão difícil eliminar qualquer um. Havia certa qualidade de crueldade naquela jovem. E ela tinha um motivo — ou talvez uma série de motivos. Ao remover Rosemary, ela tinha uma boa chance de se tornar Mrs. George Barton. Se aquilo fosse uma questão de se casar com um homem rico ou de se casar com o homem que ela amava, a morte de Rosemary era a primeira coisa a ser feita.

Race tendia a pensar que se casar com um homem rico não era o bastante. Ruth Lessing era fria demais e precavida para arriscar seu pescoço por uma mera vida confortável como a esposa de um homem rico. Amor? Talvez. Por seu jeito frio e desprendido, ele suspeitava que ela era uma daquelas mulheres que podem ser atiçadas a uma paixão improvável por um homem em particular. Dado o amor por George e o ódio a Rosemary, ela poderia ter friamente planejado e executado a morte de Rosemary. O fato de ter ocorrido sem empecilhos e de a hipótese de suicídio ter sido aceita sem objeções provou sua capacidade inerente.

E, depois, George recebeu cartas anônimas (De quem? Por quê? Aquele era o problema irritante e vexatório que nunca parava de perturbá-lo) e ficou desconfiado. Ele planejou uma armadilha. E Ruth o silenciou.

Não, isso não está certo. Não pareceu ser verdade. Aquilo lança algum pânico — e Ruth Lessing não era o tipo de mulher que entrava em pânico. Ela era mais inteligente que George e poderia ter evitado com a maior facilidade qualquer armadilha que ele quisesse armar.

Parecia que Ruth não somava nada mesmo.

Capítulo 6

Lucilla Drake ficou contente ao ver o Coronel Race.

As persianas estavam todas baixas e Lucilla entrou na sala vestida de preto e com um lencinho para secar os olhos, e explicou, enquanto avançava uma mão trêmula para cumprimentar a dele, como ela não poderia ver ninguém — ninguém mesmo —, exceto um velho amigo do querido, *querido* George. Era tão horrível não ter nenhum homem na casa! Sem um, não sabia como resolver *nada*. Ela, uma pobre e solitária viúva, e Iris, somente uma garota indefesa, e George sempre havia cuidado de tudo. Tão gentil da parte do coronel e ela, de fato, estava agradecida, mas não tinha nem ideia do que precisavam fazer. É claro que Miss Lessing cuidaria de todos os assuntos de negócios, e da organização do funeral, mas e o inquérito? E é tão desagradável falar com a polícia, ainda mais dentro de casa, com roupas comuns, é claro e, de verdade, muita consideração dele. Mas ela estava tão desnorteada e a coisa toda era uma tragédia absoluta e o Coronel Race não achava que deveria ser *sugerido* — foi o que o psicanalista disse, não é, que tudo é *sugestão*? E pobre George, naquele lugar horrível, o Luxembourg, e praticamente o mesmo grupo de pessoas e se lembrando como a pobre Rosemary tinha morrido lá... Deve ter voltado a ele de repente, se tivesse ouvido a ela, Lucilla, que tinha dito, e tomado aquele excelente tônico do querido Dr.

Gaskell... Porque esteve exausto, o verão inteiro... sim, completamente exausto.

E Lucilla mesmo ficou exausta temporariamente, e Race teve uma chance para falar.

Ele disse o quão profundamente triste estava e como Mrs. Drake poderia contar com ele de todos os modos.

Então, Lucilla voltou a falar, disse que era gentil da parte dele, e foi um choque e tão terrível — aqui hoje e amanhã se foi, como diz a Bíblia, cresce como a grama que é cortada à noite —, só que não foi bem assim, mas o Coronel Race sabia o que ela queria dizer e era bom sentir que havia alguém com quem se pudesse contar. Miss Lessing tinha boas intenções, é claro, e era muito eficiente, mas era meio sem compaixão e às vezes tomava em demasia as coisas para si e, na opinião dela, de Lucilla, George sempre tinha confiado *demasiadamente* na garota, e uma vez teve medo de que ele pudesse fazer algo tolo, que teria sido uma grande pena e provavelmente ela teria implicado com ele sem misericórdia, uma vez que fossem casados. É claro que ela, Lucilla, tinha visto o que estava no ar. Iris, querida, era tão ingênua, e isso era bom... O Coronel Race não achava bom que jovens garotas não fossem mimadas, mas simples? Iris sempre foi muito jovem para sua idade e muito quieta — metade do tempo não se podia saber no que ela estava pensando. Rosemary sendo tão bonita e tão alegre, saindo bastante, e Iris devaneando pela casa, o que não era certo para uma jovem — elas deveriam fazer aulas, como culinária e, talvez, costura. Isso ocupava suas mentes e nunca se sabia quando poderia ser útil. Era mesmo por piedade que ela, Lucilla, tinha estado livre para vir aqui depois da morte da pobre Rosemary — aquela gripe horrível, um tipo bem incomum de gripe, Dr. Gaskell tinha dito. Um homem tão esperto e tão bom, com um jeito entusiasmado.

Ela queria que Iris fosse vê-lo no verão. A garota estava tão pálida e exausta.

— Mas, Coronel Race, acho que foi a situação da casa. *Baixa*, sabe, e *úmida*, com um certo *miasma* nas noites.

Pobre George... Foi até lá e comprou a casa sozinho, sem pedir o conselho de ninguém... Uma pena. Ele disse que queria fazer uma surpresa, mas, de verdade, teria sido melhor se ele tivesse pedido o conselho de uma mulher mais velha. Homens não sabem nada sobre casas. George poderia ter percebido que ela, Lucilla, teria resolvido *qualquer* problema. Pois, afinal, qual era o objetivo de sua vida agora? Seu querido marido estava morto há anos, e Victor, seu menino querido, estava distante na Argentina... ou seria Brasil? Um menino tão carinhoso e bonito.

O Coronel Race disse que ele sabia que ela tinha um filho no exterior.

Pelos próximos quinze minutos, ele foi entretido com um relato completo das mais variadas atividades de Victor. Um menino tão cheio de vida, com vontade de fazer de tudo — e seguiu-se uma lista das várias ocupações de Victor. Nunca rude ou querendo fazer mal a outro.

— Ele sempre foi azarado, coronel. Foi julgado de maneira errônea por seu patrão e acho que as autoridades em Oxford se comportaram muito mal. As pessoas parecem não entender que um menino esperto com um gosto pelo desenho acharia uma piada excelente imitar a caligrafia de alguém. Ele fez pela diversão da coisa, não por dinheiro.

Mas ele sempre foi um bom filho e ele nunca falhou em avisá-la quando estava em apuros, o que mostrava, não mostrava?, que ele confiava nela. Só parecia curioso, não parecia?, que os trabalhos que as pessoas encontravam para ele pareciam tirá-lo da Inglaterra. Ela não podia evitar o sentimento de que, se ele porventura conseguisse um bom trabalho, no Banco da Inglaterra, digamos, ele se ajeitaria muito melhor. Ele poderia talvez viver um pouco afastado de Londres e ter um carro.

Passaram-se quase vinte minutos antes que o Coronel Race, tendo ouvido todas as perfeições e os infortúnios de Victor, pudesse desviar Lucila do assunto de filhos para o de empregados.

Sim, era verdade o que ele dizia, o tipo antigo de empregados não existia mais. De verdade, os problemas que as pessoas causavam hoje em dia! Não que ela tivesse do que reclamar, pois eles tiveram muita sorte. Mrs. Pound, embora tivesse o azar de ser surda, era excelente. Suas tortas às vezes eram um pouco pesadas, e tinha tendência a pôr pimenta demais na sopa, mas, de fato, no todo, era das mais confiáveis — e econômica também. Estava lá desde que George se casou e ela não havia feito nenhuma confusão sobre ir à casa de campo esse ano, embora tenha havido problemas com outros sobre isso e a copeira foi embora... Mas foi melhor, era uma garota impertinente e respondona, que, além disso, quebrou seis das melhores taças de vinho, não uma por uma, em vezes diferentes, o que pode acontecer a *qualquer um*, mas todas de uma vez, o que significava um grosseiro descuido, o coronel não achava?

— Muito descuido, de fato.

— Foi isso que eu disse. E disse a ela também que eu era obrigada a dizer isso nas referências dela, pois eu sinto que temos o *dever*, Coronel Race. Quero dizer, não devemos enganar. Erros devem ser mencionados também, assim como as boas qualidades. Mas a garota foi, de verdade, muito *insolente* e respondeu que de qualquer modo ela esperava que, em seu próximo trabalho, ela não estivesse num tipo de casa onde as pessoas eram liquidadas... que termo horroroso, adquirido no cinema, creio eu, e ridiculamente inapropriado já que a pobrezinha da Rosemary tinha tirado a própria vida, embora naquele momento não fosse responsável por suas ações, como o legista observou... Acho que esse termo terrível se refere, creio eu, a gângsteres executando uns aos outros com metralhadoras. Sou muito grata por não termos nada disso na Inglaterra. E então, como eu disse, eu ponho em suas referências que Betty Archdale entendia seus deveres como copeira e era sóbria e honesta, mas que tendia a cometer muitos estragos e não era sempre respeitosa em seus modos. E, pessoalmente, se *eu* fosse Mrs. Rees-Talbot, eu teria lido nas entrelinhas e não a contratado. Mas as pessoas hoje em dia apenas se atiram por cima de qualquer coisa que conseguem ter, e às vezes vão contratar uma garota que só ficou um mês em três lugares diferentes.

Enquanto Mrs. Drake fazia uma pausa para respirar, o Coronel Race perguntou rapidamente se aquela era Mrs. Richard Rees-Talbot? Se sim, ele a havia conhecido, disse, na Índia.

— Na realidade, não sei dizer. Cadogan Square era o endereço.

— Então, *é* a minha amiga.

Lucila disse que o mundo era um lugar muito pequeno, não era? E que não havia amigos como velhos amigos. Amizade era uma coisa maravilhosa. Ela sempre achou que havia sido tão romântico com Viola e Paul. Querida Viola, ela fora uma garota adorável, e com tantos homens apaixonados por ela, mas, oh meu Deus, o coronel nem saberia do que ela estava falando. Essas coisas tendem a reviver o passado.

O Coronel Race pediu a ela que continuasse e em retribuição àquela cortesia recebeu a história de vida de Hector Marle, e de como foi criado por sua irmã, de suas peculiaridades e suas fraquezas. Quando o coronel havia quase esquecido dela, do seu casamento com a bela Viola, ouviu:

— Ela era órfã, sabe? E uma interna em Chancery.

Ele ouviu como Paul Bennett, superando sua decepção com a recusa de Viola, tinha se transformado de amante a amigo da família, e de como gostava dessa sua afilhada, Rosemary, e de sua morte e os termos do testamento.

— O qual sempre achei dos *mais* românticos, uma enorme fortuna! Não que dinheiro seja tudo... Não o é, de fato. Basta apenas pensar na trágica morte da pobre Rosemary. E até mesmo em relação à querida Iris, não estou muito feliz!

Race lançou um olhar inquisidor.

— Eu acho a responsabilidade muito preocupante. O fato de que ela é a grande herdeira é bem sabido, é claro. Eu mantenho olhos atentos no tipo indesejável de rapaz, mas o que se pode fazer, coronel? Não se pode mais cuidar direito das garotas hoje em dia, como se fazia antigamente. Iris tem amigos sobre os quais não sei nada. "Convide eles para vir aqui em casa, querida" é o que sempre digo, mas eu entendo que alguns desses rapazes *não* serão trazidos. O pobre George estava preocupado também, com um rapaz chamado Browne. Eu mesma nunca o vi, mas parece que ele e Iris têm se visto bastante. George não gostava dele, tenho certeza disso. E eu sempre acho, coronel, que homens são juízes muito melhores para outros homens. Eu me lembro de achar o Coronel Pusey, um dos nossos administradores da igreja, um homem muito encantador, mas o meu marido sempre preservou uma atitude bem distante em relação a ele e pediu que eu fizesse o mesmo. Então, certo domingo, quando ele estava passando o ofertório, caiu… Intoxicado, pareceu. E claro, depois disso, a gente sempre ouve essas coisas *depois*, tão melhor seria se as ouvíssemos *antes*… Descobrimos que dúzias de garrafas de conhaque vazias eram retiradas da casa semanalmente! Foi muito triste, realmente, porque ele era muito religioso, mas tendia a ser evangélico em suas visões. Ele e meu marido tiveram uma batalha terrível sobre os detalhes do serviço do Dia de Todos os Santos. Santo Deus, Dia de Todos os Santos. E pensar que ontem foi dia de Finados.

Um som fraco fez Race olhar por cima da cabeça de Lucilla em direção à porta. Ele já tinha visto Iris antes, em Little Priors. No entanto, ele sentiu que a via agora pela primeira vez. Ele ficou surpreso com a extraordinária tensão por trás de sua imobilidade e de seus olhos terem encontrado os dele com algo na expressão que ele sentiu que tinha que reconhecer… Ainda assim, falhou.

Depois, Lucilla Drake virou a cabeça.

— Iris, querida, eu não a ouvi entrar. Você conhece o Coronel Race? Ele está sendo muito gentil.

Iris veio e cumprimentou-o com um aperto de mão solene, e o vestido preto que ela vestia a fez parecer mais magra e mais pálida do que ele lembrava.

— Eu vim saber se posso ajudá-las com qualquer coisa — disse Race.

— Obrigada. É gentil de sua parte.

Ela tinha sofrido um choque, aquilo era evidente, e ainda sofria de seus efeitos. Mas será que ela gostava tanto assim de George que sua morte poderia afetá-la de um jeito tão poderoso?

Ela olhou para sua tia, e Race percebeu que era um olhar observador.

— Sobre o que vocês estavam conversando, agora, quando eu entrei?

Lucilla ficou rosada e aflita. Race imaginou que ela estivesse aflita e quisesse evitar qualquer menção sobre o rapaz, Anthony Browne. Ela exclamou:

— Agora, vejamos... Oh, sim, o Dia de Todos os Santos, e ontem, Dia de Finados. Dia de Finados, para mim parece uma coisa tão *estranha*, uma daquelas coincidências que a gente nunca acredita na vida real.

— Quer dizer — disse Iris — que Rosemary voltou ontem para buscar George?

Lucilla deu um gritinho.

— Iris, querida, não. Que pensamento terrível! Tão não cristão.

— Por que não cristão? É o Dia dos Mortos. Em Paris, as pessoas costumavam ir colocar flores nos túmulos.

— Oh, eu sei, querida, mas lá eles são católicos, não são?

Um leve sorriso torceu os lábios de Iris. Então, ela disse de modo direto:

— Achei, talvez, que estivessem falando de Anthony, Anthony Browne.

— Bem... — o bico de Lucilla se abriu muito como o de um pássaro — Na verdade, nós apenas o *mencionamos*. Acontece que eu disse, você sabe, que nós não sabemos *nada* sobre ele...

— Por que você saberia algo sobre ele? — interrompeu Iris.

— Não, querida, é claro que não. Ao menos, quero dizer, bem, seria bom, não seria, se soubéssemos?

— Você terá todas as chances de fazer isso no futuro — disse Iris — porque vou me casar come ele.

— Oh, Iris! — Foi algo entre um lamento e um berro. — Você não pode fazer nada com pressa, quero dizer, nada pode ser decidido agora.

— *Está* decidido, tia Lucilla.

— Não, querida, não se pode falar sobre coisas como casamento quando um funeral ainda nem aconteceu. Não seria decente. E esse inquérito horroroso e tudo. E, de verdade, Iris, não acho que George aprovaria. Ele não gostava desse Mr. Browne.

— Não — disse Iris —, George não teria gostado e ele não gostava de Anthony, mas isso não importa. É a minha vida, não a de George. E, de todo modo, George está morto...

Mrs. Drake soltou outro berro.

— Sinto muito, tia Lucilla. — A garota falou de um jeito cansado. — Eu sei que deve ter soado mal, mas não quis dizer desse jeito. Eu só quis dizer que George está em paz em algum lugar e não tem mais que se preocupar comigo ou com o meu futuro. Eu devo decidir as coisas por mim mesma.

— Bobagem, querida, nada pode ser decidido num momento como esse. Seria muito inadequado. Não se levantam essas questões.

Iris deu uma risada repentina e curta.

— Mas surgiu. Anthony me pediu em casamento antes de sairmos de Little Priors. Ele queria que eu fosse a Londres e me casasse com ele no dia seguinte sem contar a ninguém. Agora eu queria ter feito isso.

186

— Certamente esse foi um pedido bem curioso — disse o Coronel Race de modo gentil.

Ela o olhou com insolência.

— Não, não foi. Teria economizado muita confusão. Por que eu não poderia confiar nele? Ele me pediu para confiar nele e eu não confiei. De qualquer modo, vou me casar com ele agora, assim que possível, como ele quiser.

Lucilla explodiu numa série de protestos incoerentes. Suas bochechas caídas tremiam e seus olhos saltaram.

O Coronel Race controlou rápido a situação.

— Srta. Marle, posso trocar uma palavrinha com você antes de ir? Sobre um assunto estritamente de negócios?

Meio atordoada, a garota murmurou que sim e se encontrou andando até a porta. Quando ela passava, Race deu uns passos na direção de Mrs. Drake.

— Não se chateie, Mrs. Drake. Quanto menos se fala, sabe? Mais cedo se resolve. Veremos o que podemos fazer.

Deixando-a levemente confortada, ele seguiu Iris, que o levou pelo saguão até uma saleta que dava para os fundos da casa, onde um melancólico plátano perdia suas últimas folhas.

Race falou em um tom de negócios:

— Tudo que eu tenho a dizer, Miss Marle, é que o Inspetor-chefe Kemp é um amigo meu, e que estou certo de que você vai achá-lo muito prestativo e gentil. O dever dele é um dever desagradável, mas tenho certeza que ele vai fazê-lo com a maior consideração possível.

Ela o olhou por um momento sem falar, depois disse abruptamente:

— Por que você não veio e se juntou a nós na noite passada como George esperava?

Ele balançou a cabeça.

— George não estava me esperando.

— Mas ele disse que estava.

— Ele pode ter dito isso, mas não era verdade. George sabia que eu não iria.

— Mas e aquela cadeira vazia... para quem era?

— Não era para mim.

Ela meio que baixou as pálpebras e seu rosto ficou branco.

— Era para Rosemary... entendo... era para Rosemary... — sussurrou.

Ele pensou que ela fosse desmaiar. Ele veio rapidamente e a endireitou, depois, obrigou-a a se sentar.

— Calma...

Ela disse numa voz baixa e sem ar:

— Estou bem... Mas não sei o que fazer... eu não sei o que fazer.

— Posso ajudar?

Ela ergueu os olhos para o rosto dele. Estavam melancólicos e sombrios.

— Eu preciso entender as coisas. Eu preciso entendê-las. Primeiramente, George acreditava que Rosemary não tinha se matado, mas sido morta. Ele acreditava nisso por causa daquelas cartas. Coronel, quem escreveu aquelas cartas?

— Eu não sei. Ninguém sabe. Você tem alguma ideia?

— Nem posso imaginar. De todo modo, George acreditava no que elas diziam, ele organizou essa festa na noite passada, deixou uma cadeira vaga e era Dia de Finados... que é o Dia dos Mortos. Era o dia em que o espírito de Rosemary poderia voltar e... e contar a ele a verdade.

— Você não deve ser tão imaginativa.

— Mas eu mesma a senti... senti-a muito perto às vezes. Sou a irmã dela. Acho que ela estava tentando me dizer algo.

— Calma, Iris.

— Eu *preciso* falar sobre isso. George bebeu à saúde de Rosemary e... morreu. Talvez... ela tenha vindo e o levado.

— Os espíritos dos mortos não colocam cianureto de potássio em uma taça de champanhe, minha querida.

As palavras pareceram restaurar seu equilíbrio. Ela disse em um tom mais normal:

— Mas é tão inacreditável. George foi morto, sim, *morto*. É isso que pensa a polícia e deve ser verdade. Porque não há qualquer outra alternativa. Mas não faz sentido.

— Você não acha que faz? Se Rosemary foi morta, e George estava começando a suspeitar de alguém...

Ela o interrompeu:

— Sim, mas Rosemary *não foi* morta. É isso que não faz sentido. George parcialmente acreditou naquelas cartas estúpidas porque depressão pós-gripe não é uma razão muito convincente para se cometer suicídio. Mas Rosemary *tinha* uma razão. Veja, vou mostrar a você.

Ela correu para fora da sala e voltou um momento depois com uma carta dobrada na mão. Ela a entregou a ele.

— Leia por si mesmo.

Ele desdobrou o papel meio amassado.

Leopard querido...

Ele leu duas vezes antes de devolvê-la.

A garota disse ansiosa:

— Entende? Ela estava infeliz, de coração partido. Ela não queria continuar vivendo.

— Você sabe para quem essa carta foi escrita?

Iris fez que sim com a cabeça.

— Stephen Farraday. Não era Anthony. Ela estava apaixonada por Stephen e ele foi cruel com ela. Então, ela levou o troço com ela para o restaurante e bebeu lá onde ele poderia vê-la morrer. Talvez ela esperasse que ele se lamentasse naquele instante.

Race assentiu atenciosamente, mas não disse nada. Depois de um momento, disse:

— Quando você descobriu isso?

— Cerca de seis meses atrás. Estava no bolso de um casaco velho.

— Você não mostrou ao George?

— Como eu poderia? — gritou Iris. — Rosemary era minha irmã. Como eu poderia entregá-la a George? Ele tinha tanta certeza de que ela o amava. Como eu poderia mostrar a ele, depois que ela estava morta? Ele entenderia tudo errado, mas eu não poderia dizer isso a *ele*. Mas o que quero saber é: o que faço *agora*? Eu a mostrei a você porque você é amigo do George. O Inspetor Kemp deve ver isso?

— Sim. Kemp tem que ver. É uma evidência, entenda.

— Mas, então, eles poderão... Eles podem ler em voz alta no tribunal?

— Não necessariamente. Isso não acontece sempre. É a morte de George que está sendo investigada. Nada que não seja estritamente relevante se tornará público. É melhor você me deixar levar isso agora.

— Muito bem.

Ela foi com ele até a porta. Quando ele a abriu, ela disse abruptamente:

— Isso mostra, não mostra, que a morte de Rosemary *foi* suicídio?

— Certamente mostra que ela tinha um motivo para tirar a própria vida.

Ela deu um suspiro profundo. Ele desceu os degraus. Olhando de volta mais uma vez, ele a viu em pé no batente da porta, observando ele cruzar a praça andando.

Capítulo 7

Mary Rees-Talbot cumprimentou o Coronel Race com um positivo grito de incredulidade.

— Meu querido, não o vejo desde que você desapareceu tão misteriosamente de Allahabad aquela vez. E por que está aqui agora? Não é para me ver, tenho certeza. Você nunca faz visitas sociais. Vamos lá, assuma, não precisa ser diplomático quanto a isso.

— Métodos diplomáticos seriam uma perda de tempo com você, Mary. Eu sempre apreciei sua mente de raios-X.

— Chega de tagarelice e vamos ao que interessa, meu querido.

Race sorriu.

— A criada que me deixou entrar é Betty Archdale? — inquiriu ele.

— Ela mesma! Não me diga que a garota, saída do extremo leste de Londres, é uma conhecida espiã europeia, porque não acredito.

— Não, não, nada do tipo.

— E não me diga que ela faz parte da nossa contraespionagem, porque não acredito nisso!

— A garota é só uma copeira.

— E desde quando você tem interesse em simples copeiras? Não que Betty seja simples... Está mais para uma trapaceira astuta.

— Eu acho — disse o Coronel Race — que ela poderia me dizer uma coisa.

— Se perguntar a ela cordialmente? Não me surpreenderia se estiver certo. Ela tem a técnica de ficar perto da porta quando há algo interessante acontecendo. O que a sua humilde Mary pode fazer por você?

— Pode muito gentilmente me oferecer uma bebida, e pedir para que Betty a traga.

— E quando a bebida chegar?

— Nesse momento, Mary pode gentilmente se retirar.

— Para ouvir atrás da porta?

— Se ela quiser.

— E depois receberei informações privilegiadas sobre a última crise europeia?

— Receio que não. Não há qualquer situação política envolvida nisso.

— Que decepção! Tudo bem. Vou entrar no jogo!

Mrs. Rees-Talbot, que era uma morena vivaz de 49 anos, tocou a sineta e pediu a sua bem-apessoada copeira para trazer um uísque com soda para o Coronel Race.

Quando Betty Archdale voltou, com uma bandeja e a bebida, Mrs. Rees-Talbot estava em pé na porta ao longe, na entrada de sua sala de estar.

— O Coronel Race tem algumas perguntas para lhe fazer — disse e saiu.

Betty virou seus olhos imprudentes na direção do soldado alto e grisalho com um alarme em suas profundezas. Ele pegou o copo da bandeja e sorriu.

— Já viu os jornais hoje? — perguntou ele.

— Sim, senhor. — Betty olhou-o com cautela.

— Você viu que Mr. George Barton morreu na noite passada no restaurante Luxembourg?

— Oh, sim, senhor. — Os olhos de Betty brilharam com o prazer do desastre público. — Não foi horroroso?

— Você trabalhava na casa dele, não é?

— Sim, senhor. Eu saí no inverno passado, logo depois que Mrs. Barton morreu.

— Ela morreu no Luxembourg também.

Betty assentiu.

— Meio engraçado aquilo, não é, senhor?

Race não achava engraçado, mas ele sabia o que as palavras tinham a intenção de significar. Ele disse com gravidade:

— Eu vejo que você é inteligente, que pode juntar as coisas e compreendê-las.

Betty cruzou as mãos e mandou a discrição para as cucuias.

— Ele também foi morto lá? Os jornais não disseram exatamente.

— Por que você diz "também"? A morte de Mrs. Barton foi dada pelo júri como suicídio.

Ela deu uma olhada rápida de soslaio. "Tão velho", pensou ela, "mas é bonito." "Do tipo quieto. Um cavalheiro de verdade. Um tipo de cavalheiro que teria lhe dado um soberano de ouro quando jovem. Engraçado, eu nem sei como é um soberano! O que ele quer, exatamente?"

— Sim, senhor — disse ela, com recato.

— Mas talvez você nunca tenha pensado que *foi* suicídio?

— Bem, não, senhor. Eu não pensei.

— Muito interessante. Por quê?

Ela hesitou, e seus dedos começaram a torcer o avental.

Ele disse tão gentilmente, com tanta gravidade. Fazia a pessoa se sentir importante, desejando ajudá-lo. E, de todo modo, ela *fora* esperta sobre a morte de Rosemary Barton. Nunca se deixara enganar. Não, ela não!

— Ela foi assassinada, senhor, não foi?

— Parece possível. Mas como chegou a essa conclusão?

— Bem... — hesitou Betty. — Foi uma coisa que ouvi um dia.

— Sim?

Seu tom era bem encorajador.

— A porta não estava fechada nem nada. Quero dizer, eu nunca ouviria algo na porta. Eu não gosto desse tipo de coisa — disse Betty, com virtude. — Mas eu estava passando pelo saguão a caminho da sala de jantar, carregando uma bandeja de prata, e eles estavam falando bastante alto. Ela, Mrs. Barton, dizendo alguma coisa sobre Anthony Browne não ser mesmo o nome dele. E, depois, ele ficou muito desagradável. Eu não teria pensado que ele era esse tipo... Tão bem apessoado e tão agradável de se falar, via de regra. Disse algo sobre rasgar a cara dela... Oh! E então falou que, se ela não fizesse o que ele mandou, acabaria com ela. Bem assim! Eu não ouvi mais nada, porque Miss Iris estava descendo a escada e não pensei muito naquilo, naquele momento, mas depois houve toda a confusão sobre ela ter cometido suicídio na festa e eu soube que ele estava lá na hora... Bem, me deu arrepios, de verdade!

— Mas você não disse nada?

A garota balançou a cabeça.

— Eu não queria me envolver com a polícia. E, de todo modo, eu não sabia de nada, não de verdade. E, talvez, se eu tivesse dito algo, tivesse sido morta também. Ou levada para "dar uma voltinha", como dizem.

— Entendo. — Race fez uma pausa por um momento e depois disse com seu tom de voz mais gentil: — Então, você apenas escreveu cartas anônimas para Mr. George Barton?

Ela o encarou. Ele não detectou nenhuma culpa inquietante, nada a não ser um puro assombro.

— Eu? Escrever para Mr. Barton? Nunca.

— Não tenha medo de me contar sobre isso. Foi uma boa ideia. Elas o avisaram sem que tivesse que se entregar. Foi algo muito esperto de sua parte.

— Mas não fui eu, senhor. Eu nunca pensei numa coisa dessas. Quer dizer, escrever para Mr. Barton e dizer que sua mulher foi assassinada? Ora, a ideia nunca me passou pela cabeça!

Ela foi tão honesta em negar aquilo que Race ficou abalado. Mas tudo se encaixava tão bem, tudo poderia ser explicado tão naturalmente... se a garota tivesse escrito as cartas. Mas ela persistiu em sua negação, não veementemente ou com desconforto, mas sobriamente e sem protesto indevido. Ele se encontrou relutante em acreditar.

Mudou de tática.

— A quem você contou isso?

— Eu não contei a ninguém. É a verdade, senhor, fiquei apavorada. Pensei que era melhor ficar de boca calada. Tentei esquecer. Só mencionei uma vez, isso foi quando dei Mrs. Drake meu aviso de demissão. Ela vinha fazendo o maior estardalhaço por qualquer coisa, mais do que uma garota poderia aguentar. Ainda por cima, queria que eu fosse me enterrar naquela casa de campo, onde nem mesmo passa um ônibus! E depois foi uma megera, dizendo que colocaria nas minhas referências que eu quebrava coisas. Eu disse de um modo sarcástico que encontraria um lugar onde as pessoas não fossem mortas. Fiquei com medo ao dizer isso, mas ela não prestou muita atenção. Talvez eu devesse ter falado na época, mas eu não poderia dizer nada. Quero dizer, a coisa toda poderia ter sido uma brincadeira. As pessoas dizem todo tipo de coisas, e Mr. Browne sempre foi tão bom, e muito brincalhão, então eu não poderia dizer, senhor, poderia?

Race assentiu.

— Mrs. Barton falou de Browne não ser o nome real dele. Ela mencionou qual era o nome real?

— Sim, ela mencionou. Porque ele disse: "Esqueça de Tony"... Agora, qual era? Tony alguma coisa... Me lembrou xerez ou geleia de cereja.

— Tony Cheriton? Cherable?

Ela balançou a cabeça.

— Era um nome mais chique que isso. Começava com M. E parecia estrangeiro.

— Não se preocupe. Você vai se lembrar. Se sim, me avise. Aqui está o meu cartão com o meu endereço. Se você se lembrar do nome, escreva-me neste endereço.

Ele entregou a ela o cartão e uma gorjeta.

— Eu o farei, senhor. Obrigada, senhor.

"Um cavalheiro", pensou ela, enquanto descia a escada. "Uma nota de uma libra! Deveria ser bom quando havia soberanos..."

Mary Rees-Talbot entrou na sala.

— Conseguiu o que queria?

— Sim, mas há ainda um obstáculo para superar. Sua engenhosidade poderia me ajudar? Você consegue pensar em um nome que lembra xerez ou geleia de cereja?

— Que proposição extraordinária.

— Pense, Mary. Eu não sou um homem doméstico. Concentre-se em cozinhar com xerez ou fazer geleia de cereja de algum jeito particular.

— Não se faz muito isso.

— Por que não?

— Bem, tende a ficar muito doce... A menos que use cerejas cozidas, cerejas Morello.

Race deu um grito.

— É isso! Aposto que é isso. Adeus, Mary, sou eternamente grato. Você se importa se eu soar a campainha para que a garota me acompanhe até a porta?

Mrs. Rees-Talbot o chamou quando ele ia saindo:

— Por todos os desgraçados ingratos! Você não vai me dizer do que se trata?

Ele disse, olhando para trás:

— Eu voltarei para contar a história toda.

— Sei bem — murmurou Mrs. Rees-Talbot.

No andar de baixo, Betty esperava com o chapéu e a bengala de Race.

Ele a agradeceu e saiu, mas parou nos degraus da porta.

— A propósito — disse ele —, não era Morelli o nome?

O rosto dela se acendeu.

— É isso mesmo, senhor. Foi esse. Tony Morelli, esse é o nome que ele disse para ela esquecer. E ele também disse que tinha estado na prisão.

196

Race desceu os degraus sorrindo.

Da cabine telefônica mais próxima, fez uma ligação para Kemp.

Sua troca foi breve, mas satisfatória. Kemp disse:

— Vou mandar um telegrama imediatamente. Até a volta receberemos um retorno. Eu devo dizer que será um grande alívio se você estiver certo.

— Eu acho que estou certo. A sequência é bem clara.

Capítulo 8

O Inspetor-chefe Kemp não estava de muito bom humor.

Pela última meia hora, ele entrevistara um coelho branco apavorado de dezesseis anos que, graças a seu tio Charles, era aspirante a garçom do Luxembourg. Enquanto isso, ele era um dos seis subordinados atormentados que corriam para lá e para cá com aventais em volta da cintura para distingui-los dos superiores, e cujo dever era carregar a culpa por todas as coisas, buscar e carregar, providenciar pães e pedaços de manteiga e serem ocasional e incessantemente chamados em francês, italiano e, eventualmente, em inglês.

Charles, como convinha a um grande homem, longe de se mostrar favorável ao sobrinho, amaldiçoava e o xingava ainda mais do que fazia com os outros. No entanto, Pierre aspirava em seu coração ser nada menos que o garçom-chefe de um restaurante *chique* um dia, num futuro distante.

Naquele momento, no entanto, sua carreira estava em xeque, e ele entendeu que era suspeito de nada menos que assassinato.

Kemp virou o rapaz do avesso e, com desgosto, se convenceu de que ele não tinha feito nem mais nem menos do que contou — isto é, pegar a bolsa de uma senhora do chão e recolocá-la ao lado de seu prato.

— É assim: eu estou correndo com o molho para *monsieur* Robert e ele já está impaciente, e a moça derruba a bolsa da mesa quando vai dançar. Então, eu a pego e a coloco sobre a mesa, e depois eu sigo apressado, pois *monsieur* Robert já está fazendo sinais frenéticos para mim. Isso é tudo.

E aquilo *era* tudo. Kemp, com desgosto, deixa-o ir, sentindo-se fortemente tentado a acrescentar:

— Mas não me deixe pegá-lo fazendo esse tipo de coisa de novo.

O Sargento Pollock chamou sua atenção ao anunciar que tinham telefonado para dizer que uma moça esteve requisitando-o, ou melhor, chamando pelo oficial a cargo do caso do Luxembourg.

— Quem é?

— Seu nome é Miss Chloe West.

— Vamos ver o que ela deseja — disse Kemp com resignação. — Eu posso dar a ela dez minutos. Mr. Farraday ocupará o horário depois disso. Bem, não vai fazer mal algum deixá-lo esperando uns minutos.

Quando Miss Chloe West entrou na sala, Kemp foi tomado pela impressão de que a conhecia. Mas um minuto depois abandonou a ideia. Não, ele nunca havia visto essa garota antes, tinha certeza. Todavia, o vago e perturbador senso de familiaridade permaneceu para atormentá-lo.

Miss West tinha mais ou menos 25 anos, cabelo castanho e muito bonito. Sua voz era meio conscienciosa da própria dicção e ela parecia bem nervosa.

— Bem, Miss West, no que posso ajudá-la?

— Eu li no jornal sobre o Luxembourg — disse Kemp. — O homem que morreu lá.

— Mr. George Barton? Sim? Você o conhecia?

— Bem, não, não exatamente. Quero dizer que eu não o *conhecia* de fato.

Kemp a olhou com cuidado e descartou sua primeira dedução.

Chloe West parecia refinada e virtuosa.

— Pode me dar primeiro o seu nome exato e seu endereço, por favor, para que nós saibamos onde está?

— Chloe Elizabeth West. Merryvale Court, número 15, Maida Vale. Sou atriz.

Kemp olhou para ela novamente, de soslaio, e decidiu que aquilo era mesmo o que ela era. Apesar de sua aparência, ela era do tipo esperta.

— Sim, Miss West?

— Quando eu li sobre a morte de Mr. Barton e que a... polícia estava investigando, achei que talvez eu tivesse que vir e contar algo. Eu falei com uma amiga minha sobre isso e ela concordou. Não acho que tenha mesmo algo a ver com isso, mas...

Miss West fez uma pausa.

— Nós seremos os juízes disso — disse Kemp de modo agradável. — Apenas me conte.

— Não estou atuando agora — explicou West. — Mas meu nome está nas agências e a minha foto saiu no *Spotlight*... Foi ali que Mr. Barton me viu. Ele entrou em contato comigo e explicou o que queria que eu fizesse.

— Sim?

— Ele me avisou que daria um jantar no Luxembourg e queria fazer uma surpresa para seus convidados. Ele me mostrou uma fotografia e pediu que eu me montasse como ela. Eu tinha certa semelhança com a mulher.

A mente de Kemp foi iluminada com um lampejo. A fotografia de Rosemary que ele tinha visto na mesa de George em Elvaston Square. Era ela quem a garota lembrava. Ela *era* igual a Rosemary Barton — não alarmantemente igual, mas o tipo em geral e algumas características eram as mesmas.

— Ele também me levou um vestido para usar, eu o trouxe comigo. É uma seda verde acinzentada. Eu tinha que fazer meu cabelo como o da fotografia e acentuar a semelhança com maquiagem. Então, devia ir até o Luxembourg, entrar no restaurante durante o primeiro show e me sentar na mesa de

Mr. Barton, onde deveria haver um lugar vago. Ele me levou para almoçar lá e me mostrou onde a mesa estaria.

— E por que não cumpriu o combinado, Miss West?

— Porque, por volta das oito daquela noite, alguém... Mr. Barton me ligou e informou que tinha adiado tudo. Ele disse que me avisaria no dia seguinte quando aconteceria. Então, na manhã seguinte, eu vi sobre a morte dele nos jornais.

— E, muito sensivelmente, você veio até nós — disse Kemp de modo agradável. — Bem, muito obrigado, Miss West. Você solucionou um mistério: o mistério do lugar vago. A propósito, você disse "alguém", e depois "Mr. Barton". Por que isso?

— Porque primeiro não achei que *fosse* Mr. Barton. A voz dele estava diferente.

— Era uma voz de homem?

— Sim, acho que sim. Ao menos era mais rouca, como se ele estivesse gripado.

— E aquilo foi tudo o que ele disse?

— Tudo.

Kemp a interrogou um pouco mais, mas não foi além.

Quando ela se foi, ele disse ao sargento:

— Então esse era o famoso "plano" de George. Agora vejo por que todos eles disseram que ele ficou olhando para a cadeira vazia depois do show. Ele parecia estranho e absorto. Seu precioso plano tinha dado errado.

— Você não acha que foi ele quem cancelou?

— Não mesmo. E também não estou certo de que era uma voz de homem. Rouquidão é um bom disfarce pelo telefone. Bem, estamos chegando lá. Mande Mr. Farraday entrar, se ele estiver aqui.

Capítulo 9

Extremamente frio e impassível, Stephen Farraday tinha aparecido na Scotland Yard se sentindo pequeno por dentro. Um peso intolerável criava um fardo em seu espírito. Parecia que naquela manhã as coisas iam muito bem. Por que o Inspetor Kemp pediu sua presença aqui com tanta veemência? O que ele sabia ou suspeitava? *Poderia* ser apenas uma vaga suspeita. A coisa a se fazer era manter a cabeça fria e não admitir nada.

Ele se sentiu estranhamente despojado e solitário sem Sandra. Era como se, quando duas pessoas enfrentassem um perigo juntas, ele perdesse metade de seus terrores. Juntos, eles tinham força, coragem, poder. Sozinho, ele não era nada, menos que nada. E Sandra, ela sentia o mesmo? Será que estava agora sentada em Kidderminster House, em silêncio, reservada, orgulhosa e se sentindo horrivelmente vulnerável por dentro?

O Inspetor Kemp o recebeu de modo agradável, mas com gravidade. Havia um homem de uniforme sentado à mesa com um lápis e um bloco de papel. Pedindo a Stephen para se sentar, Kemp falou de modo muito formal:

— Proponho, Mr. Farraday, tomar uma declaração sua. Ela será escrita e você será solicitado a lê-la em voz alta e a assiná-la, antes de ir embora. Ao mesmo tempo, é o meu dever lhe dizer que você tem a liberdade de se recusar a dar tal declaração e que tem o direito de ter a presença de um advogado, se assim desejar.

Stephen foi pego de surpresa, mas não demonstrou. Ele forçou um sorriso frio.

— Isso parece formidável, inspetor-chefe.

— Queremos que tudo esteja claro, Mr. Farraday.

— Tudo o que eu disser pode ser usado contra mim, é isso?

— Não usamos a palavra *contra*. Tudo o que disser estará sujeito a ser usado como evidência.

— Entendo, mas não consigo imaginar, inspetor, por que você precisaria de qualquer outra declaração minha. Você ouviu tudo o que eu tinha para dizer hoje de manhã.

— Aquilo foi meio que uma sessão informal, útil como uma conversa preliminar. E, também, Mr. Farraday, há certos fatos que eu imagino que você preferiria discutir comigo aqui. Nós tentaremos ser discretos com qualquer coisa irrelevante para o caso como é compatível com a obtenção da justiça. Eu suponho que entenda aonde quero chegar.

— Receio que não.

O Inspetor-chefe Kemp suspirou.

— É o seguinte. Você esteve em um relacionamento bem íntimo com a falecida Mrs. Rosemary Barton...

— Quem disse isso? — interrompeu Stephen.

Kemp se inclinou para a frente e colocou um documento datilografado em sua mesa.

— Essa é uma cópia de uma carta encontrada entre os pertences da falecida Mrs. Barton. A original está arquivada aqui e foi entregue para nós pela Miss Iris Marle, que reconheceu a letra como sendo de sua irmã.

Stephen leu: *Leopard querido...*

Uma onda de enjoo passou por ele. A voz de Rosemary... falando... suplicando... O passado nunca morreria... Nunca consentiria ser enterrado?

Ele se recompôs e olhou para Kemp.

— Você pode pensar que Mrs. Barton escreveu essa carta, mas não há nada que indique que ela tenha sido escrita para mim.

— Você nega que pagou o aluguel no endereço Malland Mansions, número 21, em Earl's Court?

Então eles sabiam! Ele se perguntava se sempre souberam. Ele deu de ombros.

— Você parece bem-informado. Posso perguntar por que meus assuntos particulares deveriam ser arrastados para a luz da notoriedade?

— Eles não serão, a menos que se provem relevantes para a morte de George Barton.

— Entendo. Você está sugerindo que eu fiz amor com a esposa dele e depois o assassinei.

— Vamos lá, Mr. Farraday, serei franco com você. Você e Mrs. Barton eram amigos muito próximos. Você se afastou, mas ela estava propondo, como mostra esta carta, criar problemas. Muito convenientemente, ela morreu.

— Ela cometeu suicídio. Eu suponho que devo ser parcialmente culpado. Posso me censurar, mas isso não é da conta da lei.

— Pode ter sido suicídio, pode não ter sido. George Barton achava que não. Ele começou a investigar... e morreu. A sequência é meio sugestiva.

— Eu não vejo por que você deveria... bem, apostar em mim.

— Você admite que a morte de Mrs. Barton veio num momento muito conveniente para você? Um escândalo, Mr. Farraday, seria prejudicial para a sua carreira.

— Não haveria escândalo. Mrs. Barton teria agido com razão.

— Eu imagino! Sua esposa sabe sobre esse caso, Mr. Farraday?

— Claro que não.

204 · AGATHA CHRISTIE ·

— Está certo disso?

— Sim, estou. Minha esposa não tem ideia de que haveria qualquer outra coisa a não ser amizade entre mim e Mrs. Barton. Eu espero que ela nunca fique sabendo o contrário.

— Sua esposa é uma mulher ciumenta, Mr. Farraday?

— Nada. Ela nunca demonstra o mínimo ciúme, até onde estou ciente. Ela é sensata demais.

O inspetor não comentou nada a respeito.

— Em algum momento do ano passado, você esteve em posse de cianureto, Mr. Farraday?

— Não.

— Mas guarda um suprimento de cianureto na sua propriedade no campo?

— O jardineiro deve guardar. Não sei de nada disso.

— Você nunca comprou pessoalmente na farmácia ou para fotografia?

— Eu não sei nada sobre fotografia, e repito que nunca comprei cianureto.

Kemp pressionou um pouco mais antes de finalmente deixá-lo ir.

Ao seu subordinado, disse pensativo:

— Ele foi muito rápido ao negar que sua esposa sabia sobre o caso dele e da mulher Barton. Por que será?

— Aposto que ele está apavorado, caso ela saiba, senhor.

— Pode ser, mas eu achava que ele seria inteligente para enxergar que, se a esposa não soubesse, e ficaria bem irritada, isso lhe daria um motivo adicional para querer silenciar Rosemary Barton. Para salvar sua pele, sua linha de pensamento deveria ser a de que sua esposa mais ou menos sabia sobre o caso, mas estava contente em ignorá-lo.

— Aposto que ele não pensou nisso, senhor.

Kemp balançou a cabeça. Stephen Farraday não era um tolo. E ele havia estado bem ansioso para que o inspetor ficasse com a certeza de que Sandra não sabia de nada.

— Bem — disse Kemp —, o Coronel Race parece satisfeito com as linhas de pensamento que desenterrou e, se ele estiver certo, os Farraday estão fora, os dois. Ficarei feliz se estiverem. Eu gosto desse camarada. E, pessoalmente, não acho que ele seja um assassino.

— Sandra? — chamou Stephen, abrindo a porta da sala de estar.

Ela veio até ele na escuridão, repentinamente o abraçando, colocando suas mãos nos ombros dele.

— Stephen?

— Por que você está no escuro?

— A luz estava me incomodando. Conte-me.

— Eles sabem.

— Sobre Rosemary?

— Sim.

— E o que acham?

— Eles enxergam, é claro, que eu tinha um motivo... Minha querida, veja para onde arrastaram você. É tudo minha culpa. Se eu tivesse me desligado depois da morte de Rosemary, ido embora, deixado você livre... para que *você* de modo algum não fosse envolvida nesse assunto horrível.

— Não, isso não! Nunca me deixe... nunca me deixe.

Ela se pendurou nele. Estava chorando, as lágrimas escorrendo por suas bochechas. Ele a sentiu tremer.

— Você é a minha vida, Stephen, tudo na minha vida. Nunca me deixe...

— Você se importa tanto assim, Sandra? Eu nunca soube...

— Eu não queria que você soubesse. Mas agora...

— Sim, agora... Estamos nisso juntos, Sandra. Vamos encarar isso juntos. Venha o que vier, juntos!

Uma força chegou a eles enquanto estavam parados lá, entrelaçados na escuridão.

Sandra disse com determinação:

— Isso *não* vai estragar nossas vidas! Não vai. Não vai!

206

Capítulo 10

Anthony Browne olhava para o cartão que o pequeno pajem estava lhe entregando.

Ele fez uma careta, depois deu de ombros.

— Tudo bem. Deixe-o entrar — disse ao menino.

Quando o Coronel Race entrou, Anthony estava perto da janela com a luz forte do sol obliquamente por cima de seus ombros.

Ele viu um homem com modos de soldado, com um rosto cor de bronze marcado de linhas e cabelos acinzentados — um homem que ele já tinha visto antes, mas não há muitos anos, e um homem sobre quem ele sabia um bocado.

Race viu uma figura obscura e o contorno de uma cabeça de bom formato. Uma voz agradável e indolente disse:

— Coronel Race? Você era um amigo de George Barton. Ele falou de você naquela última noite. Tome um cigarro.

— Obrigado.

— Você era o convidado inesperado que naquela noite não apareceu — comentou, enquanto oferecia um fósforo.

— Você está errado. Aquele lugar vazio não era para mim.

As sobrancelhas de Anthony subiram.

— Mesmo? Barton disse...

— George Barton pode ter dito isso. Seus planos eram um pouco diferentes. Aquela cadeira, Mr. Browne, era para ser ocupada quando as luzes se apagassem por uma atriz chamada Chloe West.

Anthony ficou olhando.

— Chloe West? Nunca ouvi falar. Quem é ela?

— Uma jovem atriz não muito conhecida, mas que tem certa semelhança com Rosemary Barton.

Anthony assoviou.

— Começo a entender.

— Ela tinha recebido uma foto de Rosemary Barton para que pudesse copiar o estilo do cabelo e também tinha o vestido que ela usou na noite em que morreu.

— Então esse era o plano de George? Surpresa! *Rosemary voltou*. O culpado arqueja: "É verdade, é verdade, fui eu." — Ele fez uma pausa e completou: — Que horrível! Até para um tolo como o pobre George.

— Não estou certo se compreendo seu ponto de vista.

Anthony sorriu ironicamente.

— Ah, vamos lá, senhor. Um criminoso reincidente não vai se comportar como uma colegial histérica. Se alguém envenenou Rosemary Barton a sangue-frio e estivesse se preparando para administrar a mesma dose fatal de cianureto em George Barton, essa pessoa tinha nervos. Precisaria mais do que uma atriz vestida como Rosemary para fazer ele ou ela confessar.

— Lembre-se que Macbeth, um criminoso decididamente reincidente, se desmanchou quando viu o fantasma de Banquo no banquete.

— Ah, mas o que Macbeth viu *era* um fantasma de verdade! Não era um ator amador usando as provisões de Banquo! Estou preparado para admitir que um fantasma de verdade poderia trazer sua própria atmosfera de outro mundo. Na verdade, estou disposto a admitir que acredito em fantasmas. Acreditei neles nos últimos seis meses, um em particular.

— Mesmo? E que fantasma é esse?

208   · AGATHA CHRISTIE ·

— O de Rosemary Barton. Você pode rir, se quiser. Eu não a vi, mas sinto sua presença. Por alguma razão, Rosemary, pobre alma, não consegue ficar morta.

— Eu poderia sugerir uma razão.

— Porque ela foi assassinada?

— Exatamente. Não concorda, *Mr. Tony Morelli*?

Houve um silêncio. Anthony se sentou, jogou seu cigarro na lareira e acendeu outro.

— Como descobriu?

— Você admite que é Tony Morelli?

— Eu não deveria nem sonhar em perder meu tempo negando isso. Você obviamente passou um telegrama para os Estados Unidos e conseguiu todas as informações sigilosas.

— E você admite que, quando Rosemary Barton descobriu a sua identidade, você ameaçou liquidá-la a menos que ela segurasse a língua?

— Eu fiz tudo o que pude para assustá-la e fazê-la ficar de boca fechada — concordou Tony agradavelmente.

Um estranho sentimento assaltou o Coronel Race. O interrogatório não andava como deveria. Ele ficou olhando para a figura à frente dele, estirado para trás em sua cadeira — e teve uma estranha sensação de familiaridade.

— Devo recapitular o que sei sobre o você, Morelli?

— Poderia me divertir.

— Você foi condenado nos Estados Unidos por tentativa de sabotagem ao avião de Ericsen e foi sentenciado a uma pena de reclusão. Depois de cumprir sua pena, as autoridades o perderam de vista. Em seguida, ouviu-se falar de você em Londres, hospedando-se no Claridge com o nome de Anthony Browne. Lá, conheceu lorde Dewsbury e, por meio dele, alguns outros proeminentes fabricantes de armamentos. Você ficou na casa de lorde Dewsbury e, por causa de sua posição como convidado, viu coisas que nunca deveria ter visto! É uma curiosa coincidência, Morelli, que um rastro de acidentes inexplicáveis e alguns quase desastres em grande escala se seguiram bem próximos após suas visitas a várias obras e fábricas importantes.

— Coincidências — disse Anthony — são certamente coisas extraordinárias.

— Finalmente, depois de outro lapso de tempo, você reapareceu em Londres e renovou sua amizade com Iris Marle, dando desculpas para não visitá-la em casa, para que a família dela não perceba o quão íntimos vocês ficaram. Finalmente, tentou induzi-la a se casar com você secretamente.

— Sabe? — disse Anthony — É extraordinário o modo como descobriu todas essas coisas. Não digo dos assuntos dos armamentos, quero dizer das minhas ameaças à Rosemary e às palavras carinhosas que sussurrei para Iris. Certamente não aprendeu isso com o MI5.

Race olhou rispidamente.

— Você tem um bocado para explicar, Morelli.

— Não mesmo. Garanta que seus fatos estejam todos corretos. E daí? Eu cumpri minha sentença. Fiz alguns amigos interessantes. Eu me apaixonei por uma garota encantadora e estou naturalmente impaciente para me casar com ela.

— Tão impaciente que preferiria que o casamento acontecesse antes que a família dela tivesse a chance de descobrir qualquer coisa sobre os seus antecedentes. Iris Marle é uma moça muito rica.

Anthony assentiu.

— Eu sei. Quando há dinheiro, famílias tendem a ser abominavelmente metidas. E Iris, veja, não sabe de nada sobre o meu passado turvo. Francamente, eu preferiria que ela não soubesse.

— Eu receio que ela saberá de tudo.

— Uma pena — disse Anthony.

— Possivelmente você não percebe...

Anthony o interrompeu com um riso.

— Eu posso colocar os pontos nos is e cortar os ts. Rosemary Barton sabia do meu passado criminoso, então eu a matei. George Barton estava suspeitando cada vez mais de mim, então eu o matei! Agora estou atrás do dinheiro de Iris! Tudo faz muito sentido e se junta lindamente, mas você não tem provas.

Race olhou para ele com atenção por alguns minutos. Depois se levantou.

— Tudo que eu disse é verdade — falou. — *E está tudo errado.*

Anthony observou-o.

— O que há de errado?

— Você está errado. — Race andou lentamente de um lado para o outro na sala. — Se encaixava muito bem até eu vê-lo. Mas, agora que o vi, *não encaixa. Você não é um bandido.* E se você não é um bandido, você é um dos *nossos.* Estou certo, não?

Anthony olhou para ele em silêncio, enquanto sorria lenta e amplamente da cara dele. Então murmurou baixo, sob sua respiração:

— "Pois a senhora do coronel e Judy O'Grady são, na verdade, irmãs." Sim, engraçado como a gente conhece os nossos. É por isso que eu tentava evitar encontrá-lo. Eu tinha medo de que compreendesse. Era importante, na época, que ninguém soubesse. Agora, acabou! Pegamos nossa gangue de sabotadores internacionais. Estive trabalhando nessa missão por três anos! Frequentando certas reuniões, causando agitação entre os trabalhadores, conseguindo a reputação certa para mim. Finalmente, arranjaram para que eu realizasse um trabalho importante e fui condenado. O negócio tinha que ser genuíno, se era para eu estabelecer minha *bona fides.*

"Quando saí, as coisas começaram a se mexer. Pouco a pouco, fui entrando no centro das coisas, uma grande rede internacional da Europa Central. Era como o agente *deles* que eu vinha para Londres e ia ao Claridge. Eu tinha ordens para fazer amizade com lorde Dewsbury. Conheci Rosemary Barton na minha personagem de jovem atraente na cidade. De repente, para o meu horror, descobri que ela sabia que eu tinha estado na prisão como Tony Morelli. Fiquei com muito medo *por ela*! As pessoas com quem eu estava trabalhando a matariam sem hesitar se pensassem que ela sabia daquilo. Tentei o meu melhor para assustá-la e fazer com que ficasse de boca calada, mas não estava muito esperançoso. Rosemary nasceu para ser indiscreta. Achei que a melhor coisa que eu poderia fazer era espantá-la. E, então, eu vi Iris descendo a escada e jurei que, depois que meu trabalho estivesse feito, eu voltaria para me casar com ela.

"Quando a parte ativa do meu trabalho terminou, apareci de novo e entrei em contato com Iris, mas me mantive distante da casa e das pessoas, pois sabia que eles iam querer fazer interrogatórios sobre mim e eu tinha que continuar disfarçado por mais um tempinho. Mas fiquei preocupado com ela. Ela parecia doente e com medo. E George Barton parecia estar se comportando de um jeito estranho. Eu a apressei para vir comigo e se casar. Ela recusou. Talvez estivesse certa. E depois fui chamado para essa festa. Foi quando nos sentamos para jantar que George mencionou que *o senhor* estaria lá. Eu disse meio apressado que me encontraria com um conhecido e teria que sair mais cedo. Na verdade, eu *tinha* visto um camarada que conheci nos Estados Unidos, Monkey Coleman, embora ele não tivesse se lembrado de mim... Mas quis evitar encontrar com o senhor. Eu ainda estava trabalhando.

"Você sabe o que houve depois. George morreu. Eu não tive nada a ver com a morte dele ou com a de Rosemary. Não sei quem os matou."

— Não tem nem ideia?

— Deve ter sido ou o garçom ou uma das cinco pessoas da mesa. Eu não acho que tenha sido o garçom. Não fui eu e não foi Iris. Poderia ter sido Sandra Farraday ou Stephen Farraday, ou poderiam ter sido os dois juntos. Mas a melhor aposta, na minha opinião, é Ruth Lessing.

212 · AGATHA CHRISTIE ·

— Você tem algo para dar suporte a essa ideia?

— Não. Para mim, parece ser a pessoa mais provável, mas não consigo imaginar como ela fez! Nas duas tragédias, seu lugar à mesa tornaria praticamente impossível ela conseguir botar algo na taça. E, quanto mais eu penso no que aconteceu na outra noite, mais parece impossível que George pudesse ter sido envenenado. Ainda assim, ele foi! — Anthony fez uma pausa. — E há outra coisa: você descobriu quem escreveu aquelas cartas anônimas que o fizeram começar a investigar um rastro?

Race balançou a cabeça.

— Não. Eu pensei que tivesse descoberto, mas eu estava errado.

— Porque o interessante é que significam que há *alguém*, *em algum lugar*, que sabe que Rosemary foi assassinada, então, a menos que essa pessoa tome cuidado, será a próxima a ser assassinada!

Capítulo 11

Por conta de informações recebidas por telefone, Anthony sabia que Lucilla Drake sairia às cinco da tarde para tomar chá com uma querida velha amiga. Pensando em possíveis contingências (voltar para pegar uma bolsa, a escolha de pegar uma sombrinha para o caso de algo e conversas de último minuto na soleira da porta), Anthony preparou sua chegada a Elvaston Square precisamente para 17h25. Era Iris quem ele queria ver, não sua tia. E por todos os relatos sobre a presença de Lucilla, ele teria muito pouca chance de uma conversa ininterrupta com sua senhorita.

A copeira disse a ele (uma garota sem a educação atrevida de Betty Archdale) que Miss Iris tinha acabado de chegar e estava no escritório.

— Não se incomode. Eu me acho — disse ele, com um sorriso. Ele passou por ela e pela porta do escritório.

Iris se virou para a porta nervosa quando ele entrou.

— Ah, é você.

Ele foi até ela rapidamente.

— Qual é o problema, querida?

— Nada. — Ela fez uma pausa, depois disse rápido: — Só que eu quase fui atropelada. Oh, por minha própria culpa, acho que estava pensando tanto e no mundo da lua que atravessei a rua sem olhar e o carro veio rasgando a esquina e quase me acertou.

Ele a sacudiu um pouquinho e gentilmente.

— Você não deve fazer esse tipo de coisa, Iris. Eu me preocupo com você... O que foi, querida? Qual o motivo de sua distração?

Os olhos de Iris, erguidos pesarosamente até encontrar os dele, estavam grandes e obscuros de medo. Ele reconheceu a mensagem mesmo antes que ela dissesse muito baixo e rápido:

— *Estou com medo.*

Anthony recuperou sua postura calma e sorridente. Ele se sentou ao lado de Iris em um sofá amplo.

— Vamos lá — disse ele. — Conte-me.

— Eu não quero contar a você, Anthony.

— Ora, ora, engraçado, não seja como as heroínas de suspenses de quinta categoria que começam já no primeiro capítulo tendo algo que possivelmente não podem contar sem qualquer motivo real, exceto para atrapalhar o herói e fazer o livro girar sozinho para mais de cinquenta mil palavras.

Ela deu um leve sorriso pálido.

— Eu quero contar, Anthony, mas não sei o que você pensaria. Não sei se acreditaria...

Anthony ergueu a mão e começou a contar nos dedos.

— Vou tentar descobrir. Um, um filho ilegítimo. Dois, um amante chantagista. Três...

Ela o interrompeu, indignada.

— É claro que não. Nada *desse* tipo.

— Agora estou mais tranquilo — disse Anthony. — Vamos, minha bobinha.

O rosto de Iris ficou novamente turvo.

— Não é nada de que se possa rir. É... é sobre a outra noite.

— Sim? — A voz dele ficou atenta.

— Você esteve no interrogatório essa manhã. Você soube...

Ela fez uma pausa.

— Muito pouco — disse Anthony. — O legista explicou sobre o efeito do cianureto de potássio em George, e a evidência da polícia dada pelo primeiro inspetor, não por Kemp, aquele com um bigodinho esperto que chegou primeiro no Luxembourg e assumiu o caso. A identificação do corpo de George foi feita pelo escrivão. O inquérito foi então adiado por uma semana por um dócil investigador legista.

— É sobre o inspetor, quero dizer — disse Iris. — Ele disse que encontrou um pequeno pacotinho debaixo da mesa, contendo traços de cianureto de potássio.

Anthony pareceu interessado.

— Sim. Obviamente que, quem tenha colocado aquela coisa na taça de George apenas tenha deixado cair debaixo da mesa o papel que continha o cianureto. A coisa mais simples a se fazer. Não poderia se arriscar que encontrassem a coisa com ele... ou ela.

Para sua surpresa, Iris começou a tremer violentamente.

— Oh, não, Anthony. Oh, não, não foi isso.

— O que quer dizer, querida? O que sabe sobre isso?

— *Eu* derrubei o papel debaixo da mesa.

Atônito, ele se virou para ela.

— Ouça, Anthony. Você se lembra como George bebeu o champanhe e então aconteceu?

Ele assentiu.

— Foi horrível, como um pesadelo. Acontecendo quando tudo parecia estar bem. Quer dizer, depois do show, quando as luzes se acenderam... eu me senti tão aliviada. Porque foi *naquele momento*, sabe, que encontramos a Rosemary morta. De algum modo, eu não sei por quê, senti que via tudo acontecer de novo... Eu sentia Rosemary lá, morta, à mesa.

— Querida...

— Eu sei. Eram só meus nervos. Mas, de todo modo, ali estávamos, e não havia nada horrível e de repente pareceu que a coisa toda estava acabada e se podia... Eu não sei explicar... *começar de novo*. E então dancei com o George, e nós voltamos para a mesa. Então, George começou a falar sobre

216 · AGATHA CHRISTIE ·

Rosemary e pediu que bebêssemos em sua memória e, em seguida, *ele* morreu e todo o pesadelo retornou.

"Eu me senti paralisada. Fiquei lá, tremendo. Você veio e o olhou, eu fui um pouco para trás, os garçons vieram e alguém chamou um médico. E todo tempo eu estava lá congelada. Então, de repente, um caroço surgiu na minha garganta e lágrimas começaram a escorrer pelas minhas bochechas. Abri a bolsa para pegar meu lenço. Eu apenas remexi lá dentro, não olhando direito, e peguei meu lenço, mas tinha algo preso dentro dele, um pedacinho dobrado e duro de papel branco, do tipo que você compra em pó na farmácia. Só que, veja, Anthony, *não estava na minha bolsa quando eu saí de casa*. Eu não tinha nada como aquilo! Eu mesma coloquei as coisas dentro quando a bolsa estava vazia — um pó compacto, um batom, meu lenço, meu pente, caso precisasse, um xelim e uns trocados. *Alguém colocou aquele pacotinho na minha bolsa*, eles devem ter feito isso. E eu me lembrei de que também acharam um pacotinho daqueles na bolsa de Rosemary depois que ela morreu e que tinha cianureto nele. Fiquei apavorada, Anthony, terrivelmente apavorada. Meus dedos ficaram moles e o pacotinho esvoaçou do lenço para baixo da mesa. Eu deixei. E não disse nada. Eu estava apavorada demais. Alguém queria que parecesse que *eu* tinha matado George, e eu *não* o matei!

Anthony deu ar a um longo e prolongado assovio.

— E ninguém viu você? — perguntou ele.

Iris hesitou.

— Não tenho certeza — respondeu ela devagar. — Acredito que Ruth notou. Mas ela parecia tão atordoada que não sei se *notou* mesmo ou se estava apenas olhando através de mim.

Anthony deu outro assovio.

— Isso — observou ele — é uma bela confusão.

— E fica cada vez pior. Tenho medo de que descubram.

— Ora, mas suas impressões digitais não estariam nele, eu imagino? A primeira coisa que teriam feito seria tirar as impressões.

— Suponho que seja porque o segurei com o lenço.

Anthony assentiu.

— Sim, você teve sorte aí.

— Mas quem poderia ter colocado isso na minha bolsa? Fiquei com a minha bolsa a noite toda.

— Não é tão impossível quanto você pensa. Quando você foi dançar, depois do show, sua bolsa ficou na mesa. Alguém pode ter mexido nela. E tem as mulheres. Poderia se levantar e me fazer uma imitação de como as mulheres se comportam em banheiros e saletas de chapelaria? É o tipo de coisa que eu não saberia. Vocês congregam e conversam ou vão cada uma para um espelho diferente?

Iris pensou a respeito.

— Bem, todas nós fomos para a mesma mesa, com um grande espelho acima. E colocamos nossas bolsas ali por cima e olhamos nossos rostos, sabe?

— Na verdade, eu não sei. Continue.

— Ruth passou pó em seu nariz, Sandra arrumou seu cabelo, eu coloquei um grampo, tirei minha capa de pele de raposa e dei a uma mulher e, depois, vi que estava com a mão suja. Então fui até as pias.

— Deixando sua bolsa na mesa do espelho?

— Sim. E eu lavei minhas mãos. Ruth ainda estava ajeitando a maquiagem, eu acho. Sandra entregou seu casaco e voltou para o espelho. Ruth se aproximou para lavar as mãos, eu voltei para a mesa e só arrumei o meu cabelo um pouco.

— Então uma das duas poderia ter colocado alguma coisa na sua bolsa sem que tenha visto?

— Sim, mas não posso acreditar que teriam feito uma coisa dessas.

— Você espera demais das pessoas. Sandra é o tipo de criatura gótica que queimaria seus inimigos numa estaca na

Idade Média. Ruth seria a envenenadora mais devastadoramente prática que já pisou nesta terra.

— Se foi Ruth, por que ela não falou que me viu derrubar o pacotinho?

— Você me pegou aí. Se Ruth plantou o cianureto na sua bolsa, ela cuidaria muito bem para que você não se livrasse dele. Então, parece que não foi Ruth. Na verdade, o garçom é de longe a melhor aposta. O garçom, o garçom! Se ao menos tivéssemos um garçom estranho, um garçom peculiar, um garçom contratado apenas para aquela noite. Mas, em vez disso, temos Giuseppe e Pierre e eles não se encaixam...

Iris suspirou.

— Estou contente por ter contado a você. Ninguém mais vai saber, certo? Apenas eu e você?

Anthony olhou para ela com um pouco de embaraço em sua expressão.

— Não vai ser simples assim, Iris. Na verdade, você vem comigo agora de táxi até o velho Kemp. Não podemos manter isso só para nós.

— Oh, não, Anthony. Eles vão pensar que matei George.

— Eles vão pensar isso se descobrirem mais tarde que você ficou sentada e não disse nada sobre isso! Sua explicação, então, vai soar frágil. Se você se voluntariar agora, há uma probabilidade de acreditarem.

— Por favor, Anthony.

— Olha aqui, Iris, você está numa posição complicada. Mas, além de tudo, existe a *verdade*. Não pode achar que está segura e cuidar da própria pele quando se trata de justiça.

— Oh, Anthony, você tem que ser tão grandioso?

— Isso — disse Anthony — foi um golpe muito astuto! Mesmo assim, nós vamos ao Kemp! Agora!

Contra sua vontade ela foi com ele até o saguão. Seu casaco estava jogado numa cadeira e ele o pegou e segurou para que ela o vestisse.

Havia revolta e medo em seus olhos, mas Anthony não demonstrou qualquer sinal de abrandamento. Ele disse:

— Vamos tomar um táxi no fim da praça.

Enquanto andavam em direção à porta, a campainha tocou e eles ouviram a sineta no porão abaixo.

— Esqueci! — exclamou ela. — É Ruth. Ela viria aqui quando saísse do escritório para organizar os arranjos do funeral. É para ser depois de amanhã. Achei que poderíamos definir melhor as coisas enquanto tia Lucilla estivesse fora. Ela deixa tudo confuso.

Anthony deu um passo à frente e abriu a porta, antecipando-se à copeira, que vinha correndo escada acima.

— Tudo bem, Evans — disse Iris, e a garota desceu novamente.

Ruth parecia cansada e meio desgrenhada. Ela carregava uma maleta grande.

— Desculpe pelo atraso, mas o metrô estava lotado esta noite e tive que esperar por três ônibus e não havia sequer um táxi à vista.

Era, pensou Anthony, incomum à eficiência de Ruth se desculpar. Outro sinal de que a morte de George tinha conseguido quebrar aquela eficiência quase inumana.

— Não posso ir com você agora, Anthony — disse Iris. — Ruth e eu devemos acertar as coisas.

— Receio que isso seja mais importante. Sinto muitíssimo, Miss Lessing, por arrastar Iris daqui desse modo, mas *é* importante.

— Tudo bem, Mr. Browne. Posso organizar tudo com Mrs. Drake quando ela voltar. — Ela sorriu ligeiramente. — Sei lidar bem com ela, sabe?

— Tenho certeza de que você consegue lidar com qualquer um, Miss Lessing — disse Anthony com admiração.

— Talvez, Iris, se você puder me dar alguma dica?

— Não tenho. Eu sugeri que organizássemos isso juntas porque tia Lucilla muda de ideia a cada dois minutos e achei que seria menos difícil para você. Você tem feito tanto. Mas

220 · AGATHA CHRISTIE ·

não me importo com o tipo de funeral! Tia Lucilla *gosta* de funerais, mas eu os odeio. Temos que enterrar pessoas, mas odeio fazer disso uma complicação. Nem importa para as pessoas mesmo. Elas se safaram de tudo. Os mortos não voltam.

Ruth não respondeu, e Iris repetiu com uma insistência desafiadora e estranha.

— Os mortos não voltam!

— Vamos — disse Anthony, e a puxou pela porta aberta.

Um táxi vinha passando devagar pela praça. Anthony fez sinal e ajudou Iris a entrar.

— Meu bem, me diga uma coisa — pediu ele, depois que deu a direção da Scotland Yard para o motorista. — Você sentiu a presença de alguém no saguão quando sentiu que era tão necessário afirmar que os mortos estão mortos? Era George ou Rosemary?

— Ninguém! Ninguém mesmo! Eu apenas odeio funerais, digo a você.

Anthony suspirou.

— Decididamente eu devo ser médium!

Capítulo 12

Três homens estavam sentados em torno de uma mesa redonda com tampo de mármore.

O Coronel Race e o Inspetor-chefe Kemp estavam bebendo copos de um chá marrom, rico em taninos. Anthony estava bebendo o que os ingleses achavam se tratar de uma boa xícara de café. Anthony não podia dizer o mesmo, mas não disse nada pelo bem de ser admitido em termos de igualdade pela conferência dos dois outros homens.

O Inspetor-chefe Kemp, tendo meticulosamente verificado as credenciais de Anthony, o reconheceu como um colega.

— Se me perguntar — disse o inspetor-chefe, deixando cair diversos torrões de açúcar em sua bebida e mexendo-a —, esse caso nunca será levado ao tribunal. Nunca conseguiremos a evidência.

— Você acha que não? — perguntou Race.

Kemp balançou a cabeça e tomou um satisfeito gole do seu chá.

— A única esperança era conseguir evidência da verdadeira compra ou manejo do cianureto por uma das cinco pessoas. Fracassei em todas as tentativas. Será um daqueles casos em que você *sabe* quem fez, e não consegue provar.

— Então você sabe quem fez? — Anthony o olhou com interesse.

— Bem, estou bem certo na minha cabeça. Lady Alexandra Farraday.

— Então essa é a sua aposta — disse Race. — Motivos?

— Você deve tê-los. Eu diria que ela é do tipo loucamente ciumenta. E despótica também. Como aquela rainha da história, Eleanor de Alguma Coisa, que seguiu a pista até o quarto de Rosamund e ofereceu a ela a escolha entre uma adaga ou um copo de veneno.

— Só que neste caso — disse Anthony —, ela não ofereceu a Fair Rosemary uma escolha.

O Inspetor-chefe Kemp continuou:

— Alguém dá uma dica a Mr. Barton. Ele começa a suspeitar, e eu deveria dizer que suas suspeitas eram definitivas. Ele não iria tão longe a ponto de comprar uma casa no campo a menos que quisesse ficar de olho nos Farraday. Ele deve ter deixado bem claro para ela, insistindo sobre a festa e incitando-os a comparecer. Ela não é o tipo que paga para ver. Novamente despótica, ela acaba com ele! Isso, podem dizer até agora, é tudo teoria e está baseado em personalidade. Mas vou dizer que a *única* pessoa que poderia ter alguma chance de ter colocado algo no copo de Mr. Barton seria a senhora à direita dele.

— E ninguém viu? — disse Anthony.

— Pois. Deveriam ter visto, mas não viram. Digamos, no caso, que ela era muito hábil.

— Um belo truque de mágica.

Race tossiu. Ele retirou seu cachimbo e começou a enchê-lo.

— Mas há um pequeno detalhe. Digamos que lady Alexandra seja despótica, ciumenta e apaixonadamente devota ao marido; e que não seria incriminada pelo assassinato. Você acha que ela é do tipo que planta provas incriminatórias na bolsa de uma garota? Uma garota inocente, veja, que nunca a magoou de forma alguma? Isso faz parte da tradição Kidderminster?

O Inspetor Kemp se contorceu desconfortavelmente e espiou dentro de sua xícara de chá.

— Mulheres não jogam críquete, se é isso a que se refere.

— Na verdade, muitas jogam — disse Race, sorrindo. — Mas estou contente em vê-lo desconfortável e com dúvida.

Kemp saiu de seu dilema ao virar para Anthony com um ar de gracioso apoio.

— A propósito, Mr. Browne... Ainda vou chamá-lo assim, se não se importa, quero dizer que sou bastante grato por ter trazido Miss Marle esta noite para contar aquela história.

— Eu tinha que fazê-lo prontamente — disse Anthony. — Se tivesse esperado, provavelmente não a teria trazido.

— Ela não queria vir, é claro — disse o Coronel Race.

— Ela ficou bem irritada, pobrezinha — disse Anthony. — Natural, eu acho.

— Muito natural — disse o inspetor e se serviu de outra xícara de chá.

Anthony tomou um escrupuloso gole de café.

— Bem, acho que a tranquilizamos. Ela foi para casa bastante contente — comentou Kemp.

— Depois do funeral — disse Anthony —, eu espero que ela vá ao campo por um tempo. Vinte e quatro horas de paz e sossego da incansável língua de tia Lucilla vai lhe fazer bem, eu acho.

— A língua de tia Lucilla tem seus usos — disse Race.

— Pois a use — disse Kemp. — Por sorte não achei necessário termos um relatório taquigráfico quando tomei o depoimento dela. O pobre sujeito estaria no hospital com cãibras nos dedos.

— Bem... — disse Anthony. — Eu aposto que você está certo, inspetor-chefe, ao dizer que o caso nunca vai chegar ao tribunal, mas esse é um final muito insatisfatório. E tem uma coisa que ainda não sabemos: quem escreveu aquelas cartas para George Barton, contando a ele que sua mulher foi assassinada? Não temos a menor ideia de quem a pessoa seja.

— Sua suspeita ainda é a mesma, Browne? — perguntou Race.

— Ruth Lessing? Sim, eu fico com ela como candidata. Você me disse que ela admitiu que estava apaixonada por George. Rosemary, de acordo com todos os relatos, era bem venenosa com ela. Digamos que ela viu de repente uma boa chance de se livrar de Rosemary, e foi justamente convencida de que, com a esposa fora do caminho, ela poderia se casar com George.

— Eu concordo com tudo isso — disse Race. — Admitirei que Ruth Lessing tem a eficiência calma e prática que pode contemplar e realizar um assassinato, e que a ela talvez falte a qualidade da misericórdia, que é essencialmente um produto da imaginação. Sim, dou a você o primeiro assassinato. Mas não consigo vê-la cometer o segundo. Não consigo vê-la entrando em pânico e envenenando o homem que ela amava e com quem queria se casar! Outro ponto que a descarta: por que ela não contaria que viu Iris jogar o pacotinho de cianureto para debaixo da mesa?

— Talvez ela não tenha visto — sugeriu Anthony, meio duvidoso.

— Tenho certeza que sim — disse Race. — Quando a estava interrogando, tive a impressão de que estava escondendo algo. E a própria Iris Marle pensou que Ruth Lessing a tinha visto.

— Vamos lá, coronel — disse Kemp. — Vamos ver a sua "visão". Você tem uma, suponho?

Race assentiu.

— Fale logo. Justo é justo. Você ouviu as nossas... *e* fez objeções.

Os olhos de Race vagaram pensativos do rosto de Kemp para o de Anthony e lá ficaram.

Anthony ergueu as sobrancelhas.

— Não me diga que ainda acha que eu sou o vilão desta história?

Race balançou a cabeça lentamente.

— Eu não consigo imaginar uma possível razão para que tenha matado George Barton. Eu acho que sei quem o matou... e Rosemary Barton também.

— Quem?

Race disse de um modo contemplativo:

— É curioso como selecionamos mulheres como suspeitas. Eu suspeito de uma mulher também. — Ele fez uma pausa e disse em voz baixa: — Eu acho que a pessoa culpada é Iris Marle.

Com um estrondo, Anthony empurrou sua cadeira para trás. Por um momento seu rosto ficou vermelho. Depois, com um esforço, ele retomou o comando de si. Sua voz, quando falou, tinha um leve tremor, mas estava leve e debochada como sempre.

— Vamos discutir essa possibilidade — disse ele. — Por que Iris Marle? E se for, por que ela iria, por conta própria, me dizer sobre ter deixado cair o papel com cianureto debaixo da mesa?

— Porque — disse Race — ela sabia que Ruth Lessing tinha visto.

Anthony considerou a resposta com a cabeça meio de lado. Finalmente assentiu.

— Certo — disse ele. — Continue. Por que suspeitou dela em primeiro lugar?

— Motivo — disse Race. — Uma enorme fortuna que tinha sido deixada para Rosemary, e da qual Iris não participava. De tudo que sabemos, ela pode ter, por anos, lutado contra um sentimento de injustiça. Ela estava ciente de que, se Rosemary morresse sem filhos, todo o dinheiro iria para ela. E Rosemary estava deprimida, infeliz, exausta por causa da gripe, com aquele humor que teria sido aceito sem se questionar em um veredito de suicídio.

— É isso mesmo, faça da garota um monstro! — disse Anthony.

— Não um monstro — disse Race. — Há outra razão pela qual suspeito dela, uma que pode parecer bem distante para você: Victor Drake.

— Victor Drake? — Anthony ficou olhando.

— Sangue ruim. Veja, não fiquei ouvindo Lucilla Drake por nada. Eu sei tudo sobre a família Marle. Victor Drake está mais para alguém positivamente mau. Sua mãe, de intelecto frágil e incapaz de se concentrar. Hector Marle, fraco, viciado e bêbado. Rosemary, emocionalmente instável. Um histórico familiar de fraqueza, vício e instabilidade. Predisposições.

Anthony acendeu um cigarro. Sua mão tremia.

— Você não acredita que pode haver um desabrochar profundo para uma ação fraca ou até mesmo má?

— É claro que pode. Mas não sei se Iris Marle *seja* alguém com um profundo desabrochar.

— E a minha palavra não conta — disse Anthony devagar — porque estou apaixonado por ela. George mostrou a ela aquelas cartas e ela se assustou e o matou? É assim que continua, não é?

— Sim. O pânico *teria* prevalecido, no caso dela.

— E como ela colocou a coisa na taça de George?

— Confesso que não sei.

— Estou agradecido que haja algo que você não saiba. — Anthony arrastou sua cadeira para trás e depois para frente. Seus olhos estavam irritados e perigosos. — Você tem coragem de dizer isso tudo para mim.

Race respondeu em voz baixa:

— Eu sei. Mas considerei que tinha que ser dito.

Kemp os observava com interesse, mas não falou. Apenas mexia seu chá, dando voltas e mais voltas, desligado.

— Muito bem. — Anthony se sentou ereto. — As coisas mudaram. Não é mais uma questão de se sentar ao redor de uma mesa bebendo líquidos nojentos e ventilando teorias acadêmicas. Esse caso *tem* que ser resolvido. Nós *temos* que resolver todas as dificuldades e chegar à verdade. Esse tem que ser o meu trabalho, e vou fazê-lo de algum modo. Tenho que insistir nas coisas que não sabemos, porque, quando soubermos, toda a coisa vai fazer sentido.

— Vou recomeçar o problema. Quem sabia que Rosemary tinha sido assassinada? Quem escreveu para George e contou a ele? Por que não escreveram para ele?

— E agora os assassinatos. Esqueçamos o primeiro. Faz muito tempo e não sabemos exatamente o que aconteceu. Mas o segundo assassinato aconteceu diante de meus olhos. Eu *vi* acontecer. Portanto, devo saber *como* aconteceu. O tempo ideal para pôr cianureto na taça de George foi durante o show, mas não pode ter sido posto ali, porque ele bebeu logo depois. Eu o *vi* beber. Depois que ele bebeu, ninguém pôs nada em sua taça. Ninguém tocou nela. Todavia, quando ele bebeu novamente, estava cheio de cianureto. Ele *não poderia* ter sido envenenado, mas foi! Havia cianureto em sua taça, *mas ninguém poderia ter posto lá*! Estão acompanhando?

— Não — disse o Inspetor-chefe Kemp.

— Sim — disse Anthony. — A coisa agora entrou nos domínios dos truques de mágica. Ou de uma manifestação espiritual. Agora vou explanar a minha teoria de vidente. Enquanto estávamos dançando, o fantasma de Rosemary paira perto do copo de George e derrama o cianureto direto de seu ectoplasma. George volta e bebe à saúde dela e... oh, *Senhor*!

Os outros dois o encaram curiosamente. Suas mãos seguravam a cabeça. Ele se balançava para frente e para trás em uma aparente agonia mental. E disse:

— É isso... é isso... a bolsa... o garçom...

— O garçom? — Kemp ficou alerta.

Anthony balançou a cabeça.

— Não, não. Não é isso que está pensando. Pensei mesmo, uma vez, que precisávamos de um garçom que não fosse um garçom, mas um mágico. Um garçom que teria sido contratado no dia anterior. Em vez disso, tivemos um garçom que era da linha real dos garçons, um garçom angelical, acima das suspeitas. E ele ainda está acima de suspeitas, mas fez seu papel! Oh, Senhor, sim, ele fez um papel de estrela.

Ele os encarou.

— Vocês não veem? *Um* garçom poderia ter envenenado o champanhe, mas *o* garçom não. Ninguém tocou no copo de George, mas ele foi envenenado. *Um*, artigo indefinido. *O*, artigo definido. O copo de George! George! Duas coisas separadas. E o dinheiro... montanhas e montanhas de dinheiro! E quem sabe, talvez amor também? Não olhem para mim como se eu estivesse louco. Venham, eu vou mostrar.

Arrastando sua cadeira para trás, ele ficou em pé e pegou Kemp pelo braço.

— Venha comigo.

Kemp lançou um olhar arrependido para sua xícara meio cheia.

— Tenho que pagar — murmurou ele.

— Não, não, voltaremos logo. Venha. Eu preciso mostrar uma coisa lá fora. Venha, Race.

Empurrando a mesa para o lado, ele os arrastou para fora do vestíbulo.

— Vocês estão vendo aquela cabine telefônica lá?

— Sim?

Anthony conferiu seus bolsos.

— Droga, eu não tenho moedas. Tudo bem. Pensando bem, melhor não fazer desse jeito. Voltemos.

Eles voltaram para o café, Kemp primeiro, Race depois com Anthony segurando seu braço.

Kemp estava fazendo uma careta quando se sentou e pegou seu cachimbo. Ele o soprou com cuidado e começou a limpá-lo com um grampo de cabelo, que ele tirou do bolso de seu colete.

Race franzia a testa para a cara enigmática de Anthony. Ele se inclinou para trás e pegou seu copo, jogando fora o resto do fluido.

— Droga — disse ele de modo violento —, está com açúcar!

Ele olhou do outro lado da mesa para encontrar o sorriso que lentamente se abria do rosto de Anthony.

— Ei — disse Kemp, quando tomou um gole de sua xícara. — Que é isso?

— Café — disse Anthony. — E acho que você não vai gostar. Eu não gostei.

Capítulo 13

Anthony teve o prazer de ver um lampejo de instantânea compreensão nos olhos de seus dois companheiros.

Sua satisfação teve uma vida curta, pois outro pensamento o acometeu com a força de um golpe físico.

Ele soltou em voz alta:

— Meu Deus, aquele *carro*!

Ele se ergueu rápido.

— Que tolo, eu fui! Idiota! Ela me contou que um carro quase a atropelou, e eu mal ouvi. Venham, rápido!

— Ela disse que iria direto para casa quando saiu da Yard — disse Kemp.

— Sim. Por que eu não fui com ela?

— Quem está na casa? — perguntou Race.

— Ruth Lessing estava lá, esperando pela Mrs. Drake. É possível que as duas ainda estejam lá discutindo o funeral!

— Discutindo todo o resto também, se eu conheço Mrs. Drake… — disse Race. E completou: — Iris Marle tem algum outro parente?

— Não que eu saiba.

— Eu acho que entendo a direção na qual seus pensamentos e ideias o estão levando. Mas é fisicamente impossível!

— Eu acho que sim. Considere quanta coisa tomamos por certa, baseados apenas na *palavra de uma pessoa*.

Kemp estava pagando a conta. Os três homens saíram apressados enquanto Kemp dizia:

— Você acha que o perigo é iminente? Para Miss Marle?

— Sim, acho.

Anthony blasfemou baixinho e chamou um táxi. Os três homens entraram e o motorista foi mandado a Elvaston Square o mais rápido possível.

— Eu ainda só tenho a ideia geral, mas descarta os Farraday — comentou Kemp.

— Sim.

— Graças a Deus por isso. Mas não é muito cedo para o assassino fazer outra tentativa?

— Quanto antes, melhor — disse Race. — Antes que haja qualquer chance de nossas mentes estarem no caminho certo. A terceira vez é a de sorte. Essa será a ideia. — E acrescentou: — Iris Marle me disse, na frente de Mrs. Drake, que se casaria com você assim que a pedisse.

Eles falavam em jorros espasmódicos, pois o taxista estava tomando suas indicações literalmente, derrapando nas curvas e cortando o tráfego com imenso entusiasmo.

Dando uma volta final para entrar em Elvaston Square, ele parou com um solavanco formidável na frente da casa.

Elvaston Square nunca pareceu tão tranquila.

Anthony, com um esforço para recompor seu jeito tranquilo, murmurou:

— Parece muito com os filmes. Faz-nos sentir meio bobos, de algum modo.

Ele estava no último degrau, tocando a campainha enquanto Race pagava o táxi e Kemp o seguia até a porta.

A copeira abriu a porta.

— Miss Iris Marle já voltou? — perguntou Anthony rispidamente.

Evans pareceu um pouco surpresa.

— Sim, senhor. Ela voltou faz meia hora.

Anthony suspirou aliviado. Tudo na casa estava tão calmo e normal que ele ficou envergonhado de seus recentes medos melodramáticos.

— Onde ela está?

— Acho que está na sala de estar com Mrs. Drake.

Anthony assentiu e subiu a escada em fáceis passadas. Race e Kemp seguiram perto dele.

Na sala de estar, plácida sob luzes elétricas, Lucilla Drake estava caçando pelos escaninhos da mesa com a atenção esperançosa de um *terrier* e murmurando alto:

— Ai, ai, agora onde foi que *coloquei* a carta de Mrs. Marsham? Agora, vamos ver...

— Onde está Iris? — exigiu Anthony abruptamente.

Lucilla se virou e o encarou.

— Iris? Ela... como é que é? — Ela se endireitou. — Posso saber quem é *o senhor*?

Race veio para a frente dele e o rosto de Lucilla clareou. Ela ainda não tinha visto o Inspetor-chefe Kemp, que foi o terceiro a entrar na sala.

— Oh, querido Coronel Race! Que gentileza o senhor vir! Mas eu queria que tivesse vindo mais cedo. Eu *teria* gostado de consultá-lo sobre a organização do funeral, porque o conselho de um homem é tão valioso... E, de fato, eu estava me sentindo chateada, como eu disse Miss Lessing, que eu não conseguia nem *pensar*. Devo dizer que Miss Lessing teve muita compaixão e se ofereceu para fazer tudo que ela podia para tirar o fardo dos meus ombros. Só que, como ela disse muito sensatamente, *eu* deveria ser a pessoa mais provável a saber quais eram os cânticos favoritos de George. Não que eu *soubesse* de verdade, porque receio que George não ia muito à igreja, mas, como a esposa de um clérigo, quero dizer, a viúva, eu sei o que é *adequado*...

Race tirou vantagem de uma pausa momentânea para introduzir uma pergunta:

— Onde está Miss Marle?

— Iris? Ela chegou faz algum tempo. Disse que estava com dor de cabeça e foi direto para o quarto. Moças, sabe? Para mim, parecem não ter muita energia hoje em dia... Não comem espinafre o bastante... E parece que ela não gosta mesmo de falar sobre a organização do funeral, mas, afinal de contas, *alguém* tem que fazer essa coisas. A gente quer sentir que tudo foi feito para o melhor, e para demonstrar respeito ao morto... Não que eu tenha alguma impressão que carros funerários sejam *reverentes*, se é que vocês me entendem, não como cavalos com suas longas caudas pretas... Mas, é claro, eu disse que estava bom. Ruth, eu a chamo de Ruth e não Miss Lessing, e eu estávamos lidando com tudo, para que Iris pudesse sair.

— Miss Lessing foi embora? — perguntou Kemp.

— Sim, organizamos tudo e Miss Lessing saiu há cerca de dez minutos. Ela levou os anúncios para os jornais com ela. Sem flores, pelas circunstâncias, e Canon Westbury para fazer o serviço funerário...

Enquanto o fluxo seguia, Anthony se moveu suavemente para fora da porta. Ele havia saído da sala antes de Lucilla, interrompeu repentinamente sua narrativa para dizer:

— Quem *era* aquele jovem que veio com você? Não tinha percebido a princípio que *você* o havia trazido. Achei que fosse um daqueles repórteres horríveis. Tivemos tantos *problemas* com eles.

Anthony estava subindo sem fazer barulho pela escada. Ao ouvir passos atrás dele, girou a cabeça e sorriu para o Inspetor-chefe Kemp.

— Fugiu da conversa também? Pobre velho Race!

Kemp resmungou.

— Ele faz essas coisas com tanta bondade. Não sou popular por isso.

Estavam no segundo andar e já se preparando para começar a subir para o terceiro quando Anthony ouviu passos leves descendo. Ele puxou Kemp para dentro de um banheiro adjacente.

Os passos desceram a escada.

Anthony saiu do esconderijo e subiu correndo o próximo lance de escada. O quarto de Iris, ele sabia, era o menor nos fundos. Ele bateu de leve à porta.

— Oi... Iris.

Não houve resposta. Ele bateu e chamou de novo. Depois, tentou abrir, mas descobriu que a porta estava trancada.

Com urgência real, ele bateu.

— Iris... Iris...

Depois de um ou dois segundos, ele parou e olhou para baixo. Estava em cima de um daqueles tapetes de lã antiquados feitos para estar em portas externas para evitar correntes de ar. Este estava encostado na porta. Anthony chutou-o para longe. O espaço sob a porta na parte inferior era bastante amplo. Às vezes, ele deduziu, tinha sido posto para limpar um tapete corretamente em vez de deixar tábuas manchadas.

Ele se inclinou para o buraco da fechadura, não conseguiu ver nada, mas, de repente, ergueu a cabeça e sentiu um cheiro. Então, ele se deitou e apertou o nariz contra o vão embaixo da porta.

— Kemp! — gritou, levantado rápido.

Não havia sinal do inspetor-chefe. Anthony gritou novamente.

Foi o Coronel Race quem veio correndo escada acima. Anthony não deu a ele a chance de falar.

— Gás escapando! — disse. — Teremos que arrombar a porta.

Race era forte e, com a ajuda de Anthony, eliminaram o obstáculo. Com um barulho de estilhaço e rachadura, a fechadura cedeu.

Recuaram por um instante, depois Race disse:

— Ela está ao lado da lareira. Eu vou entrar e quebrar a janela. Você a pega.

Iris Marle estava deitada ao lado da lareira a gás: sua boca e nariz abertos para o jato de gás.

Um ou dois minutos depois, engasgado e balbuciando, Anthony e Race deitaram a garota inconsciente no chão numa passagem de ar corrente.

— Eu cuido dela — disse Race. — Chame um médico, rápido.

Anthony voou escada abaixo. Race gritou para trás dele:

— Não se preocupe. Acho que ela vai ficar bem. Chegamos aqui a tempo.

No saguão, Anthony discou e falou ao telefone atravancado por um fundo de exclamações vindas de Lucilla Drake.

Ele se virou do telefone para dizer com um suspiro de alívio:

— Consegui encontrá-lo. Ele mora bem do outro lado da praça. Estará aqui em alguns minutos.

— Preciso saber o que *aconteceu*! — suplicou Lucilla. — Iris está doente?

— Ela estava no quarto dela — disse Anthony. — Porta trancada. A cabeça dela na lareira a gás e o gás ligado a toda.

— Iris? — Mrs. Drake deu um ganido agudo. — Iris cometeu *suicídio*? Não posso acreditar. Eu *não* acredito!

Anthony abriu um leve sorriso.

— Você não precisa acreditar — disse ele. — Não é verdade.

Capítulo 14

— E agora, por favor, Tony, vai me contar tudo?

Iris estava deitada num sofá e o valente sol de novembro estava fazendo uma corajosa aparição nas janelas de Little Priors.

Anthony olhou para o Coronel Race, que estava sentado no peitoril da janela, e sorriu de modo envolvente.

— Eu não me importo de admitir, Iris, que estive esperando por esse momento. Se eu não explicar para alguém logo o quão esperto eu fui, vou explodir. Não haverá modéstia neste recital. Vou tocar sem vergonha alguma o meu próprio trompete com pausas adequadas para que você possa dizer "Anthony, que esperto da sua parte" ou "Tony, que maravilhoso" ou alguma frase de natureza comparável. Hum-hum! A performance vai começar! Aí vamos nós.

"A coisa toda *parecia* bastante simples. O que quero dizer é que parecia um caso claro de causa e efeito. A morte de Rosemary, aceita à época como suicídio, não foi suicídio. George começou a suspeitar, começou a investigar, estava presumivelmente chegando perto da verdade e, antes que pudesse desmascarar o assassino, foi, por sua vez, assassinado. A sequência, se posso assim o dizer, parece perfeita.

"Mas quase que de uma só vez nos deparamos com algumas aparentes contradições. Tais como: A) George não poderia ser envenenado; B) George *foi* envenenado. E: A) Ninguém tocou no copo de George; B) Mexeram no copo de George.

"Na verdade, eu não estava considerando um fato muito significativo, o uso variável do caso possessivo. A orelha de George é a orelha de George indiscutivelmente, porque está presa à sua cabeça e não pode ser removida sem uma operação cirúrgica! Mas o relógio de George, quero dizer apenas o relógio que George está usando... a questão que pode surgir é se é dele ou talvez emprestado por outra pessoa. E, quando chego ao copo de George, ou à xícara de chá de George, começo a perceber que quero dizer algo muito vago, de fato. Na verdade, tudo o que quero dizer é o copo ou xícara que George bebia ultimamente — e não tem nada que a diferencie de várias outras xícaras e copos do mesmo padrão.

"Para ilustrar isso, tentei um experimento. Race estava bebendo chá sem açúcar, Kemp estava bebendo chá com açúcar e eu estava bebendo café. Três líquidos aparentemente da mesma cor. Estávamos sentados em torno de uma mesa pequena com tampo de mármore, entre diversas outras mesas com o tampo de mármore. Sob o pretexto de uma urgente ideia, apressei os dois para saírem de seus lugares e irem para fora do vestíbulo, arrastando cadeiras para os lados quando fomos, e também dei um jeito de mover o cachimbo de Kemp, que estava ao lado de seu prato, para uma posição similar ao lado do meu prato, mas sem deixá-lo ver que eu o fiz. Logo que chegamos lá fora, dei uma desculpa e nós voltamos, Kemp um pouco mais à frente. Ele puxou a cadeira para a mesa e se sentou à frente do prato que estava marcado por cachimbo que ele tinha deixado à sua esquerda. Race se sentou à direita como antes e eu à esquerda — *mas repare no que aconteceu* — uma nova contradição entre A e B! A) A xícara de Kemp tinha chá doce. B) A xícara de Kemp tinha café. Duas informações conflitantes que *não podem* ser verdade, mas *são* ambas verdadeiras. O termo incorreto é a xícara de Kemp. A xícara que ele deixou quando *saiu* da mesa e a xícara de Kemp quando ele *voltou* para a mesa *não era a mesma.*

"E isso, Iris, *é o que aconteceu no Luxembourg naquela noite*. Depois do show, quando todos foram dançar, você deixou cair a sua bolsa. Um garçom a recolheu, não *o* garçom, o garçom que cuidava da mesa, que sabia onde você estava sentada, mas *um* garçom, um pequeno garçom ansioso e apressado com todos o intimidando, correndo com o molho e que rapidamente se abaixou, pegou a bolsa e colocou-a ao lado de um prato. Na verdade, ao lado do prato um lugar à esquerda onde você estava sentada. Você e George voltaram primeiro e você foi sem nem pensar direto para o lugar marcado por sua bolsa, como Kemp fez com o lugar marcado por seu cachimbo. George se sentou onde ele pensava ser o lugar dele, à sua direita. E quando propôs um brinde à memória de Rosemary, ele bebeu o que ele pensou ser o copo *dele*, mas na verdade era o *seu* copo — o copo que pode ter sido muito facilmente envenenado sem precisar de nenhum truque de mágica para explicar, porque a única pessoa que *não* bebeu depois do show foi necessariamente a *pessoa a cuja saúde se havia bebido:* você!

"Agora repasse a coisa toda novamente e o cenário é diferente! *Você* é a vítima, não George! Então parece que George está sendo *usado*, não é? O que teria acontecido se as coisas não tivessem dado errado: seria a história como o mundo a veria? Uma repetição da festa de um ano atrás, e uma repetição de... suicídio! Claramente, as pessoas diriam, uma tendência suicida naquela família! Foi encontrado um pedaço de papel que continha cianureto na sua bolsa. Um caso claro! A pobre garota tem pensado na morte da irmã. Muito triste... Mas essas garotas ricas às vezes são muito neuróticas!"

Iris o interrompeu. Ela exclamou.

— Mas por que alguém ia querer me matar? Por quê? *Por quê?*

— Todo aquele amado dinheiro, meu anjo! Dinheiro, dinheiro, dinheiro! O dinheiro de Rosemary foi para você com a morte dela. Agora suponhamos que você morresse solteira. O que aconteceria com aquele dinheiro? A resposta é que iria para seu parente mais próximo: para a sua tia, Lucilla Drake. Agora, de acordo com todos os relatos da querida senhora, eu dificilmente a veria como a primeira assassina. Mas há mais alguém que se beneficiaria? Sim, de fato. Victor Drake. Se Lucilla tiver dinheiro, é o mesmo que dizer que Victor tem. Victor verá sobre isso! Ele sempre foi capaz de fazer o que quisesse com a mãe. E não há qualquer dificuldade em ver Victor como o primeiro assassino. O tempo todo, desde o início do caso, houve referências a ele, menções. Ele está no horizonte, uma figura sombria, insubstancial e maligna.

— Mas Victor está na Argentina! Ele esteve na América do Sul por um ano.

— Esteve? Agora chegamos ao que se diz ser o enredo fundamental de toda história. "Garota conhece garoto!" Quando Victor conhece Ruth Lessing, essa história particular começa. Ele se apossou dela. Acho que ela deve ter se apaixonado por ele. Essas mulheres quietas, de cabeça elevada, obedientes, são o tipo que se apaixonam por alguém que não vale nada.

— Pense um minuto e você vai perceber que toda a evidência de que Victor estivesse na América do Sul depende da palavra de Ruth. Nada foi verificado, porque nunca foi a questão principal! *Ruth* disse que tinha visto Victor partir no S.S. *Cristobal* antes da morte de Rosemary! Foi *Ruth* que sugeriu passar uma ligação para Buenos Aires no dia da morte de George, e mais tarde demitiu a telefonista que devia ter inadvertidamente deixado escapar que ela fez tal coisa.

"É claro que é fácil checar agora! Victor Drake chegou de Buenos Aires de barco, saindo da Inglaterra no dia *seguinte* à morte de Rosemary Barton um ano atrás. Ogilvie, em Buenos Aires, não teve uma conversa telefônica com Ruth sobre o assunto Victor Drake no dia da morte de George. *E Victor*

Drake saiu de Buenos Aires para Nova York há algumas semanas. Fácil o bastante para ele arranjar que mandassem um telegrama em seu nome em um certo dia, um daqueles conhecidos telegramas que pediam dinheiro e que pareciam a prova afirmativa de que ele estava há milhares de quilômetros de distância. Em vez disso..."

— Sim, Anthony?

— Em vez disso — disse Anthony, chegando ao clímax de sua história com um intenso prazer —, ele estava sentado na mesa ao lado da nossa no Luxembourg com uma loira não tão burra!

— Não aquele homem horroroso?

— Uma tez amarelada e olhos rajados de sangue são coisas fáceis de se notar, e elas fazem muita diferença a um homem. Na verdade, de nosso grupo, *eu* era a única pessoa (fora Ruth Lessing) que já tinha visto Victor Drake, e nunca o conheci com *esse nome*! De qualquer modo, eu estava sentado de costas para ele. Não pensei que reconheceria, na área de coquetéis do lado de fora, quando entramos, um homem que eu havia conhecido nos meus dias na prisão: Monkey Coleman. Mas como agora eu levava uma vida respeitável, não estava nada ansioso para que ele me reconhecesse. Eu nunca nem por um momento suspeitei que Monkey Coleman tivesse qualquer coisa a ver com o crime... Muito mesmo que ele e Victor Drake fossem a mesma pessoa.

— Mas não entendo como ele fez.

O Coronel Race assumiu a história:

— Do jeito mais fácil do mundo. Durante o show, ele saiu para fazer um telefonema, passando pela nossa mesa. Drake foi ator e tinha sido algo ainda mais importante: *garçom*. Assumir a maquiagem e fazer o papel de Pedro Morales era como uma peça para crianças para um ator, mas, para se mover com destreza em volta da mesa, com o passo e modo de andar de um garçom, enchendo as taças de champanhe, precisava do conhecimento definitivo e da técnica de um homem que tivesse *sido* garçom de verdade. Uma ação ou movimento desastrado teria chamado a atenção para ele, mas como um garçom *bona fide* nenhum de vocês o notou ou o viu. Vocês estavam olhando para o show, mas não notando aquela parte da mobília do restaurante, os garçons!

— E Ruth? — perguntou Iris, hesitante.

— Foi Ruth, é claro, quem colocou o papel com cianureto na sua bolsa — disse Anthony. — Provavelmente na saleta da chapelaria no começo da noite. A mesma técnica que ela adotou um ano antes, com Rosemary.

— Eu sempre achei estranho — disse Iris — que George não tivesse dito a Ruth sobre aquelas cartas. Ele a consultava sobre tudo.

Anthony deu uma risada curta.

— É claro que ele contou a ela, foi a primeira coisa. Ela sabia que ele contaria. Foi por isso que as escreveu. Depois, ela arranjou todo o "plano" dele para ele: primeiramente, tendo-o convencido. E então ela tinha o cenário pronto, tudo agradavelmente organizado para o suicídio nº 2. E, se George escolhesse acreditar que você tinha matado Rosemary e cometeria suicídio por remorso ou pânico... bem, isso não faria qualquer diferença para Ruth!

— E pensar que eu gostava dela, gostava muito! E eu queria de verdade que ela se casasse com George.

— Ela teria sido uma boa esposa para ele, se ela não tivesse cruzado com Victor — disse Anthony. — Moral da história: toda assassina já foi uma boa garota.

Ela estremeceu.

— Tudo isso por dinheiro!

— Inocente, dinheiro é a razão porque essas coisas acontecem! Victor o fez por dinheiro. Ruth parcialmente por dinheiro, parcialmente por Victor e parcialmente, eu acho, porque odiava Rosemary. Sim, ela tinha percorrido um longo caminho quando tentou atropelar você com um carro, e foi ainda mais longe quando deixou Lucilla na sala de estar, bateu à porta da frente e depois subiu a escada correndo para o seu quarto. Como ela estava? Animada de alguma forma?

Iris pensou.

— Eu acho que não. Ela apenas bateu à porta, entrou e disse que tudo estava organizado, que esperava que eu estivesse me sentindo bem. Eu disse sim, que estava apenas um pouco cansada. Então, pegou a minha lanterna elétrica revestida de borracha, disse que era bonita e, depois, eu não me lembro de mais nada.

— Não, querida — disse Anthony. — Porque ela acertou você com um golpe, não muito forte, na nuca com a sua bela lanterna. Depois, ela ajeitou você artisticamente ao lado da lareira de gás, fechou bem a janela, ligou o gás e saiu, trancando a porta e passando a chave por baixo dela, empurrando o tapetinho de lã bem apertado contra a fresta para que fechasse qualquer corrente, e saiu saltitando escada abaixo. Kemp e eu entramos no banheiro bem a tempo. Eu corri para cima até você e Kemp seguiu Miss Ruth Lessing sem saber onde ela tinha deixado aquele carro estacionado. Sabe, eu senti naquela hora que havia algo de mentiroso e não característico sobre o modo como Ruth tentou forçar nas nossas mentes que ela tinha vindo de ônibus e metrô!

Iris deu de ombros.

— É horrível... e pensar que todos estavam determinados a me matar. Ela me odiava também, então?

— Eu não pensaria assim. Mas Miss Ruth Lessing é uma moça muito eficiente. Ela já tinha sido cúmplice em dois outros assassinatos e não gostava do fato de ter arriscado seu pescoço por nada. Eu não tenho dúvidas de que Lucilla Drake se queixou da sua decisão de se casar comigo em algum momento e, nesse caso, não havia tempo a perder. Uma vez casados, eu seria seu parente mais próximo e não Lucilla.

— Pobre Lucilla. Eu sinto muito por ela.

— Eu acho que todos sentimos. Ela é um tipo de alma inofensiva.

— Ele foi mesmo preso?

Anthony olhou para Race, que assentiu e disse:

— Essa manhã, quando chegou em Nova York.

— Ele ia se casar com Ruth, depois de tudo?

— Era essa a ideia de Ruth. Eu acho que ela teria desistido também.

— Anthony, acho que não gosto muito do meu dinheiro.

— Tudo bem, doçura, faremos algo nobre com ele, se quiser. Eu tenho dinheiro o suficiente para viver, e para manter uma esposa razoavelmente confortável. Vamos doar, se quiser, comprar casas para crianças, ou dar tabaco de graça para homens velhos... que tal uma campanha para que sirvam um café melhor na Inglaterra?

— Devo guardar um pouco — disse Iris. — Para o caso de eu querer, eu poderia ser grandiosa, sair por aí e lhe deixar.

— Eu acho que esse não é, Iris, o espírito certo com o qual a gente entra na vida de casados. E, a propósito, você não disse nem uma vez "Tony, que maravilhoso" ou "Anthony, que esperto você foi!".

O Coronel Race sorriu e se levantou.

— Vou aos Farraday para tomar um chá — contou ele.

Houve um leve brilho em seus olhos quando ele disse a Anthony:

— Suponho que você não venha?

Anthony balançou a cabeça e Race saiu da sala. Ele fez uma pausa na porta para dizer, por sobre seu ombro:

— Bom espetáculo.

— Aquilo — disse Anthony, enquanto a porta se fechava às costas do outro — denota aprovação britânica suprema.

— Ele pensava que eu tinha feito, não pensava? — perguntou Iris, numa voz calma.

— Não leve isso a mal — disse Anthony. — Veja, é que ele conheceu tantas belas espiãs, todas roubando fórmulas secretas e seduzindo majores-generais para obter seus segredos, que isso azedou sua natureza e torceu seu julgamento. Ele acha que tem que ser a garota bonita do caso!

— Por que você sabia que eu não tinha feito, Tony?

— Só o amor, eu acho — disse Anthony com leveza.

Então seu rosto mudou, ficou repentinamente sério. Ele tocou um pequeno vaso ao lado de Iris, no qual havia um único ramo verde-acinzentado com uma flor lilás.

— Como é que isso pode estar florindo nessa época do ano?

— Acontece às vezes, se for um outono ameno.

Anthony o retirou do vidro e o segurou por um momento contra a bochecha. Ele meio que fechou os olhos e viu um cabelo volumoso castanho avermelhado, olhos azuis sorridentes e uma boca vermelha e apaixonante...

— Ela não está mais por aqui, está? — disse ele, com um tom de voz mais baixo.

— Quem?

— Você sabe quem. Rosemary... acho que ela sabia, Iris, que você estava em perigo.

Ele tocou o ramo de cheiro fresco com seus lábios e o jogou com leveza pela janela.

— Adeus, Rosemary, obrigada...

— *Para que se lembre...* — murmurou Iris.

E ainda mais baixo:

— *Rezar, amar, lembrar-se...*

Notas sobre
Um brinde de cianureto

***Um brinde de cianureto* foi publicado** nos Estados Unidos em fevereiro de 1945 sob o título *Remembered Death*. Era uma versão estendida do conto "Yellow Iris", publicado pela primeira vez na *Strand Magazine* em julho de 1937. Esse conto também apareceu no livro *The Regatta Mystery and Other Stories*, de 1939.

Há diferenças significativas entre o romance e o conto. Em "Yellow Iris", Hercule Poirot lidera a investigação, enquanto aqui ele é substituído pelo Coronel Johnny Race. O romance também mudou a identidade dos culpados, uma característica comum das obras reescritas de Agatha Christie.

O Coronel Race participa de outros três livros da autora: *O homem do terno marrom*, *Cartas na mesa* e *Morte no Nilo*.

Em 1983, a história foi adaptada para a TV pela CBS, ambientada nos dias modernos e estrelada por Anthony Andrews (embora o personagem do Coronel Race tenha sido omitido). Em 2003, Laura Lamson escreveu uma nova adaptação televisiva, desta vez no Reino Unido. Novamente em um cenário moderno, foi apenas vagamente baseada na história original. A BBC Radio 4 transmitiu uma dramatização em três partes da história em 2012.

Há citações em cada uma das aberturas de parte do livro. A primeira parte, intitulada Rosemary, tem uma citação à linha de abertura de um poema de John Keats escrito em 1819. A segunda parte, intitulada Dia de Finados, inicia com uma fala de Ofélia em *Hamlet* (ato IV, cena V). Por fim, a terceira parte, Iris, é apresentada pela seção XVI do "Maud" de Alfred Tennyson, publicado em 1855.

Quando George menciona que Rosemary significa lembrança, na p. 24, está se referindo à erva aromática que no Brasil chamamos de alecrim.

Na p. 43, quando Victor menciona ser "mais vítima de culpa, do que mesmo culpado", está citando uma frase de *Rei Lear* (ato III, cena II): "I am a man more sinned against than sinning."

Na cultura islâmica, *huri* (p. 48) é uma bela virgem, extremamente atraente, prometida aos homens muçulmanos bem--aventurados ao chegarem no Paraíso.

Na p. 49, Browne se vangloria de um camareiro de Henrique VIII com o mesmo nome. Sir Anthony Browne (1500-1548) foi nomeado membro do Parlamento em 1539, tendo provado a sua lealdade ao rei três anos antes quando foi enviado para lutar contra os protestantes católicos durante a Peregrinação da Graça.

A OUDS, citada na p. 59, é um acrônimo para Oxford University Dramatic Society, principal órgão financiador e fornecedor de serviços teatrais para as muitas produções independentes realizadas por estudantes em Oxford, Inglaterra. No contexto utilizado, Agatha Christie menciona a veia dramática da OUDS como pertencente à *performance* de Stephen Farraday no encontro com lady Alexandra Hayle.

Parti **(p. 61) é uma expressão britânica** para uma pessoa considerada perfeita para o matrimônio devido à sua riqueza ou ao seu *status* social.

248 · AGATHA CHRISTIE ·

O apelido de Beleza Negra (p. 65) é uma referência ao clássico *Beleza negra: memórias de um cavalo* (*Black Beauty*), publicado em 1877 pela escritora britânica Anna Sewell (1820-1878), no qual a personagem-título é um cavalo negro que exprime suas memórias.

Na p. 77, Sandra Farraday oferece a Rosemary um Cachet Faivre para ajudar com sua dor de cabeça. Este era um analgésico contendo cafeína e quinino.

O xarope de Eaton, citado na p. 85, era administrado como um tônico para a saúde. A empresa era líder no mundo das vendas por correspondência, com uma ampla gama de tônicos e medicamentos. Ela foi adquirida pela Sears Canada em 1999 e encerrada em 2018.

Na p. 97, quando Stephen menciona uma "história contada por um idiota cheio de som e fúria, significando nada", está citando uma frase de Macbeth (ato V, cena V): "*it is a tale told by an idiot, full of sound and fury, signifying nothing.*"

Alguns leitores podem ficar confusos na p. 103, quando Iris alega não ser maior de idade, mas afirma ter dezoito anos. Embora ela seja maior de idade para os dias de hoje, era necessário ter no mínimo 21 anos na Inglaterra para se casar sem o consentimento dos pais no ano de 1945.

"Da mesma forma que Agamémnon e Clitemnestra se entreolharam com a palavra Ifigênia nos lábios" (p. 168) é uma referência à mitologia grega. Agamémnon foi o rei de Micenas que comandou as forças gregas na Guerra de Troia. Segundo Eurípedes, ele enfrentou um dilema quando a deusa Artemis exigiu que sacrificasse Ifigênia, sua filha com Clitemnestra, para que as suas tropas chegassem a Troia.

A libra em ouro, ou soberano (p. 193) é uma moeda do Reino Unido, equivalente a uma libra esterlina.

"Pois a senhora do coronel e Judy O'Grady são, na verdade, irmãs", frase dita por Anthony Browne na p. 211, é uma citação do poema "The Ladies", de Rudyard Kipling. No poema, um homem se recorda de todas as mulheres com quem dormiu e conclui que, apesar de suas diferenças de classe ou etnia, basicamente, elas são todas iguais.

Na p. 223, o Inspetor-chefe Kemp cita a lenda de Rosamund, amante de Henrique II, da Inglaterra. A lenda conta que o rei escondeu seu caso da rainha Eleanor de Aquitânia ao levá-lo para os recessos mais íntimos de um labirinto. No entanto, a rainha penetrou no labirinto e forçou sua rival a escolher entre uma adaga e um copo de veneno. Rosamund escolheu o veneno. Essa lenda foi ilustrada em *Rainha Eleanor*, uma pintura a óleo sobre tela de 1858, do artista pré-rafaelita Frederick Sandys.

Este livro foi impresso pela Ipsis
em 2024 para a HarperCollins Brasil.
A fonte usada no miolo é ITC Cheltenham Std, corpo 9,5/13,5pt.
O papel do miolo é pólen bold 70g/m²
e o da capa é couché 150g/m² e cartão paraná.